硝烟弥漫中，
他们是彼此的救赎

微风几许

薄雾 2

微风几许 著

江苏凤凰文艺出版社
JIANGSU PHOENIX LITERATURE AND ART PUBLISHING

图书在版编目（CIP）数据

薄雾.2/ 微风几许著．— 南京：江苏凤凰文艺
出版社，2021.8（2025.4 重印）
ISBN 978-7-5594-5565-9

Ⅰ．①薄… Ⅱ．①微… Ⅲ．①幻想小说 - 中国 - 当代
Ⅳ．① I247.5

中国版本图书馆 CIP 数据核字 (2020) 第 260639 号

薄雾 . 2

微风几许 著

责任编辑　张　倩
特约编辑　喻　戎　赵　倩
装帧设计　ABOOK STUDIO 尾巴 Design QQ|980921251
出版发行　江苏凤凰文艺出版社
　　　　　南京市中央路 165 号，邮编：210009
网　　址　http://www.jswenyi.com
印　　刷　湖南天闻新华印务有限公司
开　　本　880mm × 1230mm　1/32
印　　张　10
字　　数　231 千字
版　　次　2021 年 8 月第 1 版
印　　次　2025 年 4 月第 5 次印刷
书　　号　ISBN 978-7-5594-5565-9
定　　价　46.80 元

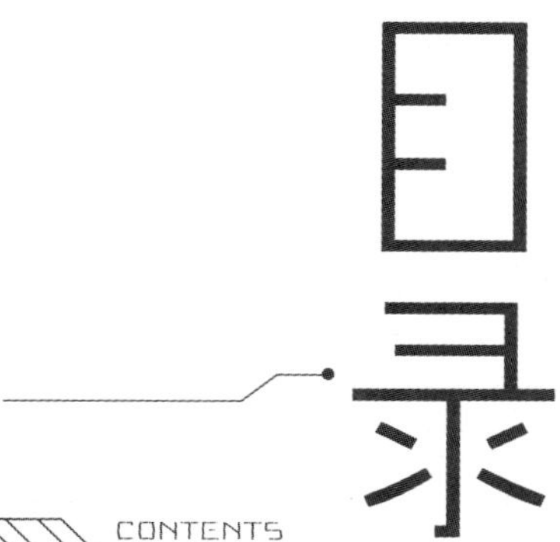

目录

CONTENTS

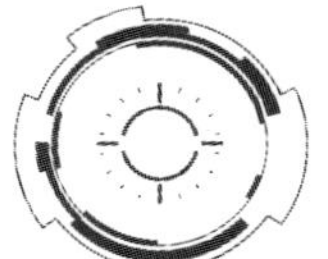

第一篇　中转站

1.

蓝天、海面、海滩，视线范围内的景物都成丝线状消逝。

季雨时眼前的一切都在重组，照壁、假山造景、小溪竹林……他来到了一座中式庭院里，四周处处充满了古朴厚重的文化气息。

季雨时站在一座精致的石桥上，除了潺潺流水声，庭院里十分安静。

季雨时猜想，从他身处的那片海滩来看，这个狡猾的天穹系统应该是根据每个人的潜意识来打造专属中转站的。

上一次他们待过的指挥中心太过简单粗暴，那是因为那时的天穹只打算统一每个人的感官，不想让他们发现那只是一个幻境，不想让他们发现他们其实根本没离开过胶囊舱。

而这次不一样了，天穹被他们识破了中转站的秘密，就直接选取他们潜意识里最能令他们感到舒适的一个地点来让他们休息。可以说，这个量身定做的幻境，就是七队每个人心中最为放松的地方。

庭院里四顾无人，季雨时下了小桥，顺着青石板铺就的小道随意选择了一个方向走。

很快，他见到了一片柔软且绿意盎然的草坪。

草坪上的设施与周围格格不入，有装满细沙的沙池、城堡状的滑滑梯、色彩缤纷的气垫床，还有一架秋千。

乍一看去，这里就像是一个小型儿童公园。

这……是天穹为宋晴岚量身定做的时空中转站吗？

季雨时一直走到这里，也没看见半个人影。不确定要不要继续走下去，他拉过秋千，在秋千上坐下了。

天气晴朗，温度适宜，草地清爽的湿气侵入鼻腔，让季雨时略微浮躁的心情安定了下来。

看来，就算天穹还不打算放他们回去，也会尽量让他们在这里先休息一段时间。

季雨时坐在秋千上晃悠，百无赖聊，开始胡思乱想。

他想，这里既然是让宋晴岚感到舒适的地方，那么这个地方在现实中肯定存在。

就像他的海滩一样，来自他的高中时代，因此他也穿上了那个年纪的衣服。

而眼前这些儿童游乐设施……该不会宋晴岚又变成小孩了吧？

印象中那张稚气满满、带着婴儿肥的脸庞出现在季雨时脑海中，小宋晴岚比在“卡俄斯”任务中被迫变小时的模样还要小一些，胖乎乎的手臂像莲藕，一戳就能戳出个小窝。

他明明模样乖巧，却偏偏横行霸道，说要和谁玩就要和谁玩，动不动就跑过来把人抱住，一迭声喊着名字耍赖。

幼年体的某人总靠体重取胜，在幼儿园简直就是混世魔王。

“咻——”

破空之声传来，一支红色短箭出现在秋千的木质支架上，吸盘做的箭头没能稳住，短暂地停留在支架上，很快就坠落在地。

“在想什么？”成熟的男声在不远处响起。

季雨时抬头望去，只见宋晴岚穿着再简单不过的 T 恤和球鞋，手中拿着一把小得可怜的儿童弓弩，正大步朝他走来。

红色短箭是宋晴岚射的，这种幼稚的行为由一个成年人做出来明明就应该很滑稽才对，但由于这人一双长腿傲人，气质过于凌厉，整个人的侵略感竟让人难以忽视，更不觉好笑。

“宋队。”季雨时问，“这是你家？”

“是宁城我外公家。”

宋晴岚说着走到了秋千旁，然后蹲下身捡起了那支红色短箭，低头看着坐在秋千上的季雨时，说：“季顾问，我正要过去找你，就收到了天穹的提示，说你过来找我了。”

宋晴岚低着头看人时，眼神变得很深邃，鼻梁高挺，嘴角的弧度带了一丝洒脱的邪气。

在所谓的时空中转站中，大家所处的幻境都不一样，经过天穹系统的解说后，每个人都能很快想到去找队友，但是被宋晴岚这么一说，就好像显得他们特别默契。

“这是你小时候待过的地方？”季雨时别开视线，语气与平时无异。

宋晴岚已经告诉过季雨时他儿时在宁城待过，所以接着话题道：“对。这些玩具设施，都是我小时候外公请人做的。父母分开后，我的抚养权回到了父亲手中。但是，我离开宁城后好几年，这些设施都还保留着，直到我上了中学，彻底不能玩了才拆掉。”

宋晴岚原来也出身于单亲家庭吗？季雨时并不知道这件事。

“没想到还能在这个幻境里再感受一次童年。”宋晴岚的语气听上去有一丝留恋，但很快就散去了。

他说起正事：“我以为那个电话打通以后我们会回到原本的现实世界，但仔细一想，这样也算合理。所谓的‘B’点，正好是我们在时空跃迁中的第三秒，也就是我们被劫持的那一刻。”

时空跃迁的第三秒，经过“衔尾蛇”“卡俄斯”，还有衍生出来的“我是谁”三个任务以后，他们每次都会回到这个第三秒，好像永远被困在了时空劫持中。

季雨时点点头。

宋晴岚说：“我只是很意外，它竟然把气泡世界也归类为一个任务了。”

至少他们现在明白了一点，那就是直到这个所谓的“所有时代意义上的天穹”得到满足，直到他们完成了它分配的所有任务，这场时空劫持才会结束。

愤怒、失望、疲惫，都不能改变这个事实，他们唯一能做的便是接受与完成任务。

季雨时在这一点上比宋晴岚还冷静，他说：“但是总体来说，还是比我们困在气泡世界好。”

电话被汪部长接通前那一秒的紧张还残留在季雨时心中，没有人知道当他的手在口袋里按下通话键时，他的掌心满是冷汗。

如果那个电话没有接通，他们七个人一定会被带走，接下来会面临什么样的处境暂且不论，总之那个气泡世界绝对不会给他们第二次尝试的机会。

所有人都觉得季雨时理智博学、逻辑强大，只有他自己知道他其实是在赌。

如果赌输了，包括宋晴岚在内，他们将完全迷失在气泡世界，而差点让这个可能湮灭的人，就是——

“宋队！”

“季顾问！”

“这个地方绝了！”

季雨时的思绪被打断，两人的安逸场面被打破，七队其余五人出现在宋晴岚的专属中转站里，都穿着常服。

李纯甚至只穿了拖鞋和短裤，没有穿上衣，露出一片结实的胸肌。

都是男人，也没人在意形象，段文与他勾肩搭背，一个比一个糙。

“我就知道不是你在季顾问那里，就是季顾问在你这里。”李纯说，“总之你们两个一定在一起就对了！”

季雨时无言。

“把衣服穿上。”宋晴岚瞥了李纯一眼，“你在幻境里浪什么？”

李纯冤枉道："老大，我只是在家里睡觉啊，床对我来说就是全世界最舒服的地方，天穹既然要量身定做，还不允许我舒服一下？"

说是这么说，李纯目光触及季雨时，忽然也觉得非常不妥了。

季顾问这种知识分子，搞不好睡觉的时候也是衣冠整齐的，显得他就像个未开化的野蛮人一样。更重要的是，他感觉到自家队长对他现在的形象更为不爽。

思及此，连宋晴岚那双黑眸都显得深不可测了，李纯毛骨悚然，心念一动，身上就多了一件花衬衣。

他低头看了看，脑中再一个想法闪过，手里就多了一罐啤酒，他激动道："咦，还真方便！"

众人啧啧称奇，纷纷效仿。

汤其戴着墨镜在草坪上绕了一圈，问："这是哪里？怎么还有儿童乐园？"

周明轩站在最后，开口道："宋队的外公家，退伍时我曾经跟着宋队去过一次。老爷子是斯文人，住的园子也是出了名的漂亮，一般人还不让参观。我没猜错的话，这些应该是宋队小时候玩过的。"

李纯说："好有童趣，看得我都想玩！"

出了气泡世界但还是没回到现实，周明轩大概是心情不太美妙，怼他："正好，像你这么大的儿童可以在这里自由徜徉。"

李纯一脚踹过去："老周你这就没意思了，咱们好不容易暂时脱身，又不知道什么时候才能回去，能不能友爱一点！"

周明轩继续怼："差点就回不来了，还友爱。"

汤乐盘腿坐在草坪上，一拍大腿，道："说起这个，林新阑那个浑蛋是怎么认出宋队的？都戴了模拟面孔还能认出来！"

宋晴岚也想不通这一点，当时他们都戴了模拟面具，在静止状态下看上去和影音室里的那些虚影无异，即便他长得高了点，林新阑也不该那么准确无误地认出他。

宋晴岚回忆起那一幕也是心有余悸，说："还好，他没来得及摘下我的模拟面孔，不然，我就不得不把他当作人质劫持了。"

"林新阑？"季雨时知道这个名字，且宋晴岚的想法已经在他的意料中。

若是季雨时没有及时拿到手机，在当时那样的情况下，为了自保而选择一个人做人质是最好的办法。

他转头问宋晴岚："你不想那样做？"

宋晴岚还没说话，队友们就替他回答了。

"嫌恶心！"

"遇到他算倒霉！"

"和他说话就算我们输！"

"上回分部举办格斗比赛，宋队和他打过一次，也被他阴过，他仗着对宋队的了解，为了赢无所不用其极。"

季雨时"哦"了一声，他知道了，是导致宋晴岚产生PTSD的那个人。

大家又聊了一些乱七八糟的事情，季雨时被连叫了几声才回过神，看见大家都在往房子里走，是打算以宋晴岚外公家的庭院为栖息地，好好休息。

汤乐问："季顾问你在想什么？我叫了你好久。"

汤其、宋晴岚都在几步之外等他。

季雨时从秋千上站起来，见宋晴岚在看自己，他淡淡道："忽然想我的搭档了。"

2.

听到季雨时这么说，大家都是一愣。

季雨时从不在他们面前讲私事，这还是头一回说起自己的事。

汤乐问："季顾问你有搭档啊？"

季雨时点点头，他为人清冷，身上总有一种高级知识分子才会有的书卷气。

遇到危险时，他也总是能动手就不废话，战斗力不比他们这群守护者差。

听说记录者都是一个人行动，他会需要搭档吗？

汤乐好奇地问："工作上的搭档？"

大家一起走过草坪，李纯跑到一边不知看什么去了，宋晴岚与汤其走在前面，不知道有没有注意汤乐和季雨时的谈话。

季雨时的搭档会是什么样的，不仅汤乐好奇，其实大家都很好奇，像季雨时这样的人会和什么样的人共事？一起工作时是他做主还是对方做主？

对于这个问题，季雨时想了想，说："不是。是生活中的好搭档，非常好的伙伴。"

汤乐继续问："他是做什么的？"

季雨时说："桌面清理大师。"

汤乐抓抓后脑勺，不解道："桌面清理大师？"

这个职业听上去好像有哪里不太对。

汤其不是一个话多的人，汤乐却刚好与他互补，很多时候他想知道的汤乐都会自动帮他问了。一路上，汤乐都与季雨时聊着天。

汤乐又问："你们是怎么认识的？是以前的同学吗？"

季雨时说："在外面看着顺眼，互相都有好感，就认识了。"

上了台阶，他们走上雕花门廊，宋晴岚的背影就在季雨时面前。

"真好。"汤乐感叹道，"那你这位搭档能力也一定很强，所以你才会和他成为好朋友。"

季雨时没否认这个说法，又说："信任也很重要。"

这栋庭院的内部与大家想象的完全不一样。

一进门，映入眼帘的就是光洁的地面与墙壁，各式黑色的器械，明亮的灯光——这房子里面不是舒适典雅的起居室，竟然是他们在天穹的作战训练场。

李纯差点摔倒，问宋晴岚："宋队，为什么你的中转站里会有这种地方？"

汤乐惊道："绝了，真的是训练场？"

天穹系统量身定做的中转站，难道不是以舒适为主吗？

让大家在这里该吃吃该喝喝，纵情享乐才对，为什么会有这种变态的设定？

宋晴岚神色微变，其实他一个人出现在这里的时候，这里的确是起居室，怎么出去走了一圈再回来，这里就完全变样了？

只有他自己知道的是，他现在确实隐隐有种想在训练室里酣畅淋漓地打上一场的冲动。

宋晴岚头也不回地走到沙袋旁，淡淡地道："这里让我感到放松和舒适，不可以？"

段文走到擂台前，朝宋晴岚扯出一个笑容，问："队长，打一场？"

宋晴岚说："我可不会让你。"

段文笑道："不让就不让，我就想和强者过过招。"

他们好不容易关闭了时空的裂缝，又从让人沉溺的气泡世界逃出来，兜兜转转却还是回到了这里，脱离不了天穹的掌控。

一群大男人，与其郁闷下去，还不如痛痛快快地度过休息期。

宋晴岚找到黑色绷带，慢条斯理地缠在手上。

他脱掉鞋，光脚翻上擂台，心念转动间已经换了一身衣服。灰色 T 恤、黑色短裤，是守护者训练场里再常见不过的装束。

两人面对面，段文也换上了同样的衣服，却硬生生被宋晴岚比下去不少。

自从做了守护者学员训练营的格斗教官，宋晴岚已经很少在队里和队友搏斗了。

除了周明轩，平时队里的人在宋晴岚面前都只有挨揍的份。

在这幻境里，段文竟然主动要上，队友们都看热闹不嫌事大地在台下起哄。

“文哥！揍他！”

“不要客气！”

“宋队，别打文哥的脸！”

宋晴岚额间多了一条发带，他将额发束好，防止汗水滴落。一上擂台，宋晴岚就显得更加咄咄逼人。

他鼻梁高挺，眼神凌厉，右手手掌朝段文勾了勾，简短地道：“来。”

两人角逐半圈，段文猛地一个右勾拳出击，被宋晴岚侧身躲过。

不待段文反应过来，只听拳风扫过，宋晴岚弯腰就是一拳揍在他肚子上。

段文痛呼，知道宋晴岚一向都是稳准狠，绝对不会等他有还手的机会，便只暗骂一声扫腿而上。

宋晴岚似乎早有预料，顺势抓住段文右腿一拖，段文落地的同时在空中翻了身，勉强稳住身形。

两人的动作都力道十足，利落干脆，短短几招就令人眼前一亮，看得出来他们都没给对方放水。

但是，宋晴岚这回颇具耐心，竟然没有很快把这场对擂结束。他总是等着段文出击，然后再反手还击且不留余地，就像在逗着段文玩。

这惹怒了段文，他原先的沉着消失不见，很快就乱了方寸，出手又快又狠。拳拳到肉的撞击声、一阵又一阵的喝彩声中，两人满身汗水，不多时就过了五六十招。

段文很快被宋晴岚彻底摁死在擂台上，鼻青脸肿地大口喘气道："不、不来了。"

"跟你说了多少次不要急。"宋晴岚也被段文揍得嘴角乌青一块，他伸出手，说，"被激以后就沉不住气，肯定每次都是输。"

段文拉住队长的手站起来，脸上的伤慢慢消失，他擦着汗道："这和我沉不沉得住气有关系？"

段文一下去，又一个人翻上台，这回是汤其。

台下在欢呼。

"汤其，牛！"

"哥！上！先干宋队的下盘！"

宋晴岚往台下扫了一眼，发现这群人竟然开了啤酒，敢情把他当免费的电视节目了。

连季雨时都拿了一罐啤酒，饶有兴趣地与队友们站在一起。

汤其兴致勃勃，但他紧跟段文的脚步，很快也被干趴下了。

李纯开始往台上爬，宋晴岚十分钦佩他的勇气，然后拒绝了："下去。"

李纯瞪着眼睛道："为什么？我不配？"

宋晴岚居高临下地看着他，说："不想陪你玩，换老周上。"

"老周！"

"老周！"

欢呼声中，李纯破口大骂，走下擂台。

小眼睛的周明轩眯起眼睛，作为宋晴岚在部队里的战友，作为最了解宋晴岚格斗套路的人，作为另一名格斗教官，周明轩与宋晴岚算得上旗鼓相当。

他早被挑起了兴趣，就等着这时候上。

周明轩把手中的啤酒罐往旁边一递，道："给哥拿着。"

汤乐立刻接过，没大没小地说："老周，我看好你，挫挫姓宋的这锐气！"

李纯也狗腿地凑上去给周明轩揉肩："哥，加油，我也看好你。宋队太嚣张了，你一定要帮兄弟报仇，让他见识见识你的厉害。"

周明轩舒服道："好说，好说。"

宋晴岚在台上已经仰着头灌完了一瓶矿泉水，汗水随着他的脖颈往下流，他原本束好的黑发也变得凌乱了，使得他看上去既多了几分狂野，又充满危险。

和周明轩打架才能尽兴，所以宋晴岚把他留在最后。

宋晴岚道："演够了没有？演够了就上来。"

周明轩耸耸肩，活动手腕，就要往台上走。

这时，突然有清冷的嗓音响起："等一下。"

众人一看，说话的竟然是季雨时。

季雨时手中的啤酒消失，取而代之的是一段绷带，他正在往手上一圈一圈地缠绕。

众人满脑子问号，不是，季顾问该不会是他们想的那个意思吧？

季雨时的身形在这群人中是最单薄的，在格斗场上，体型面前无技巧，宋晴岚光凭一身蛮力就不会让季雨时好受。

他们纷纷震惊，想要劝退季雨时。

"季顾问！"

"听我的，季顾问，别和宋队打。"

"是啊，咱们不凑热闹！"

季雨时已经缠好了绷带，在众目睽睽之下，他身轻如燕地翻上了擂台。

他站在宋晴岚对面，浑身上下一滴汗也没有，清爽又干净。

3.

“宋队，来吗？”他勾勾手掌，问。

两人之前不是没有过过招，比如在书店那次，季雨时短时间内就被宋晴岚压倒性地制服了。

但是现在，季雨时好像已经忘了那时候的事，不仅当着众人的面挑战宋晴岚，还神情自然，眉梢眼角都写着冷静，看上去简直就是胜券在握。

季雨时这样的行为，对宋晴岚来说无疑是一种挑衅。

宋晴岚英气的眉毛一拧，开口道：“我不会让你。”

季雨时学着段文的话说：“不用你让，我也想和强者过过招。”

挑衅意味更浓了，这么一来，台下的众人也不劝了，开始起哄。

“喔！”

宋晴岚是真的不想和季雨时打，但他没再说什么，只抬了抬下巴，示意：“来。”

两人都光着脚，小幅度盘旋着。

气氛一下子就紧张了起来，连台下的队友们也闭嘴了。好像比起这场挑战本身，他们更关心的是宋晴岚到底会不会对季雨时出手——从两人平时的相处来看，那几乎是不可能的事。

宋晴岚虎是虎了点，但不至于对季雨时下手。

而且，季雨时其实也吃不了宋晴岚几拳。

果不其然，宋晴岚根本不主动出击。说是说不会让着季雨时，但比起面对其他队友时的狠劲，他现在颇有一种放纵对手的态度。

少顷，季雨时神情一凛，一记狠厉的右拳挥出。

只见宋晴岚含胸收腹，重心迅速后移，左右下压季雨时右手，将这一拳化解，这对他来说只是小儿科。

但是，令众人没想到的是，季雨时不退反进，眨眼间换为肘击，狠狠地撞在了宋晴岚胸口，然后趁其不备抓住手腕猛地发力。

“嘭”的一声，宋晴岚被季雨时以一个毫不留情的过肩摔重重摔在了擂台上！

“唔！”宋晴岚闷哼一声，身体迅速弹了起来。

两人重新对峙，季雨时又对他勾了勾手掌，漂亮的眼睛里不难看出有一丝得意。

这套连招出乎所有人的预料，他们当即鼓掌，还吹起了口哨。

“哇喔！季顾问真牛！”

“喔！”

敌不动，我动，季雨时深刻贯彻这一条指南，不管宋晴岚到底要不要让他，总之他又是连着几个直拳狠辣出击。

可是宋晴岚的反应快极了，只要他想，作为对手的季雨时几乎碰不到他。

一个打一个挡，眼花缭乱的动作间，他们转眼已经交手数十次！

季雨时每一次出拳都被宋晴岚挡住，他的小臂、拳头都像打在了铁板上一样，未能伤敌，反而自损。

季雨时换了策略，一次出拳后回身长腿后扫。

众人捏了一把冷汗，这一招段文用过，季雨时必被拿住！

果然，宋晴岚抓住季雨时的小腿就是一扯。

等等！季雨时习柔术，等的就是这一刻！

只见他就着这个姿势，在身体擦地的瞬间腰部发力，以一个极度柔软的姿势翻上了宋晴岚的后背，死死卡住了宋晴岚的脖子！

“加油！”

“卡死他卡死他！”

台下众人喝彩，台上两人贴身肉搏。

季雨时被宋晴岚撞倒在地，差点吐血，手一松，两人分开。

“季顾问。”宋晴岚也不好受，汗水顺着睫毛滴落，“你来真的？”

“当然是来真的。”季雨时说，“这叫尊重对手。”

宋晴岚勾了下嘴角。

接下来的精彩程度远超队友想象，宋晴岚终于正视了对手，第一次占据了主动权。扫腿、顶肘、劈拳，宋晴岚动作快得季雨时几乎反应不过来，节节败退。

宋晴岚的攻击又重又猛，哪怕季雨时身体再灵活，也无法在这样绝对性的压制前做到四两拨千斤，每次都堪堪在挨打的边缘擦过。

这下情势逆转，季雨时无法被动下去，只能找到机会反击。

他所习得的柔术翻滚、缠绕，一旦被他找到机会，他就能将宋晴岚死死黏住，可惜宋晴岚不给他这样的机会。

“加油！季顾问加油！”

“攻他下盘！”

“还手！”

季雨时刚在台下看过两场，宋晴岚的个人习惯、连招都被他记得清清楚楚。

面对新一轮出击，季雨时弯腰躲过宋晴岚的一记霸道勾腿，回身拳风扫过，一拳揍在了宋晴岚脸上！

宋晴岚被揍，嘴角立刻泛出血丝，眼中的胜负欲越发强烈。

季雨时直觉不妙，整个人一轻，猛地摔倒在地，被宋晴岚一个抱腿摔摁在了地上。

两人面对面贴在一起，季雨时身上汗水淋漓，睫毛都被汗水打湿了，口中呼出热气。

宋晴岚微怔，这情形让他想起了在自动贩卖亭里的情景。只不过那时他们还不熟，也绝对不会进行这样的切磋。

“放开我。”季雨时小声说，喧闹中，他这话的音量低得只有他们两个人能听见。

这是在求饶？

宋晴岚被揍以后嘴角还疼得厉害，却立即考虑到了对方其实不堪一击，上次过招他都没用全力，季雨时的手腕就青紫了一圈。

季雨时看上去很镇定，突然说：“宋队，你不嫌这样的过分接近难受了？”

宋晴岚霎时反应过来，按季雨时那记仇的性格，是在说林新阑？可是，他根本没有把季雨时与林新阑当成一类人。

不等宋晴岚思考出个所以然，他就已经在这场战斗里失了警惕，转眼间天旋地转。

季雨时用尽全力，就着这个姿势和宋晴岚调了个个，换成宋晴岚在下，而他则骑在宋晴岚背上，膝盖抵背，并将对方双手反剪。

队友们兴奋地开始倒数：“五！四！三……”

宋晴岚暗骂，这群浑蛋，他快取胜的时候怎么不倒数？

季雨时揍完宋晴岚，已经出了气，并不想再打下去了，再打下去他也是输。

于是，他绞着宋晴岚的手臂，问：“宋队，你认输？”

宋晴岚卸了全身力气，干脆瘫在地板上，长长地舒了一口气，“嗯”了一声。

这一声“嗯”不是非常情愿，代表着只要季雨时出了气，他可以自愿认输。

季雨时听懂了。

“宋队你嗯什么嗯？”李纯幸灾乐祸，偏要他说清楚，“快说，输没输！”

宋晴岚放弃尊严道：“输了。”

季雨时胜之不武，并不见得就不高兴，他站起来以后还轻轻用脚踢了踢宋晴岚，说：“宋队，下次不要轻敌，这一次谢谢你让着我。”

众人毫不留情地哄笑：“哈哈哈哈哈！”

季雨时下了擂台，几名队友便冲了上去闹起来，还分别抓住宋晴岚的四肢，要把队长当成沙包甩下台。

宋晴岚知道这其实就是玩玩而已，包括季雨时在内，没有人会把这场胜负当真。

一场拳击不仅没有酣畅淋漓，好像还更郁闷了。

宋晴岚躺平任嘲，一根手指也不想动，余光看见睚眦必报的季雨时换了一身干净衣服，朝水吧台走去了。

幻境里什么都有，时间模拟正常世界运行着，到了傍晚，汤其默不作声地搞起了烤全羊。

汤乐布置好酒水，吃喝完毕，李纯还带着他们蹦了个复古迪。

音乐声震耳欲聋，充满文化气息的高档庭院里满是五颜六色的低俗灯光。

一群人摇头晃脑，任谁看了都会觉得这是大型神经病聚会现场。

“有点想大胡子了是怎么回事？”李纯转着圈道，“去他的天穹！安发拉哈根和！”

几个队友也大喊：“安发拉哈根和！”

宋晴岚与这些神经病拉开距离，转身坐在段文旁边，两人碰了碰啤酒瓶，闷头喝酒。

反正在时空劫持里时间不会变，作为队长，宋晴岚默许了队友们的一切放纵。

不多时，他发现现场少了一个文静的人，问："季顾问呢？"

段文躺在长椅上，可能是还记着气泡世界里多出来的妻女，已经一个人喝得微醺了。

想了好一会儿，他才说："哦，他说去散步来着？"

"散步？"宋晴岚寻思，这庭院以外的地方都是漆黑一片，散什么步？

宋晴岚仰着头，"咕噜噜"灌掉一整瓶酒，觉得现场的人数还是不对，又问："老周又去哪里了？"

段文面露沧桑，道："和季顾问一起去了。"

段文这么一说，宋晴岚就大概猜到了他们在哪里散步。

天穹系统给大家设置的中转站都不一样，所以他们不是在周明轩那里，就是在季雨时那里。

他们在一起干什么？

周明轩能和季雨时聊到一起？

以老周的嘴，确定不会把季雨时得罪个彻底？

宋晴岚放下酒瓶，段文看了一眼，说："你要去？我帮你看着他们。"

这几个小的疯起来不是人，段文以为宋晴岚不放心。

宋晴岚却说："不去。"

既然他们两个人一起离开，那么就肯定是约好了。

周明轩能跟着他们从气泡世界走出来，说服他的人是季雨时，说不定周明轩是想感谢季雨时，那小子嘴硬心软，其实很会做人。而且在气泡世界里，某种程度上周明轩与季雨时面临一样的抉择，这样的人比较能从同类身上得到慰藉。

4.

忽略这群闹腾的队友，宋晴岚大步迈入房子里。

他经过训练室，一直走到走廊深处，想回到儿时居住过的房间里睡一觉。

他走到房间门口时，季雨时的声音突然从背后传来："宋队，要去做什么？"

宋晴岚回头一看，季雨时已经朝他走了过来。

宋晴岚道："去我小时候的房间休息，有事吗？"

季雨时从裤兜里拿出了一个东西递给他，说："刚才捡的，送给你。"

宋晴岚狐疑地接过来一看，季雨时给他的竟然一只白色的海星。

一只小小的五爪海星，沉甸甸的，还带着淡淡的海水腥气，宋晴岚问："海星？你和老周去海边了？"

"嗯。我那边的中转站恰好是我十七岁那年去过的海边。"季雨时说，"卡多，你有没有去过？"

卡多是一座海岛，拥有碧蓝的海水和细腻的白沙海滩，是近几年很有人气的度假胜地，但在他们的少年时代，卡多还只是一个小众海岛。

"听说过，但是没去过。"宋晴岚说，"你去的那一年我已经入伍了。"

宋晴岚入伍后，在特种部队度过了一段铁血生涯，退役后更是直接进入天穹做了守护者。

时间宝贵，工作繁忙，即便是假期，宋晴岚也没有足够的时间与精力去给自己安排一场放松的旅行。

宋晴岚把海星握在掌心，感受着它还有些潮湿的粗糙表面，说："我小时候倒是去过别的海滩，贝壳捡了不少，海星是一次都没看见过。”

季雨时说：“我也从来没捡到过。”

宋晴岚睨他，像在问这次不是捡到了？

季雨时说：“可能是我们潜意识里要什么，天穹就给我们什么吧。欲望在它面前藏不住，简直无所遁形。”

宋晴岚若有所思。

季雨时说：“回去以后有机会的话，你可以去卡多看看，顺便度个假，说不定可以捡到海星。”

回去以后？支撑大家继续走下去的，便是“回去以后”。

那个真实的现实不同于气泡世界，每个人的生活都会恢复原样，不会再有什么齐部长让季雨时陷入混乱状态。所以宋晴岚不知道他们真正回去以后，两人还会不会有联络。

突然说起这个话题，是因为大家都心知肚明他们不会在中转站里待很久。

完成天穹系统安排的任务才能回去，所以即使这个为他们量身打造的中转站再令人舒适，也只是他们在被劫持的第三秒里面，大脑得到的幻境罢了。

精神上的休息短时间便足够了，最重要的永远都是现实。

季雨时说起他来找宋晴岚的真正原因：“宋队，大家的意思是，现在想请你去开个小会。”

宋晴岚意外道：“这么快？”

那帮人这么快就疯够了？

季雨时说：“反正是幻觉，大家都没有真的醉。”

两人一边说话一边往外走，队友们还在打闹喝酒，周明轩也回来了，正靠在一张椅子上喝酒。见宋晴岚出来，周明轩随手拎起一罐啤酒，扔给了宋晴岚：“宋队！”

宋晴岚接过啤酒，看了他一眼。

那眼神让周明轩背后发毛，让他想起来他在部队里抢别人的馒头被宋晴岚抓包的时候。

周明轩发完毛才后知后觉，他也没干啥啊？

宋晴岚拉开拉环，一口气灌了半瓶啤酒，说：“说吧，你们现在有什么打算？”

众人围过来，果真是一个比一个精神，哪里有半分醉意。

疯也疯过了，醉也醉过了，他们得商量好什么时候开始做任务，否则，在要什么有什么的幻境里，人只会无止境地沉迷下去。

李纯怀里还抱着水烟壶，“咕嘟嘟”抽了一口，满头大汗，说：“这么玩下去虽然很有意思，但心里就是没底。我是想说要不然咱们定个时间，比如再玩十天——”

所有人都看了过来。

李纯硬生生刹车，差点崴了嘴，改口道：“比如再玩七天！七天后我们就出发去做那什么鬼任务，这样这七天就能安心放纵，真正休息了！你们觉得怎么样？”

“你还想玩十天、七天？”段文推了一把他的后脑勺，“给你半个月，再变个美女让你养养眼够不够？”

众人嘲笑起来。

“别侮辱了美女！”

“相信我，没有美女，纯儿也能玩！”

“给你把酒吧、夜店都安排上怎么样？”

“那你们说几天？”李纯问。

李纯扔了水烟壶，那壶体甫一落地便消失了。

在这里，他们仿佛就是上帝，又或者拥有了魔法。

李纯比了个数字，说：“三天怎么样？三天总可以了吧？”

三天，听起来是个不错的时间，但除了汤乐有一点心动，并没有人应声。

“不是吧？”李纯欲哭无泪，“你们连三天都嫌多？”

宋晴岚又喝了一口酒，开口道：“都说说自己的意见。”

他一开口，众人就不再保留自己的想法了，任谁都听得出宋晴岚的语气很认真。

“今晚再睡一觉就差不多了。”段文说，“我想越快出任务越好，不管在现实世界对我来说时间过去了多久，从体感上说，我只想快点结束。”

汤其举手道：“我赞同。”

汤乐没说话。

周明轩酷酷地道：“我觉得再休息一天或者三天都可以，对我来说没有区别，所以当然是越快越好。”

这下，还没有发表意见的人就剩季雨时了。

察觉到大家的目光，季雨时冷静地开口：“不如我们先看看下一个任务是什么。”

“我也这么想。”宋晴岚抬手用修长的手指擦去嘴边的酒渍，说，“这一次，我们做好准备再去不迟。”

说完，站在众人中心的宋晴岚打开了通信器。

“下一个任务。”他冷冷地说，连称呼都省略了。

天穹语音系统受到召唤，很快就出现了：“检测到您已经完成一个超S级任务‘衔尾蛇’，一个A级任务‘卡俄斯’，一个S级衍生任务‘我是谁’，您已具备完成超S级任务的能力，因此，下一个任务为超S级。建议您彻底休整后，再解锁下一个任务。”

这段话听起来非常耳熟，众人上一次来到中转站的时候，天穹系统说完最后这句话就自动消失了，完全不给他们自我控制休息时长的机会。

众人都面色不佳，宋晴岚说：“你要是关机，我就拒绝任务，所以下一个任务是什么？”

队友们都有点愣。

天穹系统温和地说：“您的下一个任务为‘魔方’。”

语音结束的同时，全息投影上出现了任务提示。

【任务模式：魔方。】

【任务规则：死亡淘汰。】

【任务目标：拼接。】

“死亡淘汰”，看到这四个字，队友们皆是一阵沉默。

季雨时瞳孔蓦地紧缩，“衔尾蛇”任务里的一幕幕犹在眼前。

被丧尸咬死的汤其、自杀的段文、死在车里的周明轩……队友们包括自己的死状一次又一次重演，在那个恐怖的世界里看不到头，难道这一次又要开始了？

宋晴岚问：“在这个任务里，有时间锚吗？”

有时间锚，便意味着他们可以无限重生。

天穹系统：“很抱歉，没有，此任务无法设置时间锚。”

“什么？”

“没有时间锚，我们不去做这个任务了行不行？”

“我们到底要怎样才能回去！”

众人被点爆了情绪，要是天穹系统有实体，这个时候一定会被挫骨扬灰。

可惜它只是一个系统，听到问题还机械地回答：“您离目标已经很近了。”

又是这样模棱两可的回答，众人气得破口大骂，可是无论他们怎么问、怎么威胁，天穹系统都不愿意再说更多有用的内容。

不怪队友们暴躁，连宋晴岚都想暴走，他沉着嗓音说：“任务目标‘拼接’是什么意思？详细点。”

在前几个任务里，他们都是由于目标模糊而浪费了许多时间。

如果能快一点知道目标是什么，或许他们能更有效地避免受损，也能快一点完成任务。

天穹系统：“我无法理解您的意思。”

它只是一个系统，看上去给出这样的信息就已经是它能想到的极限了，人工智能到了这时候就成了人工智障。

季雨时问：“还有没有别的信息可以给我们？”

他一说话，众人就安静了一些。

仿佛季雨时成了他们的定海神针，只要他能解决的问题，就不是问题。

天穹系统：“在此次任务里，您将与我招募的其他任务小队会面，这将是一场多人任务。”

5.

招募的其他小队？

“还有其他人？”汤其忍不住问。

汤其这语气带着几分同情、几分不可思议，还有几分气愤，众人都因为这个天穹系统的不要脸惊呆了。

这也好意思叫招募？明明就是劫持、逼迫、威胁！敢问，这世上怎么可能会有人主动冒着生命危险去完成一些不知所谓的任务？

“是的。”天穹系统说，“在不同的时空里，有许多像您一样的人在维护时空的和平。根据能力评估，每支队伍解锁的任务等级都不一样。”

周明轩嗤笑一声，然后问：“我就问问，完成你分派的任务有没有奖励？”

他只是随口一说，本来就没有对这坑爹的系统抱什么希望，其他人也一样。

谁知天穹竟然接上周明轩的话说：“完成我为您规划的任务后，您将会得到我为您提供的奖励。”

天穹系统与时空管理有关，它能给的奖励当然不是物质上的，绝对和时空有关。

听到它这么说，季雨时神色微微一动，连带着睫毛都颤动了一下，却又很快归于平静。他向来擅长隐藏情绪，冷静自持，喜怒不形于色，自然众人也无法知晓他内心的想法。

可宋晴岚知道，他问：“什么奖励？穿越时空？还是换个时空生活？或者……把我们放进像这里一样的幻境里？”

天穹系统：“在不影响时间线的前提下，我会提供给您一个奖励，您可以要求是任何事物。”

也就是说，不仅宋晴岚刚才举例的那些都可以，天穹甚至还能给他们更多。

对于在这一方面有需求、有遗憾的人来说，这无疑是一个巨大的诱惑，但是对于没有需求、对自己的现实生活感到满意的人来说，这个奖励就很鸡肋了。

然而，人的欲望是无限的，无论怎样，有奖励总比什么都没有要好，大家愤慨的心情稍微得到了平复。

天穹系统又说：“完成任务后，您可以选择立即兑换该奖励，也可以选择留下来，继续解锁更多任务，获取更多的奖励。”

提出这个问题的周明轩语气不好地说：“算了吧，谁还想继续解锁你的任务。”

宋晴岚直接关闭了全息投影，将天穹系统也一并关闭了。

“要不……我们还是多休息几天吧。”李纯弱弱地说，“魔方，听起来就好可怕。”

“这个任务也没法准备。”汤其道，“伸头一刀，缩头也是一刀，迟早的事。”

大家开始讨论。

汤乐无语地说：“我也觉得，刚才不知道任务是啥还好，现在什么都知道了，让我在这里玩几天我也不安心。”

周明轩“哼”了一声，表示赞同。

段文则说：“季顾问，你怎么看？”

提出要先看看任务是什么的人是季雨时，他果然敏锐，大家知道任务详情以后自然会权衡利弊。

季雨时想了想，说：“这一次的任务比前几次都要凶险，我在考虑一个问题，所谓的‘死亡淘汰’指的到底是什么？”

他掌心上翻，给自己变出了一颗巧克力，剥开锡箔纸将巧克力放进嘴里，脸颊鼓起来了一块。

他仿佛在慢慢品尝巧克力的苦味，让自己变得更加清醒，然后道：“在‘衔尾蛇’任务里，我们面临的死亡淘汰虽然可怕，但是因为时间锚的存在，我们每一次都能全员复生。在‘卡俄斯’任务里，虽然没有时间锚，但是我们关闭了时空的裂缝以后，时空裂缝里的所有人和事都会回到被吸入前的状态，人们也能死而复生。而在气泡世界，我们则又进入了一个更大的时间锚，我们离开以后，他们就会开始循环，死去的人同样会复生。”

随着季雨时平缓的叙述分析，众人渐渐安静下来，根据季雨时的思路展开思考。

宋晴岚也有了一些新的思路，但他没有出声打断季雨时的话。

七队众人已经非常习惯现在的场面、习惯带领大家进行头脑风暴的季雨时了。

“我在想，在这场时空劫持里，时间锚或许并不是任务者复生的必要条件。”季雨时说，“就像‘卡俄斯’一样，只要我们完成任务后还能回到被劫持的那一刻，也就是我们出发后的第三秒，可能我们本质上不会有任何损伤。”

看到大家脸上的神色变化，季雨时卡了一下，然后道：“只是猜测而已，我没有把握。”

宋晴岚接着道：“我懂你的意思了，你是想说在‘魔方’这个任务里，所谓的‘死亡淘汰’依然不是真正的死亡，而是相当于一种在任务里的淘汰。当某个人在任务里死亡了，他就会被迫终止这个任务，无法再继续。”

“对，我认为如果是这样的话，那么对于被迫终止任务的人来说，无论队友是否完成任务，他都无法获得结算，自然也无法得到奖励。”季雨时看向他，“天穹特别说明这是一个多人任务，我猜，很可能是每支小队之间存在竞争关系。最后完成任务的小队只有一支，而人数较多、受损较小的小队，相对来说完成任务的可能性更大一些。”

“哦……”

“原来是这样。”

“我懂了，不愧是季顾问！”

“那么一点点信息，就分析出了这么多有用的内容！”

队友们真心实意地吹起了“彩虹屁”，季雨时微微低下了头，面容沉静，眼神中却闪过赧然。

什么时候起，他也非常习惯于在众人面前表达自我了？

这种被信任的感觉非常棒，他竟然很喜欢。

大家还在七嘴八舌地说着，宋晴岚则消化了这些内容，深思熟虑后道：“休息一晚，明天出发。”

他眼神在队友们身上一一扫过，又说：“没有做好心理建设的，今晚自己做好。明天出任务以后每个人都三思而后行，这一次我们代表的不是个人，而是天穹七队这个集体。一个人的死亡，不仅会让自己无法结算任务，还会影响整支队伍的进度，拉低成功率让全队都无法结算，所以——”他语气一转，变得严肃，“天穹七队，一个也不能少。”

众人齐齐应声：“是！”

最后一晚，每个人都回到了自己的中转站，回到了自己内心深处最为舒适的地方。

李纯死皮赖脸，说是一个人不敢睡，跟着段文走了。周明轩向来独来独往，自然是一个人走，和他一起离开的还有汤其、汤乐这对形影不离的双胞胎。

庭院瞬间安静下来，人去场空，只散落着大家喝过的酒瓶、吃过的食物、彩灯串等，喧哗的派对现场显得有些苍凉。

季雨时还站在原地，他是最后一个走的。

他抬起手腕，打开通信器准备跳转，然后对宋晴岚说：“早点休息，晚安。”

“等等。”宋晴岚脱口而出，“我和你一起。”

季雨时抬头，问他：“怎么了？”

宋晴岚说：“那什么，趁现在有机会，我想去你说的卡多海边看一看。”

卡多有酒店、民宿，季雨时的中转站就是再来十个天穹七队也住得下。

两人都通过天穹系统跳转，回到了海边。

这边的时间也被天穹系统模拟到了晚上，大海在夜色中是接近黑色的深蓝色，天空缀着碎钻般的星子，海天一线。

有游客在海滩嬉闹，来源于季雨时记忆中八年前的画面。

伴随着海风，两人深一脚浅一脚地沿着海滩散步，海滩上已经有了两串鲜明的脚印。

宋晴岚认出来了，这两串脚印分明就是季雨时和周明轩的。

他思绪纷乱地想，在季雨时十七岁那年，会不会也有人陪着季雨时散过步？

季雨时走在前面，海风吹起他的 T 恤，勾勒出他细瘦的腰肢。就是这样一个单薄的人，带着解不开的心结，一次又一次地徘徊于历史的长河中，独自承受记忆带来的痛楚。

而这一次，他们又将迈上怎样的未知旅程？

如果可以的话，宋晴岚希望这一切能立刻结束。但是此时，他第一次产生了留在这里也不错的念头，至少……

一个小孩手里抓着螃蟹，追着另一个小孩跑，他们尖叫着冲了过来，眼看就要撞上季雨时。

宋晴岚手疾眼快地把他拉开：“小心！”

季雨时后退一步，回头道：“我没事。”

气氛倏地变得有些紧张，单方面的那种。

宋晴岚不笑的时候，因为五官深邃，气势颇为慑人。

他大概不知道自己长着一张生人勿近的脸，还挑起眉尾，让人觉得谁要是敢乱猜他的心思，他就会对谁不客气。

在擂台上发生的事埋在了两个人心里，对于友谊的真诚与否，他们似乎都有话想说。天知道能找到一个各方面都与自己十分默契的人，对于漫游在时空长河里的两人来说都非常珍贵。

然而，他们没有挑明，此时的他们也已经不用多说什么了，事实说明了一切。

季雨时选择主动缓解这种紧张，开玩笑道："我差点以为，你是因为我和老周来过海边不爽，所以自己也要来一次。"

宋晴岚眼皮一跳，道："呵，你以为我是小孩？"

季雨时转回身，低下头继续往前走，风把他的声音吹得断断续续的。

"你当然不是。"季雨时有些遗憾地说，"你小时候比现在……诚实可爱多了。"

宋晴岚没有听清。

第二篇　魔方

6.

一夜无眠。

海浪声从窗外隐隐约约地传来，伴随着阵阵海风吹来潮湿的空气，季雨时难以入睡。

临出任务，他思绪紊乱而没有方向，曾见过的种种画面控制不住地在脑海中显现。

这样下去不利于执行任务，他得保持良好的状态才行。

季雨时从床上爬起来吃了药，也不知道这幻境中的药对自己到底有没有作用，总之他更精神了。

只有他一个人在，注意力很难转移，于是他摸出了自己的游戏机。

他没有开灯，借着窗外的夜色玩了好几个小时，直到凌晨才渐渐睡去。

梦里反复出现的都是些毫无逻辑的画面，与他见过的一切有关。

等季雨时睁开眼睛时，他已经回到了胶囊舱里。

这一次，对于胶囊舱的剧烈震动和透明面板上光怪陆离的时空剪影，季雨时已经见怪不怪了。

等那熟悉的警告声响起，他甚至觉得自己连眩晕的感觉都少了很多，只静静地等待这一阵颠簸过去。

【检测到非法跃迁！】

【检测到非法跃迁！】

几秒后，胶囊舱安静下来，这表示他已经跃迁到了新的目的地。

天穹系统这回连面子工程都不做了，把虚头巴脑的那一套都收了起来。

季雨时解开安全锁扣，一边接过机械臂递来的营养液饮用，一边注视面前的透明面板。

面板上显示着一串乱码，紧接着，将其取而代之的是天穹的任务提示。

【任务模式：魔方。】

【任务规则：死亡淘汰。】

【任务目标：拼接。】

这些信息只看一次就足够了，季雨时关闭面板，然后打开胶囊舱的舱门走了出去。

光芒刺眼，季雨时用手背挡了挡眼睛。等他适应了光线，才发现那刺眼的感觉来自何处——入目是一片雪白，就像人到了没有任何参照物的雪地里一样，很容易找不到视线的聚焦点。

在季雨时面前不远处浮着一颗红色小球，大约棒球大小，全靠它的存在，季雨时才勉强分辨出这里是一个四四方方的房间。

天花板、墙壁、地板都是纯白色的。

因为某种原理，红色小球浮在房间的正中央。

季雨时回头往自己来的方向看去，之前明明就在他背后的胶囊舱不见了，取而代之的也是一堵雪白的墙壁。

这是任务目的地？

这时，有人出现在季雨时身边。

像是某种全息投影的加载动画一样，雪白的墙壁后出现的先是黑色短靴，然后是黑色作战服，再然后是人物的面孔。

李纯左脚迈步后落地，看样子也是刚从胶囊舱里走出来的。

他问：“季顾问！这是哪儿？”

季雨时摇摇头：“我还不知道。”

他话音刚落，圆脸的队友出现了，看见面前的情景也是一愣，迅速朝身后看去。

李纯也回头看了一眼，毛骨悚然道："咦，胶囊舱呢？"

他们的胶囊舱和季雨时的一样不见了，或者说，他们在打开胶囊舱的同时就已经迈入了这里，和在"卡俄斯"任务里打开大胡子的太空舱舱门就一脚踩进镜像城市一个道理。

"这简直是一步一世界，搞不好又是时空裂缝什么的，不然怎么会叫我们拼接？"李纯在房子里四处打量，"死亡淘汰？这里什么都没有，怎么淘汰？"

房间里有些安静，李纯回头笑道："乐乐你别怕！这回没有两条尾巴的狗了！"

季雨时已经围着房间走了一圈，在查找线索，头也不抬地纠正李纯："进来的是汤其。"

李纯："啊？"

汤其受够了，不太友好地吐槽："你进队也有一年多了，这是第几次认错我？"

"嗐，你们一换上队服就是复制粘贴。"李纯为自己辩解，"我又不是季顾问，看着一模一样的你们还永远分得清楚。"

双胞胎最讨厌的就是每次都被人当成另一个人，汤其不爽，但他不是汤乐，不喜欢什么都嚷嚷出来，只默不作声罢了。

看上去这个房间暂时安全，再加上有了三个人在，大家都并不慌乱。

这个房间里最吸引人注意的，也是唯一一个吸引人注意的东西，便是悬浮在房间中央的红色小球了。

汤其走了过去，正试着把手举高去触碰红色小球，季雨时便制止了他："别动！"

汤其立刻缩回了手，不好意思地道："抱歉。"

他的确鲁莽了。

李纯则问："季顾问，这个会不会是什么杀人机关？"

"应该不是。"季雨时已经看过红色小球了，它表面光滑，看上去只是一颗很普通的球，但具体是什么得触碰了才知道。

他继续道："天穹系统没道理把我们送进机关重重的密室，让我们送死，死亡淘汰不会这么简单。我是在想，这个球状物出现在这里肯定有某种原因。"

"什么原因？"李纯最会顺着思路提出问题。

季雨时回答了他："这里没有出路，我们被困在这里肯定没办法完成任务，那么天穹系统分配给我们的任务就毫无意义。我猜即便这个红色小球是机关，也该是开启什么或者连通什么的机关。现在人还不齐，我们先不要碰它，等大家集合了再说。"

汤其恍然大悟，点头道："说得对。"

李纯也说："有道理，我差点也碰了，这样我们很有可能会走散。"

季雨时简短明确地发表完自己的意见，又在房间里走了一圈。

按照他刻意行走的步伐来计算，每一步是五十厘米左右，走完一堵墙需要十步。那么这个房间便是五米乘以五米，地表面积有二十五平方米。

他抬头，目测房间的高度也和宽度差不多，这里像是一个立方体。

"魔方……"季雨时思考着任务模式，这个立方体是不是"魔方"的一部分？一切都还未知。

季雨时抬起手看了看通信器，从他们三人出现在房间里到现在已经超过五分钟了，却不见其他人进来，他有点焦虑。

在季雨时说完那段话以后，汤其已经试过了连接公共频道，说："季顾问，公共频道无法接通，联系不到宋队他们。"

"我也发现了，可能与信号有关。"季雨时点点头，轻轻皱着眉，问，"你们还记得我们是从哪堵墙进来的吗？"

看似简单的一个问题，却让汤其与李纯都是一惊。

季雨时要是不说，他们还没发现，进入这个房间后他们都有所走动，早已不在原来的位置了。

四堵墙是一模一样的，没有任何可以帮助他们辨别环境的参照物，连季雨时都无法通过记忆来辨认，他们连自己是从哪里进来的都不能确定了。

汤其惊道："我不记得了！"

李纯也说："我也是！"

两人下意识去触摸墙壁，想要找到一点不同，入手却是一片光滑。四堵墙都没有门，也没有其他出口，两人皆是一头雾水。

他们不知道的是，这也是季雨时第一次无法通过记忆来回溯有用的内容，所以他才有此一问。

李纯摸完每一堵墙后彻底放弃了，越来越觉得这个任务难度不是一般的大，干脆席地而坐，说："别想了，再等等，等宋队他们来了，我们就能知道我们是从哪一堵墙进来的了。"

季雨时没有说话，看上去正在思考。

"等等吧，他们会来的。"李纯又说，"肯定是胶囊舱的班次不同，有延迟。就像咱们被吸进裂缝掉落在垃圾山的那次，不也是一个接一个到达的？"

确实有这种可能，汤其表示赞同："你说得有道理，就是不知道我们要等多久。"

李纯还牢记着任务前的训话，说："就等呗，反正我们不能贸然走，万一先死了，会拉低队伍成功率。"

有季雨时在，作为队友的李纯与汤其并不是很慌乱，但是考虑到行动力，他们还需要队长宋晴岚。

季雨时与宋晴岚，一个是智囊，一个是执行者，这两人在队友眼里简直就是黄金组合。

而且，不知道怎么回事，他们总觉得当宋晴岚不在的时候，季雨时就清冷不少，不像宋晴岚在的时候那样富有生气。

所以，这一次，李纯和汤其两人比任何一次都要期待宋队的到来。

一个小时后，在空无一物的密闭房间内，无休止般的等待让人的不安被放大，三人逐渐烦躁起来。

李纯话最多，最开始还有一搭没一搭地找另外两人聊天，但是一个汤其偏内向，一个季雨时不爱讲八卦，李纯说了一会儿就觉得口干舌燥，没有意思，便不聊了。

“还要等吗？”李纯受不了了，“我怎么觉得他们不会来了？”

季雨时坐在墙角，本来在玩俄罗斯方块，洁白的墙壁衬得他眉目干净，表情也十分冷静。

听到问话，他没什么留恋地把游戏机收起来，说：“有可能他们去了别的地方。”

汤其问：“还有别的地方？”

季雨时回道：“肯定有。天穹说过这是一个多人任务，所以这里必定不止我们这一支队伍。但是我们一个陌生人也没碰见，就说明那些人在别的地方，我们队其他人也一样。”

这个“所有时代意义上的天穹”既然设置了这样的任务，那么参与者到达目的地应当没有先后之分。等了这么久，已经足够排除其他队员会和他们来到同一个地方的可能。

说干就干，汤其走过去，决定去触碰一下那个红色小球。

汤其个子高，轻轻松松地碰到了它，只觉得手中一重，它竟然落入了手中。

房间里所有人屏气凝神，唯恐有什么不好的事情发生。

还好，什么都没发生，这个东西看上去好像只是一个普通的小球。

季雨时从角落里站起来，朝屋子中央走去。

“我看看。”李纯站在汤其旁边把红色小球接过去，翻来覆去地观察，“这里好像有点松——啊！”

“嘀”的一声轻响，地面陡然出现一个圆洞，站在屋子中央的汤其与李纯猝不及防，眨眼间就掉了下去。

季雨时脸色一变，猛地扑向他们，却没抓到一片衣角。

“李纯！”季雨时大喊，未等他看清下方的情景，又是“嘀”的一声，那个圆洞又合上了。

与此同时，红色小球像有弹力一样，重新弹了回去，回到了半空中，稳稳悬浮着。

队友生死未卜，季雨时出了一点冷汗，立即把红色小球重新拿了回来，再退后几步，观察李纯说的有些松的地方。

红色小球上的确有隐形按钮，不是一个，而是六个。季雨时随便按下一个按钮，“嘀”的一声，只见他面前的那堵墙上出现了一个一米见方的圆洞。

六个按钮代表着房间的六面，原来红色小球真的是开启出口的钥匙。

季雨时又试了两次，地上的圆洞重新出现了。

“你们怎么样？”他焦急地朝下方看去。

和他想象的一样，下方也是一个房间，同样是洁白的墙壁与地面，可房间是空的。

从他眼前掉落下去的李纯与汤其，竟然凭空消失了。

7.

从汤其他们掉下去到季雨时重新打开门，最多只过了十几秒。

这么短的时间内他们根本不可能重新打开一扇门然后离开，他们更不可能抛下季雨时离开，那他们去哪里了？

季雨时想到了任务模式——“魔方”。

他观察下方那个房间，发现那个房间的半空中也悬浮着一个小球，与他所在的这个房间的小球颜色相同，都是红色的。除此以外，这个打开的洞口下方还出现了一架银白色的梯子，可以帮助人顺利去到下方的房间。

汤其与李纯是因为来不及反应，才直接掉了下去。

去，还是不去？

季雨时思考之后，用牙齿咬下了自己衣服上的拉链柄。他捏着小小的拉链柄，用力在地板上刻下了一个“7”字。

他身上什么也没有，更没有笔，这是他唯一可以留下标记的方法。万一有其他队友在他离开后来到这个房间，至少能知道他曾经来过并已经离开了，不会在这里浪费时间。

刻完以后，季雨时把拉链柄放回了口袋里，然后抓住梯子，一步一步地往下，到达了新的房间。

他的脚刚踩到地面，就听到“嘀”的一声响。紧接着，左边那堵墙上出现了圆形洞口与梯子，这个新房间打开了一扇门。

有人来了，会是汤其和李纯吗？季雨时瞳孔紧缩。

首先出现在洞口的是一个女人，高加索人种，金发蓝眼，头发剪得很短，身穿黑金色相间的紧身服。她从梯子上爬下来，三两步就落了地。她身高竟然比季雨时还高上一点，整个人看上去分外英姿飒爽——如果不是她用枪指着季雨时的话。

季雨时后退一步，举起了手。

女人身后还跟着一个人，是个黑发的东方青年，身上一样穿着制服，只不过款式不同。东方青年脸上沾了血迹，发丝被血黏在脸上，已经快干了。

青年看到季雨时，顿时一怔，似乎没想到这里会有个人。

“搜一下他的身。”女人开口了，说的是英文。

“好的。”黑发青年说。

这两人身上的制服不是同款，看上去并不是队友。

黑发青年没有武器，因此说话时明显有些不得不听女人的话的意思。他先礼貌地说了声抱歉，然后把季雨时从头到脚搜了一遍，只搜出来一个药盒、一部游戏机，除此以外就什么也没有了。

“检查完毕，安全。”黑发青年说。

女人收起了枪，开始在屋内走动查看，像是正在找什么。

季雨时放下手，问：“可以把东西还给我了吗？”

“啊？”黑发青年抬头，对上了季雨时的眼睛。

那是一双很是漂亮清澈的眼睛，长长的睫毛半掩着眼中的情绪，配上一张尤为出色的面孔，本该让人觉得惊艳才是，然而此时黑发青年却感觉到身上生出了一股凉意。

“我的东西。”季雨时又说了一遍，“麻烦你还给我。”

“哦哦哦！”黑发青年忙不迭地把手里的东西还给季雨时，又道了一次歉，“抱歉！真的很不好意思！”

季雨时把药盒与游戏机都收了起来，如强迫症一般把它们都放回了原来的位置。

“没有标记。”女人站在不远处说，“我们没有来过这里。”

说完，她从束腿带中拿出一把精巧的匕首，在地上刻下了记号。

季雨时远远看去，她刻的是一个罗马数字的“Ⅷ”。

因为一模一样的构造，“魔方”内部很难让人分清楚自己身在何地，连季雨时都无法通过记忆来辨别，何况是这些普通人。

人的思维在某些层面是共通的，季雨时能很快想到做记号提示队友，别人自然也能想到做记号提示自己。

黑发青年说：“我刚刚看见你的游戏机了，我在网上见过那样的，不过现实中很难有人买得到。你是来自哪个年代的？难道时空穿越那么早就已经被发明了？”

季雨时拿回了自己东西，神色稍缓，没那么冷了。

他回答了黑发青年的问题：“在人际关系中，如果你要询问别人来自哪里，应该先做自我介绍。”

黑发青年“啊”了一声，因为刚才搜身的事自知理亏，又连连道歉：“对不起！是我的不是！我叫森田佑，来自公元二一四〇年，我是一位今年被天穹录取，刚刚工作了三个月的守护者！”

说着，他取出了挂在脖子上的项链表明身份：“请多多指教！”

项链铭牌上刻着一个简单的花纹，是天穹的标记。

森田佑？日本人？季雨时用日语道：“我叫季雨时，来自星元一四五六年。”

礼尚往来，季雨时也指了指自己胸前的标志。

黑色作战服上的那个“7”字，在某种特殊光线下会出现暗纹，彰显他们守护者的身份。

他们就此确认了对方的身份。

森田佑重复道：“星元一四五六年？”

说完，他才反应过来一件更让他惊讶的事：“前辈，你居然会说日语？”

“会。”季雨时在天穹工作了三年，当得起这一声“前辈”。

公元二一四〇年？季雨时心想，这种纪元与他们那个世界的完全不同。

所以，面前的这个森田佑，来自与他完全不同的时空。

森田佑的重点却在那部游戏机，他又问：“前辈，你们的年代还在玩那种游戏机？”

连时空穿越都能掌握了，却还在玩那样的游戏机，森田佑很在意这种科技发展上的不同步。

季雨时还没回答，女人就打断了他们的话：“说英文。”

女人打量他们，对他们用她听不懂的语言来交流这件事很在意：“既然你们都会说英文，那么在这里使用英文交流才比较公平。”

显然她已经忘了她方才用枪指着季雨时的事，现在却大言不惭地要求公平。

森田佑急匆匆地告诉她：“Zoe，这位穿越者来自星元一四五六年，纪元方式听上去和你的一样，你们会不会来自同一时空？”

“一四五六年？”女人看向季雨时，震惊道，“七十年前的穿越者？”

震惊之余，她拉高自己的衣袖，只见她手腕的皮肤上，属于天穹的标志正发着光，若隐若现。

季雨时皱了皱眉，他知道了，这个叫 Zoe 的高个子女性穿越者来自星元一五二六年，来自与他相同的时空，来自七十年后。

“所有时代意义上的天穹”所谓的招募，果然和七队众人意料中的一样，根本就是劫持。

它汇集了不同时空的、正在执行穿越任务的守护者小队，把他们一股脑地塞进了这个任务里。不管他们是否愿意，在这里，他们都得不停地朝着任务目标前进，直到有人完成了任务为止。

广撒网，多敛鱼，择优而从之。

这是非常典型的机械思维，冷冰冰的，毫无人性。

季雨时暂时无法理解的是，他原以为既然这个任务存在竞争关系，那么任务肯定是同时开启的，可是房间里的三个人到达这里的时间却都有所不同。

“从被劫持后算起，我已经来了四五个小时了，走过了四个房间。”森田佑挺有意思的，他讲话用英文，称呼季雨时却用日语，“前辈你呢？”

季雨时说：“一小时二十三分钟。”

有着一头帅气短发的 Zoe 则说：“大约一天。”

Zoe 来的时间最长，据她说，从到达这里开始，她已经去过了包括这个房间在内的十二个房间。而她刚刚在地板上刻下的那个罗马数字，则是她从遇到森田佑以后算起并开始做标记的第八个。

来了一天竟然只走过了十二个房间？看来 Zoe 在这里自有一番经历。

季雨时问森田佑：“你脸上为什么有这么多血？你受伤了？”

提起这个，森田佑脸色一下子就苍白了不少：“有、有很多吗？天哪，我以为我都擦干净了。”

Zoe 从刚才起就一直紧绷着的脸也更难看了。

森田佑一边擦脸一边说：“不是我的血，是别人的。”

他讲起了之前的事。原来，他们之所以一进来就用枪指着季雨时是有原因的。

森田佑与队友走散后，并不是只遇到了 Zoe 一个人，那时的 Zoe 身边还有一位叫 Chuck 的队友。三个人结伴同行，经过一个房间后又遇到了一位穿越者。

那个穿越者已经来这里两天了，看上去非常疲惫。

在那个新的房间，面临六个方向的选项，那位穿越者提议选正前方的房间，刚才他的队友抛下他进去了，他想追上队友。

Chuck 先一步爬上梯子，森田佑跟在他身后，可是当 Chuck 刚探身进那个房间，惨剧便瞬间发生了——他的上半身被当场搅碎，鲜血和内脏溅射了森田佑满头满脸，吓得森田佑差点哭出声来。

Zoe 跳下梯子，发现提议选正前方的那个穿越者已经飞快地进了另一扇门——他非常有可能知道了某种规律，本来在两扇门中选择不定，直到等到了他们，就拿他们做实验，而 Chuck 则成了牺牲品。

这种血腥悲惨的场景，任季雨时见过不少，听到这里也忍不住心惊。

他极力撇开那些画面不去联想，感觉 Zoe 的情绪好了一点，才开口问："所以，那个房间有什么不同？"

"那个房间的球是黄色的。"森田佑说，"我们跟着凶手的足迹进了另一个房间，发现那个房间的球就是红色的了。很巧的是，这一路上我们经过的房间都是红色的。我想，是不是相同颜色的房间就是安全的？可是，发生惨案的房间里还有四扇门等待验证。不好的是，就算我想倒回去，也不一定会回到原来的房间了。"

就是因为这个，他们才开始做标记。

"要知道这个结论……"季雨时想了想，说，"像魔方六个面的颜色一样，这些房间里有六种颜色不同的球。假设一个人去过一个颜色相同的房间，一个颜色不同的房间，颜色不同的房间里出了事，而颜色相同的房间没有，此时还不足以让他产生'颜色相同的房间才是安全的'这种猜测，因为基数太小，而且颜色有六种之多。要有这种想法，则需要再重复一次刚才的情况，才会让人开始猜测。那么，他在产生这个猜测并等待你们帮他验证之前，可能已经至少看过或去过四个房间。"

两人齐刷刷地看向了季雨时，似乎对他缜密又迅速的逻辑思维感到惊讶。

季雨时后知后觉，沉默了一瞬。

这些分析还不足以帮助对手获得完成任务的信息，事实上他也没有头绪，不怕被人捷足先登。他只是很意外，自己无意间已经变成了一个不再自我封闭的人。

他继续问："你们的小队有几位队友？"

森田佑回道："四位。"

Zoe 擦了擦脸，说："加上 Chuck，六位。"

季雨时又问："你们在路上还有没有碰到其他队伍？"

两人都说没有。

"我们小队是七位队员。"季雨时道，"取个保守中间值，假设那个穿越者的队伍是一支五人小队，战损状况未知，暂时算他们全员存活，那么此刻这里可能有二十一个穿越者在同时活动。把我们三个人走过的房间数和那个穿越者走过的房间数合在一起计算，假设这里已知的房间有二十一个。再按最简单的算法，假设二十一个房间是一个连一个、按平行线排列的，用六面来计算……除去连接的面，就有八十六个。但我们是从不同的方向来到这个房间的，和队友走散以后也看不到队友，房间似乎还会移动，我觉得房间可能不止这个数。当然，我的猜测其实没什么依据，随便听听即可。"

在这里，重新碰见自己队友的可能性有多大？季雨时不知道。

森田佑已经被季雨时震惊了，像季雨时这样会多门语言、会分析、聪明而又能力超凡的人，一定不简单。

"那个。"森田佑问，"前辈，你这么强，一定是队长吧？"

季雨时看向他，眼睛里平静无波，淡淡道："不，我们队长……是个比我更强的人。"

8.

比季雨时更强的人？

森田佑感叹，看来纪年为星元的这个时空比他们的时空更加人才辈出，而且装备等物品也先进不少，应该是和他们有一定科技差距的。

但是，三人除了交换当前在“魔方”里的信息，对自己的年代、背景皆只字未提。

为了保持时空的稳定性，他们不会与来自别的时空的穿越者过多地交流。

无论是来自哪一个时空的穿越者，天穹的三大定律都已经刻入了他们的骨子里：绝不改变过去，绝不谈论现在，绝不迷恋未来。

“这里的房间的确在移动。”Zoe 开口道，“每当开启一扇门，有人进去再打开门后，原本的房间就会消失，变成了别的房间，可能是房间里有什么感应装置。”

她这一路上显然已经经历过好几次这样的情况，才会有此一说。

季雨时点点头：“有可能。”

Zoe 思考道：“这样的话我们很难找到规律，有这么多个房间，‘魔方’到底想让我们干什么？拼接什么？”

大家都知道要解答这个问题只有靠试验和摸索，如果都为了安全待在原本的房间里不动，是永远都找不到答案的。

三人简短地说完话，便决定继续前进。

Zoe 取下悬浮在空中的红色小球。

三人从上、下、左、右、前、后六个方向按顺序查看了一遍，发现周围六个房间里的小球颜色各有不同，分别是两个蓝色、一个黄色、一个绿色、一个紫色和一个红色。

根据森田佑刚才的猜测，大家最终选择了有红色小球的房间继续前进。

一路上，Zoe 都会在房间里用匕首刻下罗马数字。

安静、洁白的房间一个接一个，很容易让人产生与世隔绝的感觉，事实上他们也的确如此。

森田佑会主动找话题，但他不像李纯是个话痨，虽然说话啰唆了点，但他讲的都是有用的信息。

“前辈，你说估计在这里活动的还有二十一个人，那有一件事我就想得通了。”森田佑说，“我和队友走散以后，在一个房间里待着时，有一扇门突然就打开了，可是我并没有按开关。那扇门开了一秒钟，然后就关上了。”

他说得阴森森的，还比画着：“我想如果是我的队友的话，他们肯定会叫我，那时我没看见门后面的人，还以为这里有鬼。现在想一想其实很简单，肯定是别的队伍的人发现了我，但并不想和我一起行动，就离开了。说不定就是你的队友。”

如果这里真的只有三支守护者小队，那么森田佑遇到天穹七队的可能性还是挺大的。

然而，季雨时听了这话却在想，这里可能不止三支小队，他们说不定还会遇到更多其他时空的穿越者，就像他们在时空的裂缝里一样。

“应该不是我的队友。”季雨时说，“他们如果发现了你，不会直接走掉。”

就算是竞争关系，天穹七队也不会这样做。有效却又有所保留地交换信息，是在“魔方”里尽快与队友会合的方式。

森田佑笑了，露出一口白牙，说：“啊，前辈不管是对队长还是队友都很有信心呢，真羡慕你们有这样的氛围。”

Zoe话不多，也嫌森田佑话多，她只想快点从这里出去，皱眉问：“难道你们队里不是这样？”

“也算不上没有吧。”森田佑抓了抓头发，不好意思地说，“我之前一直是做文职工作的，本来打算去做记录者，看到守护者缺人，我就报名了。我的战斗力、经验都还有点跟不上队友，所以我和他们还不是特别熟。”

Zoe 并没有觉得他可怜，每一个守护者刚进入新队伍时都要经过一段时间的磨合，适应得了就留下，适应不了就离开，她在天穹见过太多这样的例子了。

季雨时听到森田佑的回答，似乎有所触动。

他回过头对森田佑说：“文职工作者自有自己的长处，多出几次任务，你们就会慢慢熟悉了。”

他们来到了一个新的房间，上、下、下，这是他们到达的三个房间，房间里都是红色的小球。

季雨时记得每一次进入房间的方向，脑中原本呈平行排列的基础房间布局开始变形、重组，这里的排列比他想象中复杂许多倍，远远超过他随口以八十六个房间计算的基础。

“拼接”到底是什么意思？

Zoe 继续取下小球，按下开关，森田佑和季雨时分别查看房间内小球的颜色。

森田佑看了看左边的房间，说：“红色！”

季雨时顺着银白色的梯子爬上右墙，门开了以后，他看了看，说：“红色……等等。”

右边那个房间里，映入季雨时眼帘的是地板上的一大片鲜红血迹，还有一颗滚落在墙角、后脑勺朝外的头颅。

见他状况反常，Zoe 和森田佑都问怎么了。

季雨时下了梯子，许久未见过的血腥场面重现，让他一时没了在 PU-31 看碎尸和肉块看到麻木的承受力，一股股恶心不适的感觉从胃部涌上来，他勉强忍住，道：“里面有一颗人头。”

森田佑惊讶道：“人头！是死人？”

季雨时“嗯”了一声，不太想继续这个话题。

Zoe 表示怀疑：“你说那个房间的球是红色的，那里面怎么会有死人？”

Zoe 算不上不信任季雨时，毕竟他们萍水相逢，完全没有默契、感情的沉淀，不管季雨时刚才分析情况时有多逻辑分明，Zoe 还是要亲自看看才能确定。

Zoe 爬上梯子看了，脸色一变，惊道：“发生了什么事？”

果真出现了尸体，还只是一颗头，森田佑一点都没有也爬上梯子去看看的想法，他甚至连一墙之隔的地方都待不下去了，催促道：“快走吧，别管了，说不定就是那个害死 Chuck 的人干的，他就是个凶手！他一定会得到报应的！”

超 S 级任务被森田佑搞成了密室杀人案，他真情实感，既义愤填膺又中二。

森田佑先爬上了左侧的梯子，一边骂一边念叨：“走吧，不要浪费时间！人三天不吃饭就会爬不起来，我现在已经很虚弱了，我们得快点！”

季雨时跟在森田佑身后准备爬上梯子，Zoe 也从右边的梯子上跳了下来。

季雨时抬头就能看见森田佑的鞋底，他爬了两步，只见森田佑低头提醒他：“前辈你小心，手不要被我踩到。”

话音刚落，森田佑就钻进了圆洞，紧接着，他双脚猛地朝外一蹬，“嘭”的一声，重物落地，然后没了动静。

季雨时疑惑，又爬上去两步，看清眼前的情况，他刹那间浑身血液倒流，喊道：“森田！”

季雨时这一声大喊是惊恐至极的，连嗓音都几乎在发颤。

Zoe 还站在地上，抬头问道："怎么了？发生什么事了？"

季雨时耳边还残留着森田佑的那句"前辈你小心"，却眼见森田佑倒在地上，是个摔下去的姿势。他死在当场，鲜血满地，他的头不见了！

季雨时蓦地想到了什么，快速从梯子上滑下来。

"给我！"季雨时夺过 Zoe 手中的小球，很快找到右侧房间的开关。

他利落地爬上梯子朝右侧房间看去，那颗面向墙角的头颅霎时间有了归宿……那是森田佑的头！

Zoe 已经爬上了左侧的梯子，看到了森田佑的尸体，惊道："什、什么？为什么！"

她无法接受，为什么刚刚还活生生的人转瞬间就身首分家，死在当场，甚至哼都没有哼一声。

在这种情况下，任何感情健全的人类都会感到悲痛，何况她与森田佑已经走过了这么多房间。

她忍不住眼圈发红，从梯子上退了下来，问道："怎么会这样？哪里出了问题！"

按照之前"相同颜色的房间是安全的"这个理论，他们随便选择哪一个房间都可以继续。这一路上他们已经靠这个理论走过了许多个房间，森田佑的死亡完全在两人的意料之外。

难道相同颜色的房间不是安全的？

那又要怎么样才能安全？

Zoe 在房间里烦躁地转了两圈，用枪托砸了下墙面，愤怒道："也就是说另一个房间里面的头是森田的？可是怎么可能？他刚刚还在这里，我们到的时候那颗头就已经在了，这要怎么解释？说不通！"

她说完这些话，转头看见季雨时站在右侧的梯子旁，闭着眼睛不知道在想什么。

这个来自东方、来自七十年前的青年短时间内就在她心中留下了一种印象——冷静。除了那漂亮的外貌，冷静似乎就是季雨时身上最为吸引人的东西。

然而此时，他脸色苍白，额头冒出阵阵冷汗。

季雨时无法控制自己，看到森田佑的尸体与头颅后，他脑海中难以抑制地出现了混乱的记忆：汤乐被丧尸咬破动脉后溅射的血液、钻石鸟子弹穿过李纯脑袋迸出的脑浆、挡风玻璃上的腐肉、一截穿着黑色短靴的小腿……还有昏暗的雨天，插在某人胸口的一把刀。

他不想看，也不想记起，可是这里没有人告诉他别看。

他睁开眼睛，很快拿出了药盒，眸子里蕴含着自己无法察觉的阴沉风暴。

小小的药片倒入掌心，然后被他放进了口中。

“你怎么样？还好吗？”Zoe 问，“你看上去精神不太稳定。”

没有水送服，药片被嚼碎了，口中满是苦涩的滋味。季雨时嚼得细而慢，似乎有点享受这种苦味。

他擦了擦自己额头的冷汗，仿佛什么也没发生过一样，开口道：“两分钟。”

Zoe 以为他是要求休息两分钟，见他精神不佳，便暂且将惊疑、恐惧都撇下，提议道：“不，你需要多休息一点时间。半个小时吧，你至少需要休息半个小时。反正我们现在也没办法离开，我们不可以选择有红色小球的房间了，这个理论不对……”

“从我们发现头颅到森田死亡，差不多两分钟。”季雨时言简意赅地道，“也就是说，有头颅的房间里，时间是两分钟之后，两个房间有时间差。”

他思维有些混乱，说完又纠正自己："不，是这三个房间有时间差才对。"

都是天穹的穿越者，时空理论自然都学过不少，但是 Zoe 不像天穹七队一样早已见过这种情况、见怪不怪，她震惊在当场："同一个时空怎么会出现时间差？这没有道理，根本不符合逻辑……"

这里的情况和在七队在"卡俄斯"任务中遇到的雨林、城市有点类似。

要是换作宋晴岚，此刻应该立即跟上了季雨时的思路。

很多时候季雨时不用说多少，宋晴岚便完全明白了他的意思，并能进行衍生分析，而其他队友只需要提出问题，再一起解决问题。

季雨时无法在这里花时间给 Zoe 描述他们遇到过的时间锚、时空裂缝等奇遇，只能直奔主题："你说得对，一般情况下，同一个时空不会出现时间差。那么反过来，你可以想一想，如果这些房间本来就不在同一个时空呢？"

Zoe 被季雨时大胆的想法惊呆了，一时难以接受。

季雨时的药已经完全吞了下去，只有唇齿间苦味残留，或许是心理作用，他冷静了不少，又说："你身上有没有什么不重要的东西可以借我一用？我们可以扔一个东西过去，用来证实这个猜测。"

Zoe 从口袋里掏出一盒口香糖，季雨时接过去，觉得它出现得正好，便轻笑了一下，问："你要吗？"

短时间内，他的精神状态就调整过来了。

在 Zoe 看来有些不可思议，殊不知这不过是七队人人都具备的技能而已。

给了 Zoe 一颗口香糖，季雨时自己又吃了一颗，口中的苦味被驱散了不少。

两人嚼着口香糖放松自己，在这样的情况下其实很诡异。

Zoe 问："你不扔过去？"

"不用。"季雨时捏着口香糖盒子说，"我只要有'把口香糖扔过去'这个想法就足够了，Zoe，可以请你帮我去看看右边房间的情况吗？"

Zoe 狐疑地爬上梯子，然后睁大了眼睛，道："这里多出了半盒口香糖！"

这情况在季雨时的意料中，他把口香糖扔给Zoe，说："对比一下，是不是你的？"

Zoe 确定了那是她的口香糖，兀自陷在一团乱麻中。她学过的课程、有过的实践经验，还有这次被劫持后的经历都在她脑海中打转。

季雨时给了她时间思考，没有出声打断她的思绪。

足足过了一分钟，Zoe 才试着说："难道左边房间的时间是两分钟后，它会展现两分钟后可能会发生的事？"

进入现在的房间以后，他们发现了森田佑的头颅。

两分钟后，森田佑完成了这件事，尸体也出现在左边的房间里。

Zoe 问："如果我不把口香糖扔过去，不去完成这种可能呢？"

季雨时站房间中央，抬起手腕看了看通信器，说："现在已经有两分钟了，你再看看，口香糖还在不在？"

Zoe 回头看了下，惊道："不见了！"

房间里的半盒口香糖如幽灵般消失了。

Zoe 从梯子上下来以后，季雨时把自己的想法告诉她："如果我们真的扔了口香糖，那么现在右边的房间里就该和左边的房间一样，出现半盒口香糖才对。"

如果这样的话，事情在这里发生的顺序就和森田佑的遭遇一模一样了。

经过试验，季雨时的想法被证明了——这三个房间的确有着不同的时间差，且不可直接跨越。

季雨时在思考，之前Zoe他们提到的Chuck的死亡，也是在进入一个房间的瞬间发生的。

那么，到底是某些房间有时间差，还是所有的房间都有时间差？

会不会，他们在房间里穿行的安全与否其实与小球的颜色无关？

季雨时问："Zoe，森田说Chuck死亡的房间里的小球是黄色的？"

Zoe说："对，你想到了什么？"

季雨时摇摇头："暂时没有，我需要更多的数据。"

相同颜色的房间可以进的理论被推翻，进入不同颜色的房间似乎也有可能面临死亡的境地。他们查看了周围，除了那两个诡异的有红色小球的房间，剩下的房间分别是一个黄色、一个绿色和两个蓝色。

Zoe想了个办法，往每一个房间里都扔了一颗口香糖观察后果，但它们都静静地趟在房间里的地板上，毫无反应。

季雨时又观察了两分钟后的房间，同样，它也没有受到其他房间的影响。

看上去周围这些房间不存在时间差，可即使这样，他们也不敢贸然选择一个方向前进，他们好像被困在这里了。

俄罗斯方块快速变换着，以看不清的速度坠落在地，消掉了一行又一行。

季雨时席地而坐，纤长白皙的手指操控着游戏机，侧脸看起来十分专注，正全身心地投入游戏中。他的游戏积分涨得快极了，若是去参加一个俄罗斯方块比赛，他毫无疑问会拔得头筹。

在这种环境里，季雨时一坐就是两个小时，令人毫不怀疑就算是再待久一点，他也不会觉得无聊。

Zoe一开始还能稳住，时间一长，就焦躁地在房间里走来走去。

她来的时间比季雨时长，心态自然也就不一样，见季雨时依旧在玩游戏，她甚至动了要自己离开的念头，她等不下去了。

“你真的不走吗？”Zoe 拿着枪，打算随便选一个房间出去。

绿色、蓝色都可以，只要不是害死 Chuck 的黄色房间和左右两侧恐怖的红色房间，她都可以一试。

季雨时的视线没从游戏机上移开，他只说：“我说过，我需要更多的数据。”

Zoe 道：“季，你光是坐在这里什么也不做，想要更多的数据也没有。”

季雨时说：“第一，在这里的穿越者不止我们，第二，每当有人进入一个房间后，他原本所在的房间就会移动。房间的移动不是单独的，一个房间的移动肯定会造成周围的房间联动。我们为什么不等一等？说不定下次再看的时候周围的房间就变了。”

Zoe 乍一听差点被说服，她呆了半秒，很快就反驳道：“就算周围的房间变了又怎么样？你能选择走哪个房间吗？”

季雨时说：“等周围的房间变了，我们就可以再做试验，这样就能采集到更多的数据了。就算暂时没有有用的信息，至少这里是安全的。”

季雨时说得不无道理，Zoe 烦躁地拨乱了自己短短的金发，安静下来，又和季雨时一起等了三个小时。

除了两人的呼吸，这些像迷宫一样的房间陷入了一片死寂中。他们轮流查看过好几次周围的房间，均未发现任何变化。

Zoe 再也无法等下去了，坚决道：“我们得离开这里！”

季雨时看着她。

Zoe 说：“你看，如果这里的房间真的有很多很多，或许是无数个那么多，那我们等到死也不会有人来，周围的房间也不会移动。

不如就在蓝色和绿色这两个房间里面选择一个，说不定就能选对，我们也能得到更多的数据。”

季雨时问：“你想选哪个？”

“很简单，我们有两个人。”Zoe道，“不如猜拳，输了的打头阵，随便选择哪一个都可以。选对了，我们就能一起走，选错了，另一个人也能活下去，这样很公平。”

Zoe特别喜欢公平，但季雨时不赞同：“要是两个都错了呢？”

Zoe说：“那又怎么样？错了总比坐以待毙好。”

虽然她永远不会那样做，但是她有点明白拿他们做实验的那个穿越者的心态了。

季雨时还坐在那里，只摇摇头，道：“抱歉，我选择留下来。”

Zoe蹲到他旁边，真诚地说：“我真的希望可以选对，这里是个任务，那个天穹系统说过有奖励。就算冒险，但我们这样一起为对方创造机会，不好吗？”

季雨时脸上的表情丝毫未变，他与她平静地对视，说：“对不起，正是因为想获得胜利，所以我不可以冒险。如果你想走，请便。”

Zoe愣住了，她忽然发现，这个漂亮的黑发青年除了过分冷静之外，也十分无情。

她气道：“我要是离开了这个房间，等关上门以后现在这个房间就会马上移动，你什么都不做就能得到你想要的数据了，凭什么？这一点都不公平！”

季雨时淡淡道：“你可以选择留下来。”

Zoe被噎住，气闷地说：“季，你冷静得太可怕了。你这样身上一点温暖也没有，我怀疑你找不到女朋友。”

季雨时说：“哦，我无所谓。”

Zoe已经取下了悬空的球，又说：“随便你吧，反正你像个机器，应该不会需要谁。”

她选择了绿色房间，地上出现一个圆洞，她扔下的口香糖还留在那里，看上去毫无危险。

她一边准备往下，一边说：“如果我获得胜利，那将是来自我的勇气——事实会证明七十年后的守护者比七十年前的强！如果我死在绿色的房间里，你就要记住，是我给你创造了胜利的机会，你欠我的，季。”

说完，她消失在了圆洞里。

“嘀”的一声，门关上了。

与此同时，又是“嘀”的一声响，在绿色房间的那扇门关上的刹那，另一扇门被开启了。

门外，Zoe 走了进来，跟在她身后的，是活生生的森田佑。

他们似乎看不见季雨时，对季雨时的存在无所察觉。

只见森田佑一边跳下梯子一边说：“我之前一直是做文职工作的，本来打算去做记录者，看到守护者缺人，我就报名了。我的战斗力、经验都还有点跟不上队友，所以我和他们还不是特别熟。”

紧接着，季雨时看见“自己”出现在洞口，顺着梯子往下爬。

他启动嘴唇，跟着那个“自己”说：“文职工作者自有自己的长处，多出几次任务，你们就会慢慢熟悉了。”

9.

眼前的 Zoe 拿出了匕首，准备在地上刻下标记，可是地上已经有一个标记了。进来的这三个人看不见季雨时，也看不到地上已经存在的标记。

季雨时站在 Zoe 背后，清楚地看见她握着匕首，一笔一画都刻在了原本就已经存在的罗马数字“XI”上面。

然后，Zoe 站起来，像之前那几次一样取下了悬浮在空中的红色小球，并按下开关。

他们开始观察周围房间的小球颜色。

森田佑检查完两个房间，就去了左边房间伸出来的梯子上，一步一步往上爬，然后说："红色！"

季雨时站在原地一动未动，看到"自己"走了过来，然后穿过了他的身体，爬上了右侧的梯子。

他像一个不该存在于此的幽灵，不能被感知到。他回头，看到"自己"爬到了梯子上方，看了看，说："红色……等等。"

他们发现了右侧房间里的头颅，然后选择了去左侧的房间。

三个人的对话、行为都按照之前的情景重演了一遍，森田佑死在了左侧的房间里。

季雨时看见他们方寸大乱，Zoe 的不可置信、他的苍白颤抖……他看见"自己"吃了药，也看见他们重新用口香糖做了一遍实验，他们被困在了房间里。

季雨时像个局外人一样看着这一切重复。然后，他看见"自己"走到了角落里坐下，开始玩游戏机，并等待新的转机。而 Zoe 在房间里走来走去，好一会儿才消停下来，坐在一旁发呆，眼神放空。

这是怎么回事？

有过那么多离奇的、不可思议的经历以后，面对这种情况，季雨时还算冷静。

他所在的这个房间，似乎以他们进入后为起点，将时间停留在了 Zoe 离开后的那一刻，然后重复这个过程。那么，它左侧和右侧那两个有红色小球的房间又会发生什么？

季雨时从空中拿下悬浮的小球，他拿走以后，原处自然还悬浮着一个，那是几个小时前的小球。他试着碰了碰，但是和"自己"

能穿过自己的身体一样，他的手也穿过了小球。

这说明他和之前的他们并不是同时存在的，他们三人的到来更像是被按下了录像键后的情景重播。

季雨时拿着小球，爬上了左侧的梯子。

他打开通往左边房间的圆洞，发现森田佑尸体所在的房间还在，右边有森田佑头颅的房间也还在。但是，顶部有黄色小球的房间不见了，变成了一个悬浮着绿色小球的房间。

季雨时一一查看了六个方向的所有房间，从上、下、左、右、前、后的顺序看，它们由原本的黄、绿、红、红、蓝、蓝变成了蓝、蓝、红、红、绿、蓝。

也就是说，他周围除了左右两侧的房间未变，其他的房间都变成了蓝色和绿色。

这种改变是因为 Zoe 离开了这个房间，每当有人从一个房间去到另一个房间并关上门以后，原本的房间就会移动，因此季雨时所在的房间周围发生了变化。

季雨时发现，他周围的六个房间，除了左右两侧的红色房间没变，其他四个方向的房间全都改变了。

他无意识地停留在原地，大脑飞快转动，在脑海中快速构图分析。

他发现，如果将左侧、当前、右侧三个没有发生改变的房间视作一行的话，现在的情况就像是他所在的这一行同时往左边或者右边前进了一格。

果然，在“魔方”里，正如他之前对森田佑和 Zoe 说的一样，每一次移动都不是单个房间的移动，而是联动与它一行或一列的房间一起移动。

这种移动的规律是什么？季雨时暂时不明白。

可是，这种移动的规律却给了季雨时一个提示。

“魔方”所谓的“拼接”，指的会不会是把这些房间用移动的方式拼接起来？

如果弄懂了这些房间每一列、每一行的移动规律，把相同颜色的房间拼接起来似乎不是难事。但相同颜色的房间有时间差，如果穿行到颜色相同但时间差不同的房间，就会有和森田佑相同的遭遇。

那么……他们是不是还得把这些相同颜色的房间按照某种特定的顺序拼接起来？

这样的话，新的问题出现了，如何在保证自己安全的情况下去确定每一个房间的时间差呢？

季雨时无法立刻得到答案，但他有足够的耐心，他需要继续思考。

季雨时一个人待在房间里，身边除了几个小时前的Zoe烦躁地玩弄匕首的声音，就什么声音也没有了。而另一个“自己”，正靠墙而坐，手中玩着俄罗斯方块。

或许是因为这个房间里的事物被固定在了一段时间内，季雨时并不觉得饥饿困乏，在这个房间里，他的身体机能好像也被固定了。

近五个小时后，Zoe打开下方有绿色小球的房间，离开了这里。

她开门的时候，季雨时看着另一扇门同时开启，然后看到第二批他们走了进来。

他下意识看向墙角，只见第一批重复到来的人里面，“自己”消失了。新的“自己”跳下梯子，新的Zoe开始在地板上刻下罗马数字“XI”，新的森田佑在左侧的房间尸首分离。

作为一个执行过八十九个记录者任务的人，季雨时是一个完美的旁观者，他像旁观一段历史一样看着第二批的他们，记得他们做的每一件事、嘴里吐出的每一句话。

季雨时的思考没有结果，不知道到底在这里待了多久，第二批他们离开后，他又看到了第三批、第四批他们。

数次重复，漫长的等待，不是因为季雨时懦弱，只是因为他太想赢了。

“所有时代意义上的天穹”说，完成它规划的所有任务后，他们不仅能回到自己的时空，还会在不影响时间线的前提下获得一个奖励。

当然，他们回到自己的时空后，季雨时也会得到属于他的记录者奖励。但季雨时不敢肯定，在他们被时空劫持的第三秒中发生的这一切能否得到当前时代天穹的认可。

如果第三秒中发生的一切不能得到认可，那他将重新完成A级任务，然后等待评估——重重程序走下来，又将是一个烦琐而漫长的过程，而且还有诸多条件加身。

所以季雨时不仅想回去，也想要这一个奖励。

眼前的Zoe离开了这个房间，新一批他们同时到来。季雨时冷静地看着新一批他们重复着死亡与惊慌，兀自在自己的通信器投出来的全息投影中计算。

在很小的时候，季雨时经历过比这更久的等待。

他非常有耐心，就像在小时候花两天时间写了从天花板到地板那么多的斐波那契数列一样，他画了图，又写了公式，列下数种可能性。

新一批他们用口香糖做完了实验，那个“自己”问：“Zoe，森田说Chuck死亡的房间里的小球是黄色的？”

Zoe说：“对，你想到了什么？”

听到这对话，季雨时在全息投影中书写的动作停住了，他看着自己画出来的魔方。

Chuck死亡的房间的小球是黄色的，而Zoe离开前，这个房间的上方是一个有黄色小球的房间，现在它变成了蓝色。

季雨时清楚地记得，他们之前一起穿行过的房间周围也遇到过黄色房间，黄色房间的数量随着他们的移动似乎一直在减少，现在他周围干脆一个黄色房间都没有了。

全息投影中的魔方有六个面，如果每一个面的颜色都不同，那应该有六种颜色，可他直到现在也只见过五种颜色，它们分别是：红、绿、蓝、紫、黄。

季雨时开始回忆他们的行动路线：紫色房间他只见过一次，黄色房间越来越少，而红色房间一直都在，绿色房间与蓝色房间在增多，现在他周围全都变成了蓝色房间与绿色房间。

这些改变再加上他们的行动方向与房间的移动规律，直逼一个重点：他在靠近蓝色、红色、绿色房间同时存在的点，如同往魔方三面交汇的地方靠近，离黄色房间越来越远。

季雨时把这些颜色在魔方上标出来，惊讶地发现——魔方中黄色与尚未知晓颜色的那一面，其中必定有一面与红色不相邻。

进入黄色的房间会死掉，那是不是说明因为黄色与红色的面不相邻，所以人在这两种颜色的房间里穿行时行不通，就会死去？Zoe 选择绿色房间继续前进，那她还活着吗？

季雨时站起来，重新拿到了小球。

他现在只有两个选择——蓝色、绿色，就算再等待下去，这两个颜色也不会改变，他只能在里面做选择。

蓝色与绿色都和红色相邻，季雨时打开了蓝色房间的门，爬上梯子，一步一步走到了圆洞口。

他回头看了一眼，只见房间里的“自己”回到了角落里，开始玩游戏，Zoe 则在房间里走来走去，他们将在这个被固定时间的房间里无休止地重复下去。

季雨时翻越洞口，手中的红色小球被一股怪力吸引，重重地弹回了原处，紧接着“嘀”的一声，门在季雨时后方关上了，他平安到达了有蓝色小球的房间。

季雨时正要取下蓝色小球观察周围房间的颜色，便又听到“嘀”的一声在后方响起，有人跳下了梯子。

季雨时来不及看清来者是谁，就被人狠狠地推得退了几步，整个人重重地靠在墙壁上。熟悉的气息扑面而来，他刹那间有些不可置信。

来者的嗓音低沉又严厉：“季雨时！”

季雨时抬头看去，仿佛很久不见，眼前的宋晴岚胡子拉碴，面上露出了几分沧桑。

宋晴岚低头看着他，一双黑眸中情绪不明，几乎是凶神恶煞地问：“你去哪里了？”

10.

季雨时一颗吊起来的心在见到宋晴岚以后才仿佛落到了实处，重新见到队友的感觉实在太棒了，季雨时差点忘记了曾经的自己有多喜欢一个人行动。

“宋队？”季雨时后背撞得生疼，竟然不觉得生气，“我一直……都在啊。”

不是“宋晴岚”，而是“宋队”，季雨时的语气算不上多热络，但若是足够了解他的人，就能听出他此时对于与队友重逢这件事有多高兴。

被摁在墙上，季雨时暂时没有挣扎，他答非所问，下一句话是关心宋晴岚的外貌：“你又长了好多胡子！”

和在“卡俄斯”任务里一样，季雨时还是干干净净的，而宋晴岚则一身邋遢。

天穹大概在时间的分配上对宋晴岚情有独钟，特别愿意让他展现糙汉子的一面，不管他本人乐不乐意。

宋晴岚已经好些时间没照过镜子了，闻言脸色一沉。

季雨时眼神落在宋晴岚的下巴处，奇怪道："难道你又来这里很久了？"

宋晴岚道："我已经在这里待了一个多星期了。"

他把这句话说完，紧紧抓住季雨时肩头的大手一松，人退开了几步距离。

"季顾问！"

宋晴岚长得高，他一让开，季雨时才发现和宋晴岚一起进房间的还有两个人。一个是对于与队友重逢同样感到欣喜、下巴同样冒出了胡楂的段文，还有一个则是高挑白皙、长了一双桃花眼、身穿同款黑色作战服、胸口写着个"9"字的年轻男人。

年轻男人优雅地对季雨时颔首："嗨。"

季雨时没出声，这个人是……

季雨时知道他是谁，对他出现在这里也没有惊讶到不可思议的地步，天穹劫持正在进行跃迁的守护者来完成这个多人任务，季雨时毫不怀疑在这里集齐所有守护者都有可能。

有句话说冤家路窄，季雨时就是觉得，这位九队队长遇见他们的次数是不是太多了？

对方和季雨时简单地打了招呼，令人窒息的是，虽然大家都是不同小队的，但同为江城分部的守护者，不管是宋晴岚还是段文，都没有要介绍这个人的意思。

然而，这个人却并不觉得尴尬，只好整以暇地站在那里，任由季雨时打量。

季雨时与对方素不相识，仅有的了解全来自李纯的热心八卦和科普，李纯说的还一大半都是对方的坏话。

季雨时不好意思继续看着林新阑，拿不准要不要和他打招呼。

好在季雨时的尴尬癌还没来得及发作，段文就上前几步挡住了林新阑的身影。

段文快热泪盈眶了，激动道："季顾问，你知不知道因为你的一个背影，我们找得你好苦。"

季雨时问："什么背影？"

段文道："其实我没亲眼瞅到，具体是什么情况我也不好说。就是不知道在哪个房间里，我们从一个房间去另一个房间的时候，宋队说看见你正好从那个房间出去。他喊了一声，你没回头，等我们追上去你人就不见了。"

季雨时表示疑惑："我没听到过有人叫我。"

"我就猜你肯定没听到。"段文感叹，"你记性那么好，别人的声音你听不出，宋队的声音你还能听不出？我就怀疑是宋队看错了，不然你怎么会不应？"

难怪宋晴岚会问那句"你去哪里了"，难道他们一直在找他？

季雨时解释道："进入这里之后，我总共只穿行了五个房间，还要加上我们现在所在的这个。"

段文惊道："只有五个房间？"

这么久了，季雨时只去了五个房间？众人都是一怔。

宋晴岚道："是不是像裂缝里一样，这里存在时间流速上的问题？对我们来说过了一个星期，对你来说不过是一个小时？"

"不完全是。"季雨时告诉他，"前几个房间我没花多少时间，加上和李纯、汤其一起等你们的时间，也不过三四个小时。"

段文问："你遇到纯儿和汤其了？"

季雨时点点头，说："对，我们是一起到达这个'魔方'的。

和他们走散以后，我遇到了别的守护者，有一位守护者在途中死亡，原因不明，我们就被困在了那个房间里。大约五个小时后，另一位守护者选择了离开，我不敢冒险，在房间里又待了十几个小时，才来到了这里。”

听到季雨时和李纯他们走散，又听到有人在途中死亡，宋晴岚的眉头越皱越紧。

季雨时以为他要提出什么看法，却听他问道：“所有人离开以后，你一个人在那个房间里待了十几个小时？”

季雨时奇怪于宋晴岚重复这个问题，但还是点头道：“是的。”

宋晴岚问：“在尸体旁边，你不觉得会不舒服？”

季雨时说：“不觉得，如果一直没有想到突破点，我还能待更久。”

宋晴岚没有再问，季雨时突然后知后觉，宋晴岚该不是在担心他的超忆症吧？

作为队长，宋晴岚向来很关心队员，但可能是因为此刻有外人在，即便大家都站在房间里，季雨时却还是觉得此时被关心的自己似乎过于显眼了点。宋晴岚他们三人已经在一起待了一个多星期，突然出现的他就像是一个闯入者，太引人注意了。

“我发现这些房间有时间差。”季雨时尽量挑着重点说，“我和路上结伴同行的穿越者本以为小球颜色相同的房间是安全的，但是经过这一次，我发现这种情况并不是绝对的。这些房间有不同的时间差，可能是因为这种时间差造成了我们对时间的感知不一样。在这些有时间差的房间里，若是走错了一步，便会当场死亡。靠颜色是否相同来确定是否安全，纯粹是靠运气。”

他把森田佑遇险的情况说了一遍，然后问：“你们这一路有遇到过这样的情况吗？”

“没有。”有人率先开口，正是林新阑。

宋晴岚与段文同时侧身，只见林新阑坐在地板上，靠着墙壁，自然地加入了他们的谈话。

段文嘴角抽搐。

“我之前已经告诉过宋队和老段了，我在路上也遇到了别的穿越者，不过情况和季顾问说的有所不同。那个穿越者是进入不同颜色的房间后，全身血肉立即湮灭了，就像被什么搅碎了一样，化为了尘埃。”

他说话的调子很慢，让人觉得悠闲，只听他又说：“顺便自我介绍一下，我叫林新阑，是天穹江城分部九队队长。季雨时，我听过你的名字。”

季雨时是个传言满天飞的人，在天穹怕是没人没听过他的名字。

“你好。”季雨时只是对他点了点头，宠辱不惊，尽量保持平常心。

这样就算打过招呼了，方便了季雨时的发问：“林队长，你们遇到这种情况的时候，是从什么颜色的房间到什么颜色的房间？”

林新阑还没开口，宋晴岚就抢先一步回答了，冷冷地道：“绿色到紫色。”

被抢了话头，林新阑也并不恼怒，脸上的表情都没变。他这个人似乎脾气很好，忍耐度也很高。

季雨时问：“这一路上你们都碰到过哪些颜色的房间？”

宋晴岚说：“黄色、蓝色、紫色、绿色、红色。”

和他见过的一样，都只有五种颜色吗？季雨时想了想，又问：“哪种颜色最多呢？”

这题段文会，他抢答：“绿色和蓝色比较多，红色是最近才开始碰到的。”

季雨时打开通信器，在空中画了一个立方体，然后选择了红色的笔，说：“我和路上遇到的穿越者经过的房间都是红色居多，慢慢地才出现了绿色和蓝色，然后我和你们在这里遇到了。这说明我们在一个交集点附近，并且正好朝同一个点聚拢。”

季雨时先在立方体的一面画上了红色，然后在临近的两面画上了蓝色、绿色。

众人都安静地看着他分析，看着他脸上被投影投射出几种色彩，这是队友们熟悉的季雨时。

季雨时思维很清晰，一面涂画一边说：“已知从红色房间去黄色房间会死亡，从绿色房间到紫色房间也会死亡，假设，红色的对立面是黄色，而绿色的对立面是紫色，那么现在就是这样一种布局。”

全息投影中的立方体被涂上了颜色，除了颜色未知的那一面与蓝色对立，布局一目了然。

“我的设想是，就像现实中的魔方一样，从一个面去到对立的面是不可能成立的。”季雨时说，“从一个面去到另一个相邻的面是安全的，如果我们要在这里穿行，那么就得避免去到与当前房间对立的房间。”

段文惊了，问：“我们要怎么选？”

宋晴岚思忖片刻，说：“你的意思是，我们得排除颜色相同但有时间差的房间，还要同时排除与当前颜色对立的房间？”

有人能马上理解他的意思，季雨时很欣慰地点头道：“是的。”

三人都没再说话了，季雨时得给他们一点消化的时间。

安静过后，林新阑再次出声：“那我们这一路都是靠着走相同颜色的房间走过来的，竟然没见过季顾问说的时间差，还毫发无损，果真是运气爆棚了。”

大家都听得出这是一种委婉的质疑，对不了解季雨时的人来说，季雨时来的时间很短，且他只是在一个房间里待了十几个小时，就大胆地进行了这种推算，确实非常天马行空。

林新阑又说：“我斗胆问一句，我们怎么在排除这两个可能的同时完成所谓的拼接？”

季雨时回道：“先找出这些房间的移动规律。”

林新阑问：“怎么找？”

季雨时说：“每当有人离开当前房间，当前房间就会移动。很简单，我们离开房间前记住周围房间的颜色，在保证安全的前提下一个一个地去试，看看颜色往哪个方向发生了变化。”

林新阑又问：“然后呢？”

两人你一言我一句，不知不觉间竟有点剑拔弩张的意味。

段文蒙了，这是怎么了？

宋晴岚已经走了过去，往季雨时身前一站，把人挡了个严严实实。

他习惯性地双手抱臂，英俊的脸庞在胡子的衬托下莫名成熟了不少，却还是显得桀骜又不近人情。

他冷冷地道：“然后肯定是破局了。林队，我们季顾问告诉你怎么走才安全已经算不错了，要怎么破局还得靠你自己动脑子。你别忘了，我们在这个任务里是竞争对手，别想着套话。”

林新阑倏地莞尔，吊儿郎当地道：“怎么办，被你看出来了。”

宋晴岚道：“你要是对刚才的分析有疑虑，可以不跟着我们走。”

林新阑耸了耸肩，说：“那算了，我还是信一信，跟着你们走吧。”

宋晴岚不置可否，不太想和这家伙多说话。他转身看到季雨时从口袋里摸出一个东西，正在地板上做记号。

季雨时捏着拉链柄画起了奇奇怪怪的记号，既不是数字也不是字母，乍一看去叫人难以理解他画的是什么。然而，等他画完拍拍手站起来，段文和宋晴岚就都认出来了。

宋晴岚有点想笑，小季同学记仇，差点被套话以后就一丝一毫信息也不愿意透露给林新阑了。

他在地上写的是大胡子的语言，是在平行时空中都濒危的语种。

“走吧。”季雨时表情如常地说，“先看看周围房间的颜色。”

他们选择了有绿色小球的房间继续前进，那个房间位于他们左侧。段文先爬上去，趴在洞口等他们，防止房间的门关上害他们再次走散。然后，大家一个接一个爬上梯子。

“宋晴岚。”林新阑忽然喊道。

季雨时回头，看见林新阑坐在地板上朝宋晴岚伸出手，随意道：“拉我一把，我腿麻了。”

季雨时干脆地继续往上爬。

身后，宋晴岚无情道：“自己起来。”

只听林新阑叹了口气，惋惜道：“唉，朋友一场，我到底哪里得罪你了？”

奇怪的气氛陡然出现，季雨时想起了李纯形容林新阑的那些话，现在看来不算太夸张。

季雨时爬进新的房间，继续用拉链柄在地上做记号，两耳不闻窗外事，面前却突然出现了一双穿着黑色短靴的脚。

宋晴岚在他身旁蹲下来，干咳一声，然后低声对他说：“那什么，林新阑来自一年前。”

一年前？季雨时停下了动作，却没抬头，问：“是来自你和他决裂之前？”

时机、场合都不对，宋晴岚不知道该如何解释这件事，便没有回答。

季雨时终于抬头了，他看着胡子拉碴的宋晴岚，黑白分明的眼睛里很是平静，开口道：“不改变过去，不谈论现在，放心，我不会告诉林队那件事的。”

11.

难怪林新阑会问宋晴岚“我到底哪里得罪你了”，原来他来自一年前，对一年后发生的一切都还不知情。

季雨时飞快地想到了一个问题——既然他们在这里相遇，那么，一年后的林新阑必定记得在这个“魔方”里发生的事。

临时被劫持到这里来，再从这里回到自己时空的林新阑，大约除了在任务报告里写到过这些经历，此外对任何人都只字未提。

和七队在这里相遇，对林新阑来说，既是未来，也是过去。

回去以后，他知道一年后七队将遭遇一次时空劫持，但时空的构造太复杂了，哪怕一点点细小的改变都可能会造成时间轨迹的改变，从而影响时空的完整性。

所以，林新阑回去以后是做得很好的。

在不同的时间点遇到来自不同时间段的人该如何做，是天穹时间见证者的必修课程。

宋晴岚也知道这一点，因此无法用未来的态度去面对现在的林新阑，不得不让他跟他们一起行动。

季雨时说完那句话，又淡定地补充了一句：“但他要是再敢做点什么事，我不保证会对他客气。”

宋晴岚下意识道：“当然。”

这时，段文已经充当了老好人的角色，给自家队长擦屁股：“林队，我拉你！”

林新阑道：“谢了，老段。”

林新阑最后一个到达新的房间，“嘀”的一声，圆洞门在他身后关上了。

“你们在干什么？说我坏话呢？”林新阑敲打着自己的膝盖，想让血液循环快一点。

他半开玩笑地说了这么一句，然后问：“诶，我要是跟着你们混到解密的那一刻，那个系统会不会把我也算成胜出者？”

林新阑长得很不错，人看上去也算清爽干净，谁都想不到他会和宋晴岚闹成那样。

宋晴岚站起来，略显沧桑的脸庞在此刻特别冷酷，他开口道：“从蓝色到绿色，安全。”

他无所谓地看了看林新阑，任务在前，他不介意让这家伙感觉到他的排外。

“相邻颜色安全论”被证实，宋晴岚又道：“老段，开门。”

段文拿下悬浮在空中的绿色小球，按下开关。

右侧的门开了，宋晴岚仗着腿长，两三步爬到梯子顶端说了声“蓝色”，然后就跳了下来。

段文问：“这边呢？”

另一头，林新阑也不是光闲着的，前方门一开，他就登上梯子看了看，说：“红色。”

四个人协作观察其实很快，六个方向的房间里悬浮的小球颜色被确认以后，季雨时早已刻完了地上的标记，然后打开了全息投影。

宋晴岚问：“怎么样？有什么想法？”

季雨时说：“有了一点点。”

“我们来之前，在刚才那个有蓝色小球的房间里，按前、后、左、右、上、下的顺序，周围房间的颜色分别是黄、红、绿、红、黄、绿。”季雨时说，“我们现在进入的是之前蓝色房间左边的那个绿色房间，对吗？”

众人点头。

季雨时根据地上的符号来辨别方向，然后转过身，指着面前的墙说："我们是从这个房间来的，我们一进来，原先的蓝色房间就移动了，现在变成了黄色。"

"单个房间的移动必定会带动整行或整列房间的移动。"宋晴岚说，"所以这个黄色房间一定是我们刚才在蓝色房间里见过的。"

季雨时的全息投影上画着一些不同颜色的立方体，他拨弄那些立方体，让黄色的立方体变得与他们现在身处的绿色立方体相连，然后道："对，但我们刚才在蓝色房间里看到的黄色房间有两个。一个在上，一个在前。"

取代他们原本所在的蓝色房间的，到底是上面的黄色房间，还是前面的黄色房间，决定了原本的蓝色房间的移动轨迹。

"我懂了，之前的房间在我们离开后，只有向后移动或者向下移动，现在我们才能看见这个黄色房间。"宋晴岚说，"我说得对不对，季顾问？"

季雨时颔首。

段文看着季雨时手中的全息投影图像，也试着去拨弄了一下那些立方体，问："那我们怎么确定现在看到的这个黄色房间到底是之前上面的那个还是前面的那个？"

"无法确定。"宋晴岚挑眉道，"所以得去做更多的试验，继续观察。"

一找到季雨时，他们在这些房间里的穿行就变得不再漫无目的了。即便他们之前已经有了一些头绪，但远没有现在这么清晰明了。

季雨时不知道的是，在找到他以前，这三人都已经很疲惫了。

在这个"魔方"里，任务者不会觉得饥饿困顿，除了身体表象因为时间差有所改变之外，他们不需要饮水或进食。所以，这种疲惫是精神上的，它让人觉得前路无望、漫长而充满压力。

疲惫一扫而空，段文有些兴奋，道：“真好，搞不好马上就要破局了。”

破局？局外人林新阑不知道有没有跟上他们的思路，站在一旁若有所思。

段文问：“现在去哪个房间？”

宋晴岚说：“为了避免时间差，不能去对立面的房间和颜色相同的房间，只剩下相邻的房间可以选……绿色与黄色相连，我们正好可以进这个黄色房间。”

说做就做，四人很快进入了身后有黄色小球的房间，并立刻回身观察。

只见原本所在的绿色房间变成了红色，也就是说，他们原本看见的上方的那个红色房间现在取代了绿色房间，房间的移动轨迹似乎朝下了。

数据还不够，季雨时一路在每个房间里留下标记，顺便在全息投影上添加不同颜色的立方体，测算它们的移动轨迹。

四个人在穿行中畅通无阻，这一次，他们进入了一个有蓝色小球的房间。

“嘀”声后，圆洞门在他们身后关上。

季雨时一落地就发现了不对劲。

所有人的动作都变得很慢很慢，而他刚刚还没有进入这个房间时看到大家的动作是正常的。所以——这个房间有时间差！

由于他们并不是从相同颜色的房间进来的，所以这种时间差没有对他们造成伤害。

“时——间——差！”季雨时速度极慢地张了张嘴，好像一条迟钝的金鱼，艰难地做出了口型，却没听到任何声音。

他身前的宋晴岚正在回头，一个简单的动作被延长了数秒，从宋晴岚的后脑勺开始，季雨时依次看到的是线条优美的下颌线、高挺笔直的鼻梁、硬朗的眉骨，然后才是整张深邃的面庞。

季雨时从未这样长时间地注视过宋晴岚的脸，被迫将他的神情完完全全地刻在了脑海中。

宋晴岚嘴唇开合，速度非常慢地吐出了几个字，脸上的表情慢慢发生变化——他也没能发出声音。

段文手举在空中，正缓缓靠近悬浮在空中的蓝色小球，看那距离，没个十几秒小球绝对到不了他手里。

林新阑一条腿抬起还未落下，保持着一个跨步的姿势，也在慢慢回头。

所有人都发现了房间的异常——时间流速缓慢，且没有声音。

在这种极度安静的环境里，他们的动作被放得很慢很慢，慢到连空中的发丝都还没落到实处。奇怪的是，明明动作与说话的速度已经变得这样慢了，可他们的思维速度却没有因此而慢下来。

每个人都在试图说话，季雨时看到他们的嘴巴一开一合，无奈他不会读唇语，无法知道他们想说什么。

他颇为费力地转动视线，慢到几乎能感觉到眼球在眼眶里活动，慢到几乎看清楚了自己平时忽略的睫毛。

这个有蓝色小球的房间里已经有了别人来过的痕迹，墙上画着一个大大的“24”，是阿拉伯数字，不知道是哪一支守护者小队来过这里。

既然这里看不见他们的身影，就说明他们已经离开了。

季雨时做标记是为了确认当前房间自己是否来过，目前这里已经有了标记，他也不会忘记它的样子，便不用再做标记了。

他再次转移视线，发现段文终于触摸到了悬浮在空中的蓝色小球。而林新阑的脚已经落地，宋晴岚也完全转过了身，手臂朝着季雨时慢慢伸过来。

季雨时正踩在下方圆形洞口的位置，看起来宋晴岚是怕段文误触小球上的开关，要把季雨时拉开。

季雨时抬手，让宋晴岚拉了一把。

四个人如同身处电影的慢放镜头中，动作被限制，思维却没有，但凡缺乏点耐心的人都会被这情况气死。

他们花了数十倍的时间才搞清楚周围房间的颜色布局，光是爬梯子的动作就害人不浅。

令他们惊讶的是，他们终于发现了那个未知颜色：灰色。

因为被静音又被延迟了动作，观察过周围房间的众人都非常慢非常慢地打开了全息投影，在空中写下颜色。

季雨时看到了目前六个方向的颜色分布，分别是——前灰、后红、左蓝、右蓝、上灰、下灰。

后面的红色房间是由他们来前所处的绿色房间移动后替换的，而灰色房间则是第一次遇到。

也就是说，他们现在遇到的颜色分别是相同的蓝色、对立面的灰色、相邻的红色。

相同颜色的房间如果有时间差，会造成死亡。

对立面的房间不能去，也会造成死亡。

所以，身后的红色房间是他们此时唯一的退路。

宋晴岚面冷如霜，在全息投影上写出两个字，同时做口型喊道："回——去——"

正在这时，"嘀"的一声响，有人打开了他们身后红色房间的圆洞门。

众人心中都是一惊，纷纷抬头看去。

圆洞口出现了一张陌生面孔，看样子是西方人，皮肤黝黑。这位穿越者的动作与语速都是正常的，只见他看到下方的情景后哈哈大笑，似乎在幸灾乐祸。

他的声音由隔壁的房间发出，传入了这个慢速的房间里，变得很慢很慢，打破了这个房间的寂静。

他露出一口白牙，朝他的下方说了句什么，下方应该是有同伴的。他一说完，就迅速往后退去。

季雨时瞳孔猛地紧缩，这个人要离开有红色小球的房间！

身旁的宋晴岚显然也想到了这一点，人已经往那堵墙奔去了，可惜速度太慢了。

看到宋晴岚的动作，林新阑与段文哪里还不明白——如果那些人离开了有红色小球的房间，该房间马上会移动，会被另一个房间取代，他们很可能会被斩断唯一的退路。

宋晴岚的脚还没落地，又是“嘀”的一声，圆洞门关闭了，人人脸色剧变。

那个穿越者说的那句话被延迟，此时才传入众人耳中。

宋晴岚几乎尽了这辈子最大的努力爬上梯子，想要阻止对方的行为。可是足足几分钟后，他才终于到达段文重新开启的圆洞口。

一切都晚了，这个房间里空无一人，原本的红色小球也变成了灰色。

那些人离开了，诡异的是，一阵爆笑声突然响起，是那些人离开前的笑声姗姗来迟。

宋晴岚心中一凉，爆了粗口，回到地面后甚至来不及告诉大家退路真的没了。

他觉得他们不仅被坑了，还被嘲讽了。

他在投影上写字，问：“他刚才说了什么？”

那个穿越者的发音像是法语，众人都没听懂。

宋晴岚朝季雨时抬了抬下巴，意思是让他翻译。

林新阑好奇，季雨时听得懂？

只见季雨时慢慢地抬手，有条不紊地在全息投影上写下了翻译：“哈哈哈哈，有一群傻子也到我们刚才去过的房间了！让他们在这里玩一会儿吧！”

这一行字写下来花了不少时间，连“哈哈哈哈”几声笑都一字未漏。

季雨时保持冷漠脸，众人同时在心里骂了一声：浑蛋！

12.

这下好了，原本用作退路的红色房间变成了灰色房间，他们能保证安全的唯一选择没有了，这情况真叫人恼火。

原来憨憨的存在不仅局限于某个世界，也不局限于某个时空，憨憨无处不在。

“怎——么——办？”段文张着嘴巴，一个字一个字地做出了口型，这三个字不用声音的传播就谁都能看得懂。

众人心里都很清楚，他们现在所剩的选择就是左右两侧的蓝色房间。

灰色房间是绝对不可以去的，因为灰色是蓝色的对立面。而蓝色房间与他们现在所在的房间颜色相同——不是每个颜色相同的房间都有时间差，之前他们就侥幸走过了不少颜色相同的房间。

按现在的情况来看，他们进入那个有蓝色小球的房间，遇到时间差的概率是一半一半。

动作的迟缓让人心生烦躁，在这个被放慢的房间里，他们每一次的移动与沟通都显得十分笨拙，多余的讨论便没有必要进行了。

只见段文缓慢地解下了自己脖子上的项链，那是天穹建立十周年内部发行的纪念品，段文费了点力气才淘到这么一条。现在他要用它来试探那个有蓝色小球的房间，看看项链会不会像季雨时口中的森田佑那样，被时间差砍为两截。

段文把项链扔给手握蓝色小球、站在中央且个子最高的宋晴岚。

项链从空中“飘”来，吊牌上天穹十周年的纪念图标在明亮的光线下闪着耀眼的光芒。宋晴岚将其接在手中，随后，“嘀”的一声，右侧墙面的圆洞打开了。

宋晴岚爬上梯子，将项链重重地扔进右侧的蓝色房间。

项链的运行轨迹在空中呈现得慢极了，众人都抬头看去，只见它一穿过圆形洞口便以让人看不清的速度坠落。

臆想中金属坠地的清脆声响没有传来，宋晴岚眉头紧皱。

项链一进入右侧的蓝色房间，便立刻化为了闪亮的齑粉，在空中消失不见了。若是有人贸然进入这个房间，其后果不堪设想。

宋晴岚下了梯子，对大家摇了摇头：“不——行——”

所有人都微微张大了嘴巴，平日里难以察觉的微表情在此时被放慢，让所有人都看见了彼此最真实的模样。

包括季雨时在内，他们没有一个人对这样的情况不感到害怕。

只剩下左侧那个蓝色房间了，他们得再用点东西去试探。

段文摇摇头，表示自己身上没有可以扔的东西了。

华国与别国不同，枪支刀具都是管控状态，即便是天穹的守护者，他们也是在到达任务目的地之后才会分配武器。他们这次出了胶囊舱以后就直接进入了“魔方”，并没有打开随行武器库，所以身上都没有什么东西可以扔了。

扔通信器？还是鞋子、衣物？

季雨时从口袋里掏出了自己的药盒，他身上的小物件还有一部游戏机，让他扔游戏机是不可能的，药盒还可以一试。

众人都看着他把药盒扔给了宋晴岚。药盒在空中缓慢地打着旋，被宋晴岚隔空接在了手中。

小巧的方形药盒一入手，宋晴岚就察觉到了重量不对。在PU-31的书店里，他拿过季雨时装满药的药盒。

宋晴岚爬上左侧墙上的梯子，背对着众人打开了药盒。

他只看了一眼就转过了头，只见季雨时和段文、林新阑一样，正站在下方抬头看着他。季雨时眉目沉静，看上去永远都是最冷静、最理智的那一个。

药盒的方形格子里，排列得整整齐齐的药片已经少了三片。

果然不出宋晴岚所料，季雨时之前独自待在红色房间的近二十个小时，并不像他叙述中一样简单。

宋晴岚拿出了一颗药片，将它扔进了眼前这个有蓝色小球的房间。药片那么小，他的目光紧紧锁定它，直到它坠地。它在地板上弹跳了两下，还是完好的。

宋晴岚回过神，对大家比了个手势表示没事。

众人并没有因此而松一口气，药片是死物，人是活物，时间差在这上面的表现是否会有所区别？没有人可以确定。

蓝色小球弹回了远处，悬浮在空中，等着大家做决定。

那么，现在派谁先去这个房间探险？

林新阑从身上拿出一颗色子，做口型：“这——个——”

宋晴岚眯了眯眼睛，心想，这个人刚才身上有色子这种无聊的东西，为什么不扔？

众人非常缓慢又简洁地商议好了，用掷色子的方法来决定，点数最小的人第一个进入左侧有蓝色小球的房间。

林新阑先掷，掷出了四个点，不算大也不算小，是相对安全的一个点数，他笑了笑。

紧接着轮到段文，段文掷出了五个点，是非常安全的数字，他却并没有表现得非常高兴，只把色子又扔给了宋晴岚。

宋晴岚随意一扔，色子落到掌心，是两个点。

林新阑收起了笑容，段文眉头深锁，搞不好这就是最小的数字了。

最后一个是季雨时，只见他接住宋晴岚扔过来的色子，往空中一扔，然后伸出了手，掌心朝上。

那颗色子的降落速度很缓慢，因为高度的关系，它不止翻转一次，不断变化着。在落入季雨时掌心的一刹那，身旁早已伸出手的宋晴岚用手掌盖住了它，季雨时讶然。

宋晴岚却勾了下嘴角，从他手中拿走了色子。

“三——”宋晴岚用口型示意道，“我——最——小——”

“宋——队——”段文在喊，他大概认为宋晴岚作为队长，留下来更有价值，想自己上。

宋晴岚示意段文去拿小球打开圆洞门，他表现得不容置喙，段文不得不从。

宋晴岚爬上梯子，朝圆洞口迈进。

季雨时眼也不眨地看着那里，先前森田佑死亡的一幕出现在他脑海中，他掌心与额头都是冷汗。

在宋晴岚上半身探入那个房间的一瞬间，季雨时下意识闭上了眼睛。

“过——来——”

熟悉的嗓音响起，由另一个房间发出，慢慢传到了他们的耳朵里。

季雨时睁开眼，看见宋晴岚出现在圆洞口，完好无损，动作恢复如常。

那个房间是安全的！

众人恍若中了彩票头奖，刹那间活了过来，一个接一个龟速爬上梯子，离开了这个见鬼的房间。

脚迈入新房间，落到实地上的一刹那，所有人的感觉都是：太快了！

经历过慢到让人想爆炸的时间，甫一回到时间流速正常的世界，竟让人有些措手不及。

老司机段文都动作不协调，差点一个狗啃泥摔倒！

他们的声音、速度全都恢复正常了。

段文破口大骂："不容易！终于出来了！"

林新阑一落地就扶着墙道："等一下，我有点适应不了，这边的时间真的没有加速吗？"

段文问："季顾问你怎么样？"

仿佛从真空中冒出了头，众人大口呼吸着，一个接一个瘫在地上。

季雨时说："我没事。"

宋晴岚看起来适应良好，已经在房间里走了一圈，还从地上捡起了季雨时的药片，不过他只是看了看。

房间里没有什么标记，也没有异常现象，看起来应该没人来过。

"刚才那群浑蛋的出现提醒了我们一个问题。"宋晴岚一个人站着，长腿上的短靴衬得他成熟利落，"一个我们之前可能想到了，但是又忽略了的问题。"

说到这里，宋晴岚把手中的色子扔给林新阑。

色子顺利落入林新阑手中，看起来宋晴岚对方才他没有及时拿色子出来的事还有一点不满。

林新阑捏了捏色子，嘴角有意味不明的笑容，一闪即逝。

段文问："什么问题？"

宋晴岚道：“季顾问肯定早就想到了。”

季雨时冷不防被点名，抬头撞见宋晴岚的视线，心轻轻一跳。

宋晴岚眼中情绪如常，和以往任何时候都没有什么区别，是一位队长面对一位队员应该有的模样。可是，只有季雨时知道刚才发生了什么。

轮到他掷色子时，在色子落入掌心的最后一刹那，他明明就看见了朝上的那一面是一个点。

他才是掷色子点数最小的人，应该第一个来到这个房间、以身试险、为众人确定这里是否安全的人是他。

宋晴岚为什么要这么做？为什么要对大家撒谎？

难道，宋晴岚是觉得季雨时留下来比自己留下来更有意义，万一出事的话季雨时才是那个能带领大家完成任务的人吗？

这件事就像一个只有两人知晓的秘密，宋晴岚看上去没打算提，因此季雨时也没打算提。只是如果再有下次的话，季雨时不想这样，他不觉得自己是一个应该被保护的角色。

季雨时站起来，自然地拍了拍手上并不存在的灰尘，道：“嗯，想到了。”

段文不解：“是什么？”

林新阑也抬头看着他们。

“这里除了我们四个人，不仅有走散的队友，还有别的守护者小队。”季雨时说，“已知每次一有人离开，当前房间就会移动。那么即便我们找出了这些房间的移动规律，可能也会遇到房间被别人移动的情况。”

段文后知后觉道：“对哦！这真的是个问题！”

林新阑说：“你的意思其实是，就算最后是要将这些有时间差的房间按顺序拼接起来才能完成任务，中途也会出现排列好的房间被别人打乱的情况。”

七队的三人短暂地沉默了一下。

林新阑是聪明人，即使他们没有直接说明完成所谓的“拼接”就是把房间按顺序排列好，他猜到也是早晚的事。

“你们不用防着我。”林新阑道，“只要能出去，我才不在意完不完成任务，我对所谓的奖励也没什么兴趣。难道你们不是？”

除了天穹七队，其余穿越者都是临时被劫持过来凑人数的。

林新阑对天穹七队之前完成的几个任务不知情，还以为他们也是临时被劫持而已，所以他以为大家的想法都一样。

宋晴岚没有正面回答这个问题，而是说：“没错，在同时存在多个小队的情况下，排列有时间差的房间仿佛是不可能完成的任务。”

段文皱眉道：“那我们现在怎么办？一个一个找到他们，让他们待在原地？”

季雨时摇头：“行不通，你无法知道这里到底有多少个穿越者。”

“暂时不管这个问题。”宋晴岚道，“在没有思路的情况下，按照目前的想法去做就是最好的思路。我们还是按原计划，先摸清这些房间的移动规律，至少不会像无头苍蝇一样在这里乱闯。”

大家重新打起精神，段文再次抓住悬浮在空中的小球，其他人则观察周围房间里小球的颜色。

宋晴岚看完两个房间回来，发现季雨时在做标记。这一次，季雨时没有在地板上写大胡子的专用语言了，而是在墙壁上写了一个大大的阿拉伯数字“2”。

宋晴岚问：“这是？”

季雨时一边写一边说：“我大概摸清了一些移动规律，从离开到移动，房间的变化对应的应该是上右、下左、左后、右前、前下、后上。六种移动方向对应，有待验证，但是从刚才那些人的移动来看，他们应该还在附近。”

宋晴岚有点明白季雨时为什么这样做了，忽然心情大好。

果然，季雨时写完“2”字，又在旁边写了个大大的“9”字，笔迹看起来分外眼熟，他说：“如果他们会来到这个房间的话，那应该距离刚才的房间不超过五个。”

刚才那个房间里的标记是“24”，就是那群人留下的。

如果他们来到这里，看到墙上难辨真假的这个“29”，会是什么样的反应？会不会从这里开始就绕晕了？

要是季雨时再坏一点，待会儿经过别的房间时，再留下“25”“26”等先前他们已经标记过的数字误导他们呢？

季雨时站远一点看了看，表示很满意自己的杰作。

他看起来很正经，脸上一点狡黠的神色都没有。

“走吧。”季雨时大仇得报，说，“我们去下一个房间。”

他们选择了新的有红色小球的房间，准备经过它去灰色的房间看一看。爬梯子时，季雨时想起来宋晴岚还没把药盒还给他，便停下动作对下方的宋晴岚说：“宋队，我的药盒呢？”

作为队长，宋晴岚在确定安全的情况下都是殿后的。

听到这个要求，他不为所动，还像听到笑话一样理所当然地告诉季雨时：“季顾问，我代表组织上通知你，你的精神兴奋度已经超标了，药盒暂时没收，过后不补。”

段文的声音在另一个房间响起：“组织还管这个？”

宋晴岚好笑，不客气地怼他：“管，组织看你老是没精神，还准备给你吃一片。”

13.

四个人又走过三四个房间，季雨时挨个做好了标记。

攀爬中，林新阑问："季顾问，你能不能估计下这到底是个几阶魔方？"

魔方从三阶到九阶都较为其爱好者熟知，往上还有逆天的十七阶魔方，传说中还有更高阶的魔方。

季雨时紧随其后，回答："不能。"

林新阑似乎对这个回答感到意外，回头看了他一眼。

季雨时并不是无所不能的，当局者迷，何况随着他们经过一个又一个的房间，关于任务模式"魔方"的对照意义是否和现实中的魔方相同的疑问，已经在季雨时心中形成了一团迷雾。

他无法确定，甚至越来越摸不着头绪，面上却什么都没表现出来。

众人的精神状态很重要，他现在就直白地告诉大家这件事为时过早，尤其是在所有人都对揭开前方的谜底跃跃欲试的时候。

他们到达了一个有灰色小球的房间。

段文取下半空中的灰色小球，重复先前已经做过无数次的动作。

为免误触开关掉下去，每到一个房间，众人都会后退离开下方圆洞口所在的位置，并做好观察准备。

这一次，众人刚退开，就听到"嘀"的一声。紧接着，物体从正上方的圆洞扑簌簌掉落下来，伴随着浓烈的血腥气息，肉体撞击、血液溅射的声音传来。

段文先打开的是上方的开关，众人避闪不及。

只见从上方圆洞口掉落至地面的是好几具人体，不，应该说都是半具，或者仅为残肢断臂……这简直是某种大型屠杀惨案现场。

看清眼前的情况，季雨时几欲作呕。

他条件反射地转过身，整个人趴在墙面上，小口喘着气让自己平静。

“躲开！”

“小心！”

大家身上都溅了不少血，宋晴岚甩了甩手上的碎肉，脸色也很难看。

他朝上方的圆洞口看了看，喊道：“灰色！”

这附近可能有不少灰色房间，这些人应该是遇到了可怕的时间差才变成这样。

“我认识他们。”季雨时转过来，已然调整好自己的状态了，“我和李纯走散后，就是遇到了他们的队友Zoe。他们也和队友也走散了，没想到他们走的是反方向。”

黑金色队服，残臂上若隐若现的天穹图腾，都在说明这些人是Zoe的队友。

这一幕在提醒七队队员，也在提醒林新阑。在这个“魔方”里，他们能活下来很可能是侥幸，他们的队友或许也遭遇了这样的情况。

林新阑问：“我们还要继续走吗？”

他听上去已经有些不赞同七队的做法了。

季雨时没有说话。

宋晴岚看了看他，语气如常地道：“不管继不继续走，现在都先离开这里再说。”

众人来到了新的房间，这里的小球颜色为紫色，与灰色相邻。血腥场面给人的刺激太大，方才还算得上轻松的气氛一下子紧绷了。

段文问：“宋队，我们要不要试着找找出路？”

宋晴岚脱下带着血迹的黑色作战服，露出穿在里面的灰色背心，用衣服擦掉溅到脸上的血。

刚才宋晴岚站在靠前一点的位置，身上简直成了重灾区，别说季雨时了，连身上同样沾染血腥的段文都离他远了点。

宋晴岚擦完血，扔掉衣服，道："我们不是一直在找出路？"

段文卡了一下。没错，就算林新阑不知道，他怎么能不知道？在这个该死的天穹布置的任务里，没有不完成或者弃权一说，只有完成任务才是唯一的出路。

林新阑也脱掉了自己的衣服，但抖了抖又穿上了。他和穿衣显瘦、脱衣有肉的宋晴岚不一样，身材虽然不算纤细，但其实挺瘦的。

林新阑开口道："我们是时候停下来想一想到底应该怎么办了，移动的规律既然已经摸得差不多了，那我们就没有必要再在里面像无头苍蝇一样走来走去了。何况像之前说过的那样，这里的小队还有很多，就算你们开始拼接，他们的移动也会打乱你们的拼接，再走下去没有意义。"

林新阑说得不无道理，然而，宋晴岚却转身看向了季雨时。

他在等季雨时的意见，顺便，还生出了一股想帮季雨时擦干净脸上血迹的冲动。

季雨时身上没沾到多少血，但碍于有洁癖，他看上去心情不怎么美丽，一张脸冷得跟冰块似的，说："这是我们走过的第十七个房间。"

段文惊讶道："已经第十七个了？"

林新阑点头："没错，差不多是这个数。"

没人注意到宋晴岚不动声色地把手揣进了裤兜里。

季雨时暂时没理会自己身上的脏污，说："你们有没有注意到，我们看起来正在靠近这个'魔方'的中心。"

越来越多的灰色，交错的蓝色、红色、绿色、紫色，还有偶尔出现的黄色，六种颜色在他们附近的范围内集齐了。

大家被他这么一提醒，纷纷醍醐灌顶。

“我们在往中心点走？好像是这样！”

“那里会有什么？”

“我不知道。”季雨时脸上的表情没什么变化，他继续说，“其实路上我一直在想，用通常意义上的魔方举例，它只有六个面，中间的部分是固定的，里面有用于转动的中心块和支撑它的中心轴。除了这六个面，越往里走应该是没有颜色的房间才对。可是我们一路往中心走，还是会遇见不同颜色的房间，看起来这里是由无数个立方体组成的，并不仅仅是外层的六个面。”

季雨时很少说“我不知道”，他这么一说，众人本有些担心，但听他继续分析又稍稍放心下来。

“根据房间的移动规律来看，这里也和魔方的移动规律不一样。”季雨时说，“上右、下左、左后、右前、前下、后上……房间移动时每个方向都是相反的，不管是几阶魔方的复原公式，都套不进这样的移动方式。”

宋晴岚想到了一点，说：“会不会像在‘卡俄斯’一样，所谓的任务只是字面上的意思，其实没有什么特殊含义？你们知道的，毕竟它只是个人工智障，没有什么高深的含义。”

段文粗犷地道：“对！这不就和‘衔尾蛇’也是一个道理？真坑爹，咱们别被带进沟里了，换个思路试试？”

季雨时没有说话，如果真的是思考的方向错了，那么他们穿行这十七个房间做的这些记录就完全没有意义了，可以说是无用功。

什么“卡俄斯”“衔尾蛇”，林新阑听不懂他们在说什么，但没有好奇，也没有追问。

他是个合格的守护者，对时空的完整性特别在意，只是问：“那时间差呢？每个不同的房间里的时间差之间或许有什么联系。”

这有可能是一个突破点，然而季雨时又摇了摇头，然后说：“我不知道，抱歉。”

林新阑只是提出思路便于大家一起思考，没在意季雨时的回答，只沉思着道：“没事。”

这是季雨时第二次说“我不知道”了，说完，他低头打开通信器，看上去是想通过全息投影上画好的图来理一下目前的情况。

宋晴岚却突然直接道：“你为什么要道歉？”

大家一怔，都看了过来。

季雨时抬起了头，与宋晴岚目光相撞。

宋晴岚身穿背心，裸露在外的结实手臂、宽阔肩膀，加上这傲人的身高与青色胡楂，让他看上去匪气十足。这有点像他们第一次见面时那样，他咄咄逼人，季雨时几乎回到了那个时候。

可宋晴岚却说：“解开思路完成任务并不是你一个人的责任，是谁说聪明、记忆力好的人就一定得破解所有的难题？季雨时，你是人，既不是超级计算机，也不是创世神，没有必要为大家都搞不懂的问题道歉。”

季雨时清澈的瞳孔里有些许讶然，他犹豫道：“不是……”

宋晴岚截断他的话头：“你觉得你浪费了大家的时间？”

季雨时点头：“有一点。”

宋晴岚闻言没有半分沮丧，也不在意事情到底有没有进展，只是轻笑了一声。

段文已十分汗颜，连林新阑都反应过来，他们竟不知不觉把任务都放在了季雨时一个人身上。

大概是在前几个任务里习惯了，连季雨时自己都没觉得有哪里不妥。他没想到，身为队长的宋晴岚会这么说。

是啊，他有超忆症，他智商超群，但这并不代表他就要在每一次任务里都找到完成任务的方法，每一次都要解答所有的难题。

“就算思路错了，也不能算是浪费时间。至少我们弄懂了这里的房间是怎么移动的，也弄懂了到底怎么走才能保证安全。”宋晴岚接着道，“现在想留下来，是因为几具尸体就吓到你们了？”

段文立马说：“那倒没有，就是恶心，我能怕那个？”

“呃……”不想继续走的林新阑更觉得自己是外人了。

宋晴岚说：“既然我们已经靠近了所谓的中心，那为什么不继续走？如果这里真的是无数房间组成的超级立方体，那中间那一块会是什么颜色你们想过吗？是因为紧邻六面所以同时有六种颜色，还是只是一个白色的中心块？万一秘密就在那里，现在放弃是不是太早了？还是说你们打算在这里闲着？”

他拍了拍手，又说：“起来，都给我打起精神！我们去最中心的那一块看一看。”

察觉到季雨时的视线，宋晴岚问：“你想说什么？”

季雨时说：“呃……我想休息十分钟。”

宋晴岚看了看表，道：“也行，那大家在这里休息二十分钟。”

段文与林新阑都有些无语。

14.

大家都累了，既然已经决定继续前进，说是休息二十分钟，但这一次其实休息了将近两个小时。

连宋晴岚都坐在地板上，靠着墙壁闭目养神。

说不疲惫是不可能的，宋晴岚保持精神紧绷状态已久，这时候松懈下来，手臂随意搁在膝盖上，好像一只进入假寐状态的大猫。

段文干脆睡着了，发出了轻微的呼噜声。

林新阑坐在一旁自己玩了玩色子，也闭上了眼睛。

房间里安静下来。

季雨时玩了一会儿游戏机，似乎被这种放松、催眠的氛围感染，破天荒有了睡意。他把游戏机收起来，眼皮开始打架，没过多久就陷入了黑甜的梦中。

季雨时已经很久没有做过这样的梦了，他回到了小时候，还没念小学的年纪。

外面依旧下着淅淅沥沥的雨，他搬了凳子，爬上父亲的书架准备找一点书看。

小小的身体够不到高处的书，那是一本《时空旅者》，是父亲书架上少有的非学术类型的书，是一本科幻小说。

那本书他已经看过许多次，里面大部分的字他还不认识，但配图很是吸引人：一位穿越者经过虫洞，在虫洞里看见了无数个时代。

手快要够到那本书的时候，他忽然身体一轻，被放在了沙发上。

父亲蹲在他面前，拿出一个绑着蝴蝶结的盒子，语气温和地说："团团，猜猜这是什么？"

他问："是什么？"

父亲每次出差回来，都会带上一些他从来没看到过的古旧玩意，有时候是按一下就会跳动的铁皮青蛙，有时候是上了电池的铁轨和小火车，有一次还带回来一个上了发条的八音盒。

这次会是什么？他充满期待地拆开小礼盒，发现盒子里装着一个四四方方、五颜六色的立方体。

父亲告诉他："这是一个三阶魔方，是爸爸做完研究得到的纪念品。"

他好奇地拿出魔方，发现它比他的小手还要大，又问："纪念品？纪念什么的？"

父亲说："纪念……有意义的事。"

父亲随意地将魔方打乱，然后当着他的面在十几秒内迅速复原，他惊讶地发出了赞叹声。

父亲揉了揉他的头发，说：“自己玩吧。”

他拿着魔方坐在沙发上，试图像父亲一样把魔方打乱再复原。可是，这比想象中难太多了。他玩了很久，也没有办法把魔方变成原来的样子，更别提十几秒复原。

不知道玩了多久，父亲再次来检查的时候，语气有点无奈，喊他：“盛晗。”

沙发上，魔方已经完全被拆成了零件，而他正把它从中心块开始一块一块地装回去。

“看，这样也可以拼回去哦。”他举着半个拼好的魔方，有点开心。

“复原不了就拆掉？”父亲忍不住笑了，“你怎么和我小时候一样？”

“爸爸小时候也是笨蛋？”他问。

“不。”父亲说，“我小时候和团团一样，都特别聪明呢。”

“季顾问。”

季雨时睁开眼睛，发现队友们已经收拾妥当，看上去准备出发了。宋晴岚在查看周围的房间有没有改变，林新阑站在原地活动四肢，段文则负责叫醒他。

休息了这么久，大家都精神焕发。

梦境中的内容尚未消散，季雨时思考了几秒钟才慢慢从地板上站起来。

见他醒了，宋晴岚问：“休息得怎么样？”

季雨时说：“还不错。”

宋晴岚点点头，长腿一动，轻轻松松地从梯子上跳下来，说：“原先与这一堵墙相邻的灰色房间不见了，换成了黄色，可能有人经过了。现在我们周围房间的颜色就变成了灰、黄、红、蓝、蓝，中心块应该就在这附近。”

段文问：“之前黄色的房间不多，可以说是很少，现在我们要不要去黄色的房间试一试？”

林新阑说：“这里没有绿色房间，要是绿色和蓝色、红色相邻，我觉得我们也可以试试这两种颜色。”

三人讨论了几句，思路都比休息前要清晰了。

季雨时调出他画的图，这一路走来，他早已在全息投影里画出了他们的移动方向。

他说：“现在这个房间是紫色的，按理说紫色的对立面是绿色。我们可以往下试试，也就是去蓝色的房间。”

众人都觉得很有道理，林新阑笑道：“和我想到一块儿去了。”

休息前，林新阑还对要不要继续前进持怀疑态度，休息完他倒是改变了注意。

这不难理解，换作是谁都不想在这些房间里独自行动。

说走就走，宋晴岚手握紫色小球殿后，待大家都从下方的圆洞进入了蓝色的房间，他才松开小球让它弹回去，自己也从梯子上下来了。

这个蓝色的房间他们没有来过，按照惯例，季雨时还是做好了标记。

“宋队！”林新阑手握蓝色小球，爬在右侧的梯子上喊道。

宋晴岚问：“怎么？”

林新阑显然在门后发现了什么，下意识喊了宋晴岚。

段文耸耸肩。

“这边有人！”林新阑说，“你过来看看！”

宋晴岚闻言走过去，林新阑已经跳下来把位置让给了他。

发生什么事了？

季雨时与段文都朝右边看去。

宋晴岚朝右侧的房间里喊了几声，那边毫无反应，他回过头来，说：“这个人好像听不见我们说话。”

季雨时准备去看一看，宋晴岚却没有要下来的意思，还伸出手拉了他一把。

两人一同站在梯子上，地方太小，宋晴岚不得不侧着身体。

看清门后的情况，季雨时神色微变，不自觉地说出了日语：“森田！”

二十几个小时前当着季雨时的面死去的森田佑竟然出现在了这里，从他们的角度看去，森田佑跪坐在地板上，正在念叨什么。

正如宋晴岚所说，森田佑听不见他们的声音，对他们的观察无所察觉。

季雨时紧紧盯着“死而复生”的青年。

几秒后，森田佑蓦地抬头朝一侧看去，像是听见了什么。

宋晴岚与季雨时顺着森田佑的视线看去，那里什么也没有，只有一堵光洁的白墙。

森田佑站起来对着那堵墙喊道：“是谁？等等！别走！”

喊完，森田佑立刻拿下悬浮在房间里的红色小球，打开那堵墙的门匆匆爬上梯子。

宋晴岚问：“你认识他？”

“认识。”季雨时十分不明白现在的情况，答道，“他就是我之前告诉你的那位身首异处的穿越者，森田佑。”

看着眼前活生生的森田佑，宋晴岚皱起眉，一个人怎么可能在断头以后复生？

难道天穹这一次的死亡淘汰不是他们想的那么回事？

“嘀”声后，森田佑的身影消失在圆洞口，门在他身后关闭了。

在那扇门关闭的同时，另一道“嘀”声响起。另一扇门开启了，只见刚刚消失在圆洞口的森田佑竟然又从另一个圆洞口爬了下来！

这一幕让人差点怀疑自己的眼睛，季雨时却再次注意到了悬浮在这个房间里的红色小球。

他脑中灵光一闪，一下子明白了过来：“是记录！”

两人还趴在圆洞口，看着森田佑再一次进入房间的诡异一幕。

宋晴岚问：“什么记录？”

“是房间在做记录！”季雨时说，“你还记不记得我告诉你们的，Zoe 离开房间后，我一个人留在了房间里，然后看到了我们重复进入房间并离开的过程？”

宋晴岚点头：“当然记得。”

季雨时继续道：“森田告诉过我，他一个人在某个红色房间里的时候，曾经察觉有人打开门看了他一眼，但对方没有现身就离开了，他对此感到有些失望。”

那时森田佑还安慰季雨时，说不定经过的人就是季雨时的队友。

眼前这一幕，便是森田佑所描述的那一幕的重现。

眼前的森田佑重新来到了房间中央，他跪坐在房间里，口中喃喃自语，然后若有所觉般抬起了头，再次站起来喊道：“是谁？等等！别走！”

森田佑又打开门，从房间里出去了。紧接着，新的森田佑从另一堵墙上的圆洞口爬了下来。

一次又一次，周而复始。

季雨时先一步爬下梯子，宋晴岚也跟着下去了。

两人在上方的对话段文和林新阑都听得一清二楚，来不及问什么，段文就立刻爬上梯子去看眼前的情景。

季雨时接着告诉他们自己的想法："现在出现在房间里的森田，就像我当时在房间里重复看见的进入房间的'我们'一样，都不是真实存在的，而是留在房间里的痕迹。"

宋晴岚说："你的意思是，这些房间把我们进入房间后的事情都记录下来了？"

季雨时点头："是。"

林新阑对他们的大胆猜测感到新奇，出言问道："如果是这样，那我们之前在超慢速房间里为什么没有看见那群傻子的身影？"

这是一个问题。

"我不太确定是所有房间都会记录，还是只有某些特定的房间会记录。因为我们每一次离开，原本的房间都移动了，我们也没法倒回去看它有没有在记录。"季雨时说，"但是我有了一个猜测。"

说着，他看了看宋晴岚，像是在问可不可以说。

宋晴岚对他点了点头，季雨时才继续道："这些房间有时间差，且各不相同，那我们可以假设它是一段很短的时空。它会记录从有人进入房间到离开房间这一段时间里发生的所有事，简单来说就是记录人从进入到离开的过程，直到再次有人进入才会刷新。那次Zoe一个人离开，从理论上说已经完成了'有人进入到离开'的过程，所以留在房间里的我能一次次看到重复的记录画面。"

林新阑说："我懂了，你的意思是那个房间可能原本记录了上一次那些傻子进入到离开的过程，直到我们进去，它才刷新？"

季雨时点头道："那个房间的时间流速非常慢，如果它真的在记录，那我们在门口多待一会儿，应该就能看见它记录的场景了。"

林新阑若有所思，没再提问。他知道季雨时应该是有所保留的，那很可能是关键性的一点——时间差。

要是这些房间真的如季雨时所说会记录过程，那么这对于分辨时间差、对于所谓的“拼接”会不会是个很大的提示？

等段文下了梯子，宋晴岚便说：“继续前进。”

这一次，他们选择了有绿色小球的房间。

进入房间后，他们在下方的房间里发现了周明轩的身影，那也是一段记录。

周明轩像一头被捕的孤狼，被人反剪了双手，还被人用枪抵着后脑勺前进。

和他在一起的是三四个白人，身穿青蓝色光面制服，每走几步就要对着周明轩骂骂咧咧，说的是一些古怪的话。

只见周明轩停住脚步，似是不愿屈服，但还是被这群人要挟着前进，第一个进入了新的房间——他被那些人当成了保证自身安全的探路石。

在这段重复的记录里，周明轩每一次经过房间中央都会抬起头，让身处房间上方的众人感觉仿佛在与他对视。

段文看得心头火气十足，破口大骂，宋晴岚也沉下了眼神，像在酝酿一场风暴。

在这个巨大的“魔方”里，不知道还有多少房间里正在发生同样的事，穿越者们像被关进沙盒的蚂蚁，无论如何都找不到出路。

上、下、左、前，每当他们进入一个有记录的房间，那些被记录下来的画面就会瞬间消失，再也看不见半点痕迹。

周围房间的颜色在变化，他们明明已经无限趋近于中心块，却似乎还是离它差一步。

“我们好像在绕圈子。”段文说，“怎么一直走都没完没了？”

“那只能说明这里比我们想象的还要大。”宋晴岚回答，“如果我们真的在绕圈子，不可能看不到之前留下的记号。”

宋晴岚的话不无道理，段文咋舌，这里到底有多大？

除了急躁的段文和一路上很少发言的林新阑，季雨时表现得十分有耐心。只要能确定安全，这对他来说就像是小时候玩的迷宫游戏，他可以一直这样走下去。

“往左，黄色房间。”宋晴岚看了看通信器，季雨时画的全息图早已传给他一份，“没算错的话上方应该是个紫色的房间。”

这个黄色的房间里有人，两个陌生的穿越者抱着半具尸体，坐在地板上，眼神放空，看上去已经崩溃了。

等大家沉默着爬梯子进入房间，才发现这又只是一段记录——房间里那两位陌生的穿越者消失了，只留下了半具尸体和散落一地的杂物。

季雨时目不斜视，眼神尽量没有往尸体身上放。

他们又沉默着从这个房间出去，来到了上方的紫色房间。

他们离开后，原本的黄色房间往右侧移动，换成了绿色。现在他们周围房间的颜色是蓝、紫、灰、红、绿、蓝，但他们还是没有看到中心块。

“不知道纯儿他们那边什么情况，我们会不会正好在和他们往反方向走？”段文说，“嗐，一思考就想来根烟。”

老烟枪的烟瘾犯了。

季雨时补了一句：“一思考就想吃点药。”

他想吃药了。

众人一时竟不知道该接什么话。

季雨时面无表情地说：“开玩笑的，我现在很精神。”

宋晴岚压根没打算搭理他这个要求，只接着段文的话题说：“如果他们和我们真的在往反方向走，那他们可能会走到这个超级立方体的边缘，比在里面围着中心块绕圈好。”

他忽然停顿了一下，又说：“要是中心块没什么发现，我们也可以试着去边缘看一看，不知道那里有什么，要是胶囊舱还在的话……”

“有道理！”段文精神为之一振。

一次次的前进中，中心块所在的位置变得越发扑朔迷离。

根据房间的移动规律，季雨时在全息投影里先记录模拟他们经过的房间路线，再计算接下来的路线。

颜色的分布与房间的移动都太过复杂，比想象中还要难以计算。

思考中，季雨时下意识去摸自己的口袋，摸了一个空，才反应过来药盒被宋晴岚没收了。

他对那药有依赖，其实刚才说想吃一片不是开玩笑。但是他没有打算去问宋晴岚要，只是咬了咬嘴唇，继续转动全息投影上的各色立方体。

其他人在分别查看周围的房间，季雨时的胳膊被碰了一下，他刚抬头，宋晴岚便放了个东西在他手中。

季雨时摊开掌心一看，竟然是一颗被金色锡箔纸包裹的巧克力。

哪里来的？

宋晴岚斜睨着他，一副傲气十足的模样，竖起食指放在嘴唇上做了个“嘘”的动作，眼神像是在说“赏你的”。

季雨时心中微动，悄悄剥开巧克力包装纸。不过，对于这种来历不明的东西要不要放进口中，他有些犹豫。

“刚捡的，只有一颗，干净得很。”宋晴岚压低嗓音说了句，“现在能好好思考了。”

说完，他就迈开腿走了，使唤段文爬上梯子去看新的房间。

季雨时吃掉了巧克力，苦涩的滋味萦绕在舌尖，融化在口腔后变成了似有若无的甜，让他的思路完全被打断。

“这边。”那头，宋晴岚朝他抬了抬下巴，已经有了新的选择。

属于男人之间的默契让众人在一路上都是轮流打头阵，这次换林新阑先下去，季雨时紧随其后。

确定是什么规则后，没了危险，这种枯燥无聊的钻房间游戏让他们有点掉以轻心了。

季雨时脚刚落地，就听到上方的段文大喊一声：“季顾问！”

这三个字甚至都没来得及说完，“嘀”声就同时响起，圆洞口竟然就在他们头顶关闭了！

林新阑与季雨时皆是一惊，梯子消失不见，说明上方的房间已经在他们离开后移动了。

季雨时飞快地抓到悬浮在空中的绿色小球，打开门后重新爬上梯子。

原本的房间被取代了，房间里果然空无一人。

“他们呢？”林新阑抬头看着季雨时，问，“还在不在？”

季雨时从梯子上下来，说：“房间移动了，他们去了别的房间。”

季雨时语气不算焦急，看上去也还算冷静，这点远远出乎林新阑的意料。他以为季雨时离开队友会慌乱，毕竟谁也不想独自行动。

四个人的队伍一下子少了两个人，还是最不熟悉的两个人。

林新阑作为九队队长，虽然在异时空的经验不足，但好歹也是天穹守护者中的佼佼者。

他想到了是怎么回事，说：“这说明有人正好在我们附近移动，他们的移动带动了我们原本的房间，对不对？”

“对。”季雨时回答。

林新阑身材修长，面容昳丽，之前溅到黑色作战服上的血渍已经干了，只脖子上还有一抹，更显惑人。

两人面对面站着，气氛有些怪异。

季雨时话少，但还是主动对他说：“没关系，我们都知道房间的移动规律，应该能马上会合。”

林新阑也并不着急，问：“我们找他们，还是他们找我们？”

如果两边一起行动，那么他们走散的概率就又增加了。

“他们会来找我们。”季雨时说，“我们在这里等着就好。”

这句话说得简单，却不难让人听出七队队员之间的默契与信任度。或者说，是季雨时与宋晴岚的默契和信任度。

见林新阑微微弯了下嘴角，季雨时补充了一句：“我们下来之前，他们看见了这个新房间的颜色，只要我们不乱走，他们找到我们的可能性比较大。”

两人在原地站了十几秒，然后各自找了个地方坐下。

这种情况下要是不聊天，就真的很让人窒息了，季雨时本想拿出游戏机玩俄罗斯方块，林新阑却打开了话匣子。

“季顾问，听说你的记忆力特别好。”林新阑说，“你会那么多种语言，是因为这个？”

季雨时回答：“不全是，有一部分语言是我在大学里和国外的同学学的。”

林新阑问：“女朋友？”

“不是。”季雨时说，“普通朋友。”

有人说，学会一门语言最快的方法便是谈一场恋爱，对季雨时来说却不是这样。

林新阑只是无所事事，与季雨时闲聊而已，他从口袋里掏出那颗色子，一边抛着玩一边说："季顾问有没有考虑来江城正式成为一名守护者？我看你和宋队很有默契。"

口中仿佛残留着巧克力的滋味，又苦涩，又微甜。

季雨时平淡地说："他好像还心存芥蒂。"

15.

"有吗？"林新阑先是有些意外，随即了然道，"宋晴岚心高气傲，要成为他的队员，成为可以与他出生入死的搭档，的确需要一段时间。但是，一旦他彻底接受你了，你就能得到他的重用。"

季雨时心想：所以利用宋晴岚很容易吧。

林新阑停顿了一会儿，然后又接着说："你在七队和大家相处得不错，尤其是你和宋队，让我想起来以前我和他一起出任务的时候。"

在林新阑的印象中，七队的观察员应该是老于才对。一年后到底发生了什么事，让老于换成了季雨时，宋晴岚也对他态度大变，林新阑对此十分好奇，却没有过分纠结。

"那时候我们都还在学员训练营，配合很默契，我能想到的事情他也总能想到，我们一起完成了不少任务。"林新阑说，"在学员积分排行榜上，我们总是并列的那两个，有人叫我们双 LAN 组合。"

这些季雨时都听李纯说过，林新阑和他聊这些，看来是真的有点憋屈。

"老宋人不错，比我有能力。我原以为从学员训练营出来以后可以和他分到一队，想给他做左右翼来着，谁知道……天穹成立这么多年，逐渐壮大，人手严重不足，连我都被激发出胜负欲，做了个队长。就这样，双 LAN 组合分开了。"林新阑的重点并不是这个，他很快就直奔话题中心，“季顾问，你说，为什么天穹发展得这么强大，我们还会被卷进这种被迫执行的任务里？”

季雨时摇摇头：“我不知道。”

这是实话。

那个狡猾的“所有时代意义上的天穹”，说什么他们七队是胜率最高的小队，所以需要他们协助完成任务。

可是，这些任务为什么要由一个有自我意识的系统指派？

中间哪里出了问题，有待查证。

林新阑告诉他：“有阴谋论说时空已经出现了漏洞，因为天穹对时空进行了人为干预。前不久，暗网上成立了反时间管理联盟。很多人认为我们的工作没有意义，因为时间是连续性的，就算天穹发现了一个可能出现的漏洞从而进行修补，也必然会有另一个漏洞取代它。”

季雨时记起了他在气泡世界看过的那场游行。

“天穹灭世！”

“穿越非法！”

“停止触摸时空！关闭天穹系统！”

“打倒时间管理联盟！”

那种大规模的抗议会发生在气泡世界，是因为它建立在原世界的基础上，林新阑所说的这种情况迟早会变得和气泡世界里的情况一模一样。

“我们现在的处境……”林新阑说到这里，环顾了这个房间一圈，“可能正在说明这一点。”

季雨时没有说话。

林新阑转头说出结论：“或许时空穿越不该被发明。”

作为一个职业穿越者，林新阑竟然产生了对工作的自我否定，还敢堂而皇之地说出来，真的很大胆。

季雨时没有接上林新阑的话，因为他本就不是一个有雄心壮志、想做出一番事业的守护者，所以他没有办法感同身受。

“放心，我只是说一说。”林新阑笑道，“从你们见到我的反应来看，一年后的我肯定没有辞职。”

季雨时说：“是的。”

林新阑把手中玩着的那颗色子收了起来，意味不明地说：“况且……我是这么喜欢在积分上追逐宋队的快感。”

两人在房间里待了好一会儿，却没等到宋晴岚他们。

季雨时看了看通信器，说：“已经过去二十分钟了。”

难道真如林新阑所担心的那样，他们又走散了？季雨时不觉得宋晴岚会花这么长的时间都找不到他。

林新阑在房间里转了一圈，手中拿着蓝色小球，想再次查看周围的房间颜色是否有变化。

在林新阑查看周围房间的同时，“嘀”声响起，后方的圆形洞口被打开。

冤家路窄，门洞后方出现的是先前在慢速房间门口嘲笑他们的那队人。

来人是个黑皮肤的穿越者，还是那个角度，双方一打照面，都愣了一下，对方说：“你们出来了？怎么少了两个？”

季雨时面无表情。

对方又说：“喂！快帮我们看看，你们待的这个房间里有没有记号？”

季雨时用法语问：“多少号？”

对方说：“32！”

季雨时回道："没有。"

对方懊恼地一拍手，对下方的队友说："这些穿越者说这边没有记号！可是我们为什么在绕圈？为什么？"

"嘀"声响起，这支队伍真的很随性且没礼貌，竟然说完就关闭了圆洞口，再次消失了。

林新阑听不懂他们说了什么，便问季雨时。

季雨时简短地告诉他："他们在绕圈。"

林新阑记起季雨时写下的"29"，不由得失笑，紧接着，上方的圆洞门也开启了。

"嘀"声又响起了，两人迅速抬头。

然而，出现在上方的人却也不是宋晴岚与段文，而是新的陌生面孔。

一位红发的女性穿越者趴在洞口，朝下方看了看，然后用英语说了句："安全！"

林新阑与季雨时退开两步，那位红发女性与四位队友从上方的房间爬了下来。

这群人似乎刚来不久，一个个脸上都带着点解谜般的兴奋，红发女性还对房间里的季雨时与林新阑打了招呼："嗨。"

二十几平方米的房间里一下子多出五个人，好像马上变得拥挤了不少。

有一位穿越者问林新阑："介意我使用一下钥匙吗？"

林新阑不解："钥匙？"

那五人都看着林新阑手中的蓝色小球，他们想打开周围的门，观察后从这里出去——他们只是经过而已。

林新阑欣然应允，把小球给了他们，顺便问道："请问，你们有没有在路上遇到过我们的队友？"

季雨时与林新阑都穿着属于他们那个时代的黑色作战服，虽然胸口的标识不同，但还是一眼就能分辨其统一性。

那些人纷纷表示没有，然后选择了一个新的房间。

“再见，不同时代的朋友们！”

“或许我们能在时空中的某处再次相见！”

伴随着乐观主义的告别语，这群穿越者戏剧性地离开了，看来他们来自一个很美好的时代。

接连两批穿越者经过，季雨时说：“林队，我们走吧。”

林新阑问：“不等他们了？”

“不能等了。”季雨时无奈地接受了即使弄懂了规则也无法在原本的房间里等待队友的事实，“大家和我们一样，肯定已经弄明白了相同颜色、相邻颜色、对立颜色之间的安全条件，越来越多的人摸清了规律，就会有越来越多的人尝试不断地走下去。你有没有注意到附近的人在变多？”

林新阑说：“是，这有点奇怪，难道他们都在往中心块走？”

季雨时接着道：“在这种情况下，就算我们不动，也会在别人的移动中被迫移动。所以，我们按之前商量好的走，说不定在那里可以会合。”

说走就走，季雨时的语气算不上失望，他短时间内就做好了第二个决定，他的冷静果敢让林新阑觉得佩服。

中心块是一个谜，为什么这里的房间没有像想象中的立方体一样，在两个面相邻的角形成同时拥有两种颜色的房间？那里是空的，还是有别的什么？

在没有头绪的情况下有目标地前进，中心块成了支撑他们继续穿行的动力。

他们又穿行了两个房间，季雨时走在前面，不断地做标记。

黄色、蓝色、紫色、红色、绿色、绿色，又是五种颜色齐聚，这让人逐渐变得烦躁。

到了一个新的房间，季雨时停下了做标记的手，疑惑道："怎么会？"

林新阑走过来，问："发现什么了？"

待林新阑看清季雨时面前的情形，语气也变了："我们来过这里了？"

地板上刻着只有季雨时才看得懂的符号，还是两个，而季雨时在这里根本还没做过标记。

林新阑问："是不是那些人发现我们整蛊他们，故意留下标记来误导我们？"

除了这个，林新阑想不到其他可能。

如果他们之前已经来过这个房间，地板上怎么可能有两个标记？

"不是。"季雨时摩挲着地板上的刻痕，然后说，"这是我刻的，我不会认错。"

林新阑问："你这么肯定吗？或许他们模仿了你的笔迹呢？"

季雨时又说了一次，语气笃定："我不会认错。"

诡异的一幕让两人都背后发凉，这要怎么解释？

"这是我们去过的第九个和第十个房间。"季雨时指着两个符号分别说，"这是蓝色的慢速房间，这是和它紧邻的那个蓝色房间，也就是我们掷色子后进入的那个。"

林新阑问："那两个蓝色房间？你是说两个蓝色房间重叠了？"

"我不知道。"季雨时垂着头，一边说一边在两个符号中间做了新的标记。

如果是因为周围的穿越者变多，原先经过的房间被移动到了现在的房间附近，那么也解释不了它们为什么会重叠。

再次进入一个新的房间，身后没了林新阑的声音。季雨时转过头，看到林新阑保持着趴在圆洞口的姿势，整个人一动不动，成了静止的虚影。

“林队？”还以为又到了慢速房间，季雨时下意识喊出声，继而反应过来——是时间差！

虽然小球的颜色不同，但这个房间的时间与他们来时的时间不在一条线上，就像宋晴岚与他会合前觉得他们已经过了一个星期一样，时间的不同让两个房间的人错开了。

“嘀”的一声，房间的圆洞口关闭，当前房间里只剩下季雨时一人。

季雨时取下悬浮在空中的紫色小球，果然已经看不见林新阑的身影了，林新阑所在的房间被移动到了别的方向。

季雨时默然不语，这一切都远超他的意料，完全不在他掌控中。

季雨时一个人查看周围房间的颜色，检查到前方的圆洞口时，他怔住了。

他面前出现了一个新的房间，此前它从来没在任何地方出现过。洁白的墙壁，明亮的光线，和他们所有的想象都不一样，这里不是空的，也不是五颜六色的。

房间中央静静悬浮着一颗黑色小球，季雨时到达了中心块。

他拿出自己口袋里的拉链柄，将它扔了进去。

清脆的一声响，小小的拉链柄几乎难以用视线跟踪，可季雨时视力极好，精神高度集中，还是精准地捕捉到了它。它躺在中心块里，完好无损。

季雨时踩在梯子上，又朝上方爬了一级。

心中有个声音在说“不要进去”，那是他的理智与懦弱在发声。

如果做错了，那么他在这个任务里将彻底失败，他会面临死亡淘汰，无法继续下去。

如果他在中心块死掉，那么队友将失去他的协助，或许还会失去他的踪迹，宋晴岚会不会继续找他？

但季雨时还是爬进了圆洞口，他调转身体，伸出一条腿，踩到了中心块梯子上的第一条杆。

“嘀”的一声，进入中心块的一刹那，他手中的紫色小球弹了回去，圆洞门关上了。

季雨时眼前突然变得一片黑暗，耳边也安静极了，不知身在何方。

无光，无声，一片死寂，季雨时甚至听不到自己的呼吸声。

我死了吗？他心念一动，黑暗中亮起了丝丝光线。

四周骤然迸出绚烂光彩，季雨时仿佛置身于广袤的宇宙中，天无边，地无际，而他就在一片璀璨的星河中央。

他看清了，那些星光其实是无数颜色不同的立方体，它们发着六种颜色的光芒，好似六条彼此交错的光线。

遥远的画面在季雨时脑海中浮现。

天穹的学员训练营中，台上的讲解员温和地做着演示，她在空中画出一条闪烁流动的光线，说：“我国科学家团队发明了天穹。是他们发现了，时间不仅仅只有一条线。”

然后，那条光线迸发成无数条细线，那个画面渐渐与眼前这一幕融合了。

季雨时在那些交错的光线中行走，一迈开步子，周围的景象便随着他的步伐翻转，不分上下，不分先后。

这些光线似乎被截断了，蓝色中嵌入了红色，紫色中嵌入了黄色……无数个不同颜色的立方体是光线中的突兀存在。它们存在于不该存在的光线上，交错着打断了这些光线的连续性。

季雨时停住脚步，那些立方体闪烁着，不断打开不同面的圆洞口。

他看见不同肤色、不同时代的穿越者穿行其中。

他看见有人死亡、有人绝望、有人周而复始地盘旋其中，有人从胶囊舱里出来，进入了新的房间。

他看见立方体移动位置，不断变换着组合方式。

季雨时就像他小时候看的那本《时空旅者》中的穿越者一样，在虫洞里看见了无数个时代。

随着穿越者的穿行，光线里有的颜色间挤入了新的颜色，而有的颜色在逐渐减少，用一种季雨时没见过的方式不断变换着。

穿越者在这些时空的碎片中行走，试图按照天穹的提示将它们拼接串联。

任务模式：魔方。

任务目标：拼接。

有人对他说："会不会像在'卡俄斯'一样，所谓的任务只是字面上的意思，其实没有什么特殊含义？你们知道的，毕竟它只是个人工智障，没有什么高深的含义。"

有人对他说："复原不了就拆掉？"

季雨时蓦地明白了什么，肩膀突然一沉，身后，有人在喊他的名字："季雨时。"

季雨时一个激灵，回过头，首先映入眼帘的便是冒着青色胡楂的下巴。

然后，他稍微抬头，视线撞进了一双深沉的黑眸中。

身后是宋晴岚、段文，甚至还有一身是血的周明轩，三人也来到了中心块。

眼前的景象让众人来不及寒暄，也顾不上谈论其他，各自仰着头四处观看。

季雨时眼中流光溢彩，宋晴岚几乎立刻就对绚烂的时空光线失去了兴趣，不自觉地站在他身侧，与他一同抬着头。

“还挺漂亮。”宋晴岚懒懒地开口，“比起‘卡俄斯’的时空裂缝如何？”

“不一样。”季雨时回答。

在“卡俄斯”的时空裂缝里，他曾站在极光下，被经过金属垃圾山的巨大银白色星球掠夺了呼吸。

他被悬空的大海、畅游的鲸鱼溅了满身海水，被倒垂雪山的寒风吹过，被暴雨淋了个浑身湿透。

一样的是，站在身边的人。

“可能只有咱们这份工作能见识到这种景象了。”宋晴岚说，“高级观光票，还是限量的。”

季雨时转过头来说：“我知道这里是怎么回事了。”

16.

宋晴岚仿佛对季雨时说出这句话并不感到意外，只是挑了下眉，然后说：“愿闻其详。”

“我们一直想的是，要如何在不被别人的移动的影响下，去移动房间的颜色来完成拼接。”季雨时说，“那是不可能完成的事，所以我们陷入了死胡同。”

看到他们开始说正事，段文与周明轩也走了过来。他们围在一起，就像过去很多次一样，听季雨时的解答。

“我们身处一个在天穹控制范围内的‘虫洞’里，不知道是因为多次跃迁还是因为别的什么，总之，如眼前所见，这里的时空被打乱了。好几条时间线出现了漏洞，彼此交错，让时间无法顺利运行。”

季雨时慢慢道，“和我们想的一样，天穹把不同时间线中散乱了的时空用颜色作为标记，让这些碎片成为可以辨认的立方体，模拟魔方的面等待我们去复原。但如宋队所说，天穹只是个系统，它只会使用最简单最直接的表达方式来表达。魔方……试想，如果一个魔方已经散掉了，要怎么复原它？”

众人一下子想到了。

“拼起来！”

“对，不就是拼接？”

宋晴岚思忖着，没有出声打断季雨时的话，他直觉季雨时还有话要说。

“这一路上我们遇到别的穿越者的次数越来越多，好像无意间他们就增加了许多。我猜是因为房间变少了。”季雨时说出他们走散后，他在一个房间里同时看见自己留下的两个标记的事，“时间是有连续性的。以恒定时间的人类躯体作为载体，经过两个处于同一时间线且顺序正确的房间，则该房间完成拼接，合二为一。”

段文看着空中不断变换着的立方体，说：“我知道了，房间合二为一后在视觉上也不会变大，因为它本来就只是一个时空上的概念，严格来说是时间变长了。这就是我们会觉得已经来了一个星期的原因。”

季雨时脸上露出赞赏的神情。

段文腼腆一笑，老脸发红。

周明轩在途中的遭遇很不愉快，和队友会合后，他仍带着戾气，问道：“那我们之前走过的颜色相同的房间都合并了？”

走过颜色相同的房间且没有遇到时间差，则说明那两个房间原本就属于同一条时间线上的连续位置。

人安全地经过这些房间，从理论上说它们就合并成了一个。

“有可能。”宋晴岚回答，“这些时空的碎片得靠着我们的进出来移动，有利也有弊。好处是我们知道这样才能按规律移动它，坏处是我们没法回头看，所以就算它们合并了我们也发现不了。”

谜底揭晓，大家同时沉默了几秒。

周围无数个房间里，无数个穿越者仍在穿行，不知疲惫。而身处中心块的他们，像手握王牌的幸运儿，只待去完成最后的步骤。

为什么这是一个多人任务？所有人都明白了它的残忍之处。

天穹劫持这些穿越者，无关乎他们能不能真正完成最后的目标，因为它的目标从来就只有一个——让这些人穿行于这些房间，有意识的也好，无意识的也罢，他们都会用身体去将颜色相同的时空碎片串联拼接，直到最后一块碎片归位。

“所有时代意义上的天穹”，即使有了自我意识，也不过是一个无情的、冷血的系统而已。

周明轩说：“所以我们接下来可以直接选择一个颜色，让它开始拼接。”

季雨时点头：“是的。”

段文道：“那还等什么？快，赶紧结束这一切！”

他们朝四周看了看，惊觉一个事实，周围并没有路。

从一进入有黑色小球的房间开始，他们就仿佛进入了另一个高维度的世界，得以旁观之前的世界。

宋晴岚想了想，说：“既然是中心块，那随便选择哪一个房间都没有区别，都可以开始。”

他指着最近的一个立方体问季雨时：“季顾问，选这个行不行？”

众人震惊，这么随便的吗？

谁料季雨时微微笑了笑，道：“行。”

四人朝那个立方体走动，无数个立方体将他们包围在其中，让他们成了光线中微不足道的渺小存在。

黑暗中，段文问："说起来，林队呢？"

周明轩不解："谁？"

段文说："九队的林新阑。"

周明轩惊讶道："他？他怎么也在这里？"

两人絮絮叨叨，段文开始小声叙述他和宋晴岚在这里遇到林新阑后的事情，听得周明轩火大，直呼倒霉。

宋晴岚走得慢了些，他人高马大的，存在感又太强，让身侧的季雨时觉得很有压力。

不知怎么回事，季雨时的眼皮在跳，他忽然有一种非常不好的预感。

宋晴岚说："我回来找你们的时候，看到你们在那个房间里谈话了。"

17.

他们离开那个房间以后，宋晴岚真的回去找了？

那他都听到了什么？

他会不会问自己是否会留在江城的问题？

季雨时垂在身侧的手指悄悄蜷缩了起来，神色一如既往地清冷，他淡淡道："哦。"

"多亏了这个记录功能让我知道你们决定往中心块走，不然我们还在浪费时间。"宋晴岚很快就接着说，"你和林新阑走散了？"

季雨时："呃……"

他和林新阑在那个房间里等待宋晴岚，前后加起来至少有二十多分钟，直到周围的房间被越来越多的穿越者移动才决定离开。

原来宋晴岚看到的房间里的情形，正好是他和林新阑离开前的，而不是他们刚进房间时的。

蜷缩的手指松开了，季雨时心底一松，松了一口气。

宋晴岚确实对他不错，但他还没想好答案，便神色如常地说：“嗯，我和他遇到了时间差，就走散了。”

宋晴岚对此不予置评，林新阑走与不走都不影响他们继续完成任务。

“这些记录正好可以帮助我们分辨时间顺序，再加上你之前分析出来的移动规律，我们可以在保证安全的情况下去到每个时间差不同的房间让它留下痕迹，拼起来应该不会太慢。”宋晴岚说，“我们很快就可以从这个任务里出去了。”

季雨时点了点头：“对。”

宋晴岚勾了下嘴角，笑得洒脱，又说：“所以那个智障天穹说我们是胜率最高的小队，倒是没错。”

说完，他又看了眼季雨时，眼神沉沉，道：“因为我们有季顾问。”

季雨时别过头，跟上了前面正在说八卦的两人。比起和不断抛出橄榄枝的队长聊天，他宁愿再听一耳朵八卦。

光线璀璨，立方体中的时空碎片在无数穿越者的移动中拼合重组，反复变换。

大家走到一个大大的紫色立方体前，段文伸出了一只手，墙壁如同没有实质，段文只摸到一片虚无。

然后，段文抬脚进入了墙壁，像从胶囊舱里出来时一样，一脚踏入了墙里。

其余人一个接一个，像游戏加载般通过墙壁走进紫色房间。

四周重新变得明亮，到处都是一片洁白，唯有房间中央悬浮着一颗紫色小球。

他们取下紫色小球，打开来时的那个墙壁圆洞。从圆洞中看见的不再是虚幻的黑暗，而是之前那个安静的、悬浮着黑色小球的中心块。

这个任务过于抽象，饶是已经有过好几次奇幻经历的众人，也忍不住心中的惊异赞叹。

“这个房间有人来过了。”季雨时看着地板上各个千奇百怪的标记说，“它已经是一个整合好的房间了。”

段文蹲在地上数了数，说：“有九个，是不是表示至少有九个房间完成拼接了？”

季雨时点头：“差不多。”

“经过这些房间的人都是瞎忙活，他们怎么也想不到这就是拼接。”周明轩感叹道，“咱们之前肯定也拼了不少。”

众人点头称是。

“他们要是能想到的话，完成任务的就不是我们，而是他们了。”宋晴岚的思考方向和他们都不一样，“随着一个颜色的拼接完成，房间越变越少，重叠的符号就越来越多，他们迟早会发现这一点，到最后竞争会很激烈。”

作为队长，作为一个常年在比赛中摸爬滚打的人，宋晴岚的竞争意识很强。他几乎是敏锐地提出了现在的难点，这个任务到了最后是属于穿越者们的对峙，与任务目标的关系都变得不大了。

段文一拍大腿，道：“宋队说得对！”

周明轩说：“那咱们是拼还是不拼？拼得多了房间变少了，就给了他们觉醒的机会，拼得少了又浪费时间！”

连季雨时都后知后觉，皱起了眉。

宋晴岚道：“拼。既然都开始比赛了，还怕先走一步棋？”

宋晴岚站在房间一侧，天生便是视线焦点。只见他眼睛微微眯起，身上冒出一股子狠厉霸道又乖张的气息，属于强者的胜负欲毫不阻挡地释放了出来。

他不退缩，不犹豫，正面迎接接下来可能面临的挑战。

“从这个紫色的房间开始，我们要赢。”

“嘀”的一声，众人面前的第一个圆洞口打开了。

“黄色！”

“红色！”

“灰色！蓝色！”

“绿色！”

七队四人分头合作，每到一个新的房间，段文、周明轩、宋晴岚就分别负责查看四周房间的颜色，季雨时负责测算。

“这边也有一个灰色！”周明轩从梯子上跳了下来。

“黄、红、灰、蓝、绿、灰……”季雨时在全息投影上模拟他们目前的移动方向，“上一个房间的右边是紫色，我们是往前走的。前下，它现在在我们的右下方，要绕回去，我们得往右边走。右前，右边是绿色，可以通行。再后上，继续向下，就能安全进入新的紫色房间。”

众人纷纷蚊香眼。

段文问：“啥？”

周明轩道：“老段，别管那么多，听不懂就照做。”

这是他们进入的第四个紫色房间，经过对比，其中两个紫色房间都有时间差。上一个紫色房间与第一个房间顺序正确，且相邻，在没有别人移动的情况下，他们能将这两个房间也拼接起来。就算有别人移动也没有关系，他们还可以随机选择另一个颜色，重新开始。

这些颜色迟早都需要拼接起来，成为连续的时间线。

不同于之前的盲目，这一次他们带着目的穿行于不同颜色的房间中，是无数个穿越者中最先觉醒的一批。

从紫色、黄色再到蓝色，途中目标数次转换，季雨时都能清晰明了地根据移动规律指出明路。

在这些错综复杂的时空碎片里，季雨时像一盏耀眼的指路明灯。而宋晴岚则是掌控船只的舵手，根据他的指示带领队员们蓦直前进。

时间变慢的房间与时间加快的房间得以拼接，时间倒退两秒的房间与时间快进两秒的房间得以拼接，时间差长达两小时的房间、短至两秒后的房间、静止的房间……每一次都需要精密谨慎的分析与试验，才能顺利知晓其中的时间差距。

为了试验时间顺序，四人分开了数次。在不同时间差的房间里，他们曾只是一出一进，再次会合并成功拼接时，就分开了两天。

一时间，他们仿佛回到了“衔尾蛇”难以窥清真相的循环里，必须从环环相扣、彼此影响的事件中找到唯一通往胜利的那条路。

“魔方”，果然不愧是天穹系统口中的超 S 级任务。

他们一路走，一路做标记。

随着数字的增加，他们遇到了数批从未谋面的穿越者，数量已达百名。

他们也遇到了数个自己，那些房间将他们的经过记录下来，让他们能清晰明了地发现相同颜色房间的时间差。

房间在不断减少，季雨时的精神压力在增大。

“嘀”的一声，新的房间到达。

季雨时刚下梯子就被宋晴岚抓住了手腕，对方制止了他准备打开全息投影的动作，喊道：“季雨时。”

"宋队。"季雨时脸色有些苍白，额头有一层细汗，看上去很有精神，其实只是强撑着。

两人的行为引起了队友的注意，段文与周明轩停住脚步，齐齐朝他们看来。

"先在这个房间休息一会儿。"宋晴岚不容置喙地说，"休息好了我们再继续。"

"成功拼接蓝色房间三十七个，紫色房间二十三个，绿色房间十六个，红色房间五个，灰色房间两个，黄色房间十五个。"季雨时表示反对，"成功拼接的概率只有一半，不知道还有多少个房间等着我们去拼接。"

宋晴岚说："这只是我们完成的，还有很多穿越者也在拼接。这么多房间都走了，不急于这一时。"

季雨时直视他的眼睛，眼神很平静，说："我只是想快一点回家。"

快一点回家，听到这句话，宋晴岚仿佛想起了什么，松开了抓住季雨时手腕的手。

"我们都想快一点回家。"宋晴岚语气温和了些，"但是不行，你必须休息了，把你的精神好好放松一下我们再出发。"

"不用。"季雨时说，"你不用管我。"

宋晴岚听笑了，又说："你在家里有没有人管我不知道，但在这里我是队长，我不管你谁管你？"

这不是宋晴岚第一次提出要他休息，只是这一次格外坚决。知道这次没有商量的余地了，季雨时垂下了头，表示默许。

两人算不上争吵，也没有对峙的意思，但不知道为什么，气氛有些紧绷。

"走了两百多个房间，我都觉得有点累。"周明轩适时补充道，"是差不多该休息了。"

“我先看看周围什么情况。”段文说。

季雨时找了个地方坐下，然后拿出了自己的游戏机。

他的休息一贯如此，他不睡觉，也不需要睡觉，玩俄罗斯方块就是他最好的放松方式。

段文和周明轩一起查看了周围房间的颜色，宋晴岚则站在原来的位置，正看着季雨时。季雨时漂亮的侧脸、安静的气质和以往并没有什么区别，可宋晴岚却能感觉到他的急躁。

完成天穹计划的任务后，他们就可以回家并得到奖励，而且任何奖励都行。

季雨时想要什么他很清楚，宋晴岚踌躇着，转了两圈，最终一咬牙，还是走了过去。

然而，他还没说话，季雨时便停下了手中的动作，说：“我想赢。”

宋晴岚一怔。

季雨时的声音不算大，其他队友正在交谈，不一定能听清他们在说什么。

“我比你们都渴望拿到高积分。”季雨时眼神清澈，“已经到最后一步了，我会不惜一切代价去赢，哪怕我一个人去。”

季雨时在这方面说话一向很直接，每次都说得宋晴岚措手不及。

他与七队其他队员不一样，他还没进入七队，就表明了他不是什么没有功利心的人。

他也与所有人都不一样，他坦坦荡荡、大大方方，从不羞于说出他想要高积分的事，他就是那个与众不同的季雨时。

季雨时说：“我甚至有可能会为了积分不惜一切代价，你知道那对我来说有多重要。”

得到季雨时毫不掩饰的提醒，宋晴岚如同被扼住了喉咙，无法回答。

季雨时说完就低下了头，重新开始了一局游戏，说："不要拦着我。"

宋晴岚神色几变，心绪翻涌。

正在这时，"嘀"声响起，圆洞门开启。

众人同时朝上方看去。

梯子上有人朝下面看了看，喊道："蓝色！里面有人！"

接着，另一个人的声音传来："那就下去！"

来人说的是熟悉的中文，让七队众人差点以为遇到了其他队友，或者是九队队员。

梯子上缓缓爬下来一个中年男人，胖乎乎的，看起来是个宅男。跟在他后面下来的则是一个年纪稍轻的男人，戴着一副银丝边眼镜，身穿白色衬衣，未曾开口说话就透着一股书卷气。

他们看上去并不像穿越者。

没人注意到，季雨时霎时间就浑身僵硬了，愣在原地。

18.

这两人来路不明，所有人都提高了警惕。

见状，那个胖胖的中年男人笑了笑，问："诸位是咱们华国天穹的守护者吧？"

宋晴岚不太客气地反问："你是？"

中年男人说："不要紧张，我们只是路过。"

在这个连接各个时空的"魔方"里，人们对自己所属的时代避而不谈，是一件可以理解的事。只不过，作为守护者，不管是哪个时代、哪个世界的守护者都可以确定——他们都是被天穹劫持过来做任务的。

然而，这两个人似乎不是这样的。不同于所有守护者的利落无畏，他们身上的气质看上去更为平和，让人感觉不到紧张，似乎这里对他们来说不是什么危险的地方。

戴着眼镜的斯文男人看到地上的标记，询问："我注意到房间在减少，这样的标记越来越多了，是你们在完成拼接？"

那些标记都是季雨时做的，除了他和不知身在何处的大胡子，没人看得懂。

不知来者何意，七队众人都没有说话。

这个陌生的斯文男人不介意他们的态度，温和一笑，又说："如果是你们的话，那你们真的很厉害。"

斯文男人的目光越过站在房间里的人，投向了坐在地板上的季雨时。

宋晴岚顺着他的目光看过去，深深地皱起了眉头。

季雨时脸色苍白、神情仓皇，状态看上去不知道为什么比休息前还要差。他甚至没有站起来，就坐在地板上眼睛一眨不眨地看着这两位外来者。

不，准确地说是这一位戴着眼镜的外来者。

季雨时很少会这样，在社交中他属于完全不主动的类型。

不只宋晴岚，连段文与周明轩都发现了季雨时的不对劲。

"季顾问？"队友担忧地出声。

这位外来者已近中年，修养良好，面对季雨时这样的直白视线与神情，还对他礼貌地点了点头。

看到季雨时手中的游戏机，他还说："巧了，这位小哥手里的游戏机，我儿子也有一部差不多的。"

季雨时的游戏机已经很旧了，本来就不属于他的时代，是个复古的产物。

难道这两位外来者来自很久以前？众人心里都有这样的猜测。

“是很巧。”季雨时开口了。

不知为何，他原本清冷的嗓音像蒙了一层厚重的膜，说不上难听，却叫人听得模糊不清。

季雨时呆呆地坐在那里看着那位外来者，精神恍惚。他看起来就和许多在这“魔方”里迷失的穿越者一样，筋疲力尽，濒临崩溃。

那两个人说是路过，就真的只是路过，并没有别的目的，也没有别的话要和这四位华国的天穹守护者说。

他们取下悬浮在空中的蓝色小球，看了周围的颜色后选择了一扇门打开。

胖乎乎的中年人先走，爬得颇为费力，动作比较慢。

戴着眼镜的斯文男人很有耐心地等待，仿佛察觉到了什么，他回头再次看了看角落里的季雨时。

季雨时低着头，单薄的背挺得笔直，却没有再把视线放到他身上，只是手中还紧紧地捏着游戏机，用力到指尖发白。

同伴叫斯文男人：“老盛！快过来！”

男人说：“来了！”

“嘀”声后，圆洞关闭了，两名外来者消失在了那堵墙后。

“这两人是干吗的？”段文摸不着头脑，“怎么跟逛街似的在这里闲逛？”

“不知道。”周明轩也觉得奇怪，调侃道，“搞不好是民间穿越者，你没听说过吗？咱们这种神秘职业其实是不少人的梦想，私底下捣鼓非法跃迁的人多了去了。”

季雨时道：“我们走吧。”

季雨时的嗓音比先前搭话的时候好了许多，不过听起来还是有些不对劲。

等他抬起头来，大家才发现他的脸白得都快透明了，要不是眼尾有一抹红色，他看上去竟比此前任何时候都还要冷静、理智、难以捉摸。

段文说：“季顾问，你看起来不太好。”

周明轩也说：“这不是刚来？再休息一会儿吧。”

“你怎么样？”宋晴岚问，他显然也不赞同季雨时现在离开。

他们刚刚才就这个问题争过两句。

“我没事。”季雨时恢复如常。

宋晴岚看到季雨时站起了身，去拿重新弹回房间中央的蓝色小球。他忽然觉得刚才那个戴眼镜的男人穿着白衬衣的背影看上去有些眼熟——如果季雨时还穿着他们第一次见面时的白衬衣的话。

宋晴岚敏锐地察觉到一丝异样，季雨时的反应可能和刚才那个人有关。那个人或许来自更早的年代，难道季雨时执行记录者任务的时候见过那人？

宋晴岚想询问，季雨时却已经打开了新的圆洞门。

不顾宋晴岚方才让他休息以后再出发的强烈要求，也没有要商量的意思，季雨时自顾自地通知他们：“走这边。”

宋晴岚沉下心中的情绪，告诉队友：“走。”

这一次出发，拼接明显比之前还要快速高效。

季雨时除了计算和试验，几乎一路无话，没再说过任务以外的半个字。

大家都感觉到了他的不一样，还以为是他过于心急完成任务。

只有宋晴岚注意到，季雨时似乎数次按捺住了想要回头的冲动，即便那个房间已经不知道移动到了何处。

“黄色。”季雨时机械地开口，“第二十个。”

他们离开这个由二十个房间拼接好的黄色房间，准备进入一个新的蓝色房间。

眼前的蓝色房间里密密麻麻地刻满了标记，来自不同时空的人留下的不同文化，几乎快将目之所及的空白墙壁填满。

“嘀”的一声，另一头也有人打开了圆洞门。那是一队陌生面孔的穿越者，他们隔着蓝色房间与七队遥遥对视。

随着房间的减少，每一个标记众多的房间都有可能是最后一个，七队迎来了第一队正面竞争者。

蓝色的房间里留有一队人的记录影像，看起来正是和他们对视的这一队人。

“你们放弃吧！”有人用英文喊道，“我们已经搞清楚了这个蓝色房间的时间差，所以才特地倒回来，拼接的胜率比你们更大！”

段文回道：“我们为什么要放弃？”

对方拿出了枪：“请？”

段文气笑了：“要打是吧？”

“让给他们。”季雨时却拦着他，“这不是最后一个。”

宋晴岚问：“你看出了什么？”

季雨时说：“里面那个‘29’的标记，不是我用来迷惑人的那个，所以这个房间肯定不是最后一个蓝色房间。”

在蓝色的慢速房间里，他们被耍过一次，季雨时曾经报复了那些人一把。

只是两个普通的阿拉伯数字而已，季雨时写的时候更是模仿了那群人的笔迹，至少除他以外的人就看不出任何不同。但季雨时说不是，就肯定不是。

段文立刻回头告诉那群人：“送给你们了！”

季雨时已经重新选择了一条路，说：“这里有紫色，它的已拼接个数仅次于蓝色，我们抓紧时间。”

众人立即跟上。

接下来，七队经历了新的占领与抢夺。

他们先后让出了红色、黄色、紫色，每次都是拱手相让，段文与周明轩越来越着急，季雨时却始终一脸沉静。

几圈走下来，他们能明显感觉到房间数变得更少了，甚至再次碰见了林新阑。

九队众人齐聚，运气比他们好上不是一星半点。

“红色五十四个了！”林新阑在下方的房间里对他们喊，“宋队，你觉得我和你谁能完成任务？”

林新阑的队友误打误撞，竟一直在红色附近转悠。

看起来林新阑也去了中心块，他虽然不懂这里的运作原理，但通过他知道的季雨时的分析和房间的减少，硬是猜中了拼接方式。

宋晴岚低头看着他们，冷冷地道：“不是我，是我们，我们会完成任务。”

林新阑笑了笑，道：“是吗？如果不是的话，要不要打个赌？”

这话听起来很耳熟，不愧是曾经的双LAN组合，宋晴岚也对季雨时说过这样的话。

林新阑说：“你要是输了，就答应我一件事。我要是输了，也答应你一件事。”

宋晴岚道：“没兴趣。”

林新阑不在意他的态度，又说：“替我向季顾问问好。”

季雨时突然站起来，说：“走了。”

这扇圆洞门关闭，另一侧的圆洞门打开，露出了两张一模一样的脸。

那两人齐声喊道：“宋队！”

他们正是汤其与汤乐！

见到队长，见到小队众人，汤乐几欲泪奔，飞快地从梯子上爬了下来。

汤其紧随其后，却问道："李纯呢？"

宋晴岚神色严肃，察觉到了不妥，说："季顾问说你和他在一起。"

汤其咬牙道："还说呢！他好心肠要去帮一个受伤的妹子，我们走散了！"

不愧是李纯，众人叽叽喳喳地吐槽，将不在这里的李纯骂了个狗血淋头，连宋晴岚都有点动怒——正是要完成任务的紧要关头，根据天穹给的任务规则，死亡淘汰的人会取消任务资格。

李纯如果出了事，那么他将得不到胜利的结算。

季雨时打开通信器，看了看全息投影上的模拟立方体，出声打断了他们的吐槽："现在我们有六个人了，可以分开走。"

宋晴岚不解："分开走？"

"分开走？"

"不太合适吧！"

"万一有人出事，要怎么会合？"

"我会把模拟图都发给大家一份。"

季雨时的心急大家都看在眼里，大家也都看出来他的状态非常不好。但他们都知道，季雨时绝对不是一个心急就乱出主意、不负责任的人。

只见季雨时很理智冷静地告诉大家："我们早已分析过，这是一个多人任务，人数较多的小队比较容易获得胜利。之前房间数太多，人手也不足，现在我们有六个人，足够分开走几条线了。周围的房间已经很少了，我们完全可以通过分开走的方式给彼此探路，灵活换线。"

“可以。”宋晴岚沉思几秒，道，“和他们不一样，我们之间不存在竞争关系，分开走的目的只有一个，就是拼接好每一条线路。就算被阻挡了也不用急，我们可以在保证自己安全的情况下随时放弃当前线路，去另一条线路。”

再拖下去真的会输，分头行动无疑是棋走险招的获胜方式。

七队每个人都不是懦夫，为了胜利，为了回家，他们早已付出了太多太多。

季雨时把模拟图发到了每个人的通信器上，房间周围的颜色不齐，他们先分为两队散开，在当前房间告别。

段文、汤其、汤乐一组，周明轩、宋晴岚、季雨时一组。

行进了两个房间，周明轩就与宋晴岚和季雨时分开了。

宋晴岚与季雨时在第四个房间分开，独自走了三个房间后，又在新的房间相遇、再分开。

房间的减少使得他们的碰面变得比之前容易了。

有一次相遇，段文说：“九队那帮人，老子都遇到两次了，怎么没遇到那两个人？”

他说的是不像穿越者的那两个人。

宋晴岚看了一眼季雨时，后者已经恢复了平静，淡淡道：“不会再遇到了。”

他们继续做任务，重复着分开、相遇、交换路线的过程。他们在不同的房间碰到了不同的队友，也碰到了越来越多、越来越密集的穿越者。

终于，他们发现蓝色的房间消失了。

立方体的六个面，有一面的圆洞口打开后变成了虚无的黑暗，与此同时消失的，还有拼接蓝色房间的段文。

季雨时进入最后一个有红色小球的房间前，又碰到了宋晴岚。

房间里记录着一位穿越者死前的过程，她跪在地上，皮肤慢慢从身上剥落，直至骨髓，一层一层地褪成了雪白骨架。

她濒死时的痛苦呐喊，随着头皮掉落的金色短发，还有手中的枪……都让季雨时辨认出了她的身份。

Zoe 和他分开后，竟再次选择了红色的房间，她飒爽、勇敢，却没能挺到最后。

两人一同站在梯子上，季雨时的反应宋晴岚都看在眼里。

宋晴岚一把抓住他的肩膀，沉声道："别看了，换我去这条线。"

季雨时却毫不在意，两人靠得这么近，他开口说的却是："宋队，快到最后了。"

宋晴岚呼吸一窒，季雨时的状态并不好，可以说是短时间内就变得前所未有地糟糕。宋晴岚看到了他白皙额头上的冷汗，轻轻颤动的纤长睫毛，还有不管不顾地豁出去的决心。

宋晴岚喊道："季雨时！"

不等他阻止，季雨时就迅速爬下了梯子，径自进入了那个房间。

"嘀"的一声，圆洞门关闭了，原本在季雨时手中的小球弹回了原处。

季雨时的离开，让宋晴岚眼睁睁看着自己所在的房间被移动到了别的方向。

这些迷宫般的立方体中，再也看不见季雨时的身影。

黑暗中，逐渐出现新的人影。

身在中心块的队友们翘首以盼，终于等来了又一名完成拼接的队友。

那人身姿挺拔，皮肤白皙，在无数绚烂的光点中轻易就吸引了所有人的目光。

“是季顾问！”段文喊道，“诶，只差宋队了！”

现场除了段文，汤其、汤乐、周明轩都在，还有十几名陌生的穿越者，他们都是完成了拼接的人。

季雨时走近了，神色里有一些疑惑。

他早已知道在房间的移动中，会有人因为时间差计算错误而死去，也会有部分穿越者被算作协同完成任务，六条时间线的拼接全部由天穹七队完成的概率很小。

但是，他不明白这个所谓的超S级多人任务要怎么结算。

人们三三两两，窃窃私语。每有一个穿越者走入中心块，他们的神色就有所变化。

大家站在一起等了一会儿，宋晴岚才从黑暗中走了出来——他完成了最后一种颜色的拼接。

“恭喜，您完成了新的超S级任务——魔方。”

冷不防，天穹温和的女声响起，落入每个人耳中，自动切换为不同的语境与语言。

所有的穿越者都停止了交谈。

“来自星元一四五六年的守护者，恭喜您与来自其他时空的穿越者一起完成了多人任务。您完成了多条时间线拼接，脱颖而出，是此次任务的胜利者。”

这一刹那，众人都产生了一股终于结束了的感慨。

原来如此，拼接得最多的队伍获得胜利，只有他们能得到结算。

那些陌生的穿越者一个接一个消失在他们周围，作为陪跑者，被天穹送回了原本的时空。

殊不知，这让七队众人羡慕不已。他们想要的胜利不是什么奖励，而是和那些被无辜牵连的穿越者一样，回到自己的时空。

可是接下来，天穹系统讲出的话让众人处于浑身巨震、难以置信的境地。

“您已完成我为您规划的所有任务。您可以保留奖励，继续执行下一个任务，或者回到您的时空，立即兑现奖励。”

七队所有人都惊呆了，可以……回家了吗？

现场有着长达几分钟的安静，幻境、欺骗、现实，没人能真正相信这一次会是真正的回归。

可是，“回家”这两个字像是悬挂在饿狠了的人面前的一块美味蛋糕，依旧让他们产生了难以遏制的渴望。

这次会是真的吗？

会不会，他们真的能从这场劫持中解脱？

仿佛知道他们脑海中的想法，天穹系统说：“这次您将真正回归。”

天穹强调后的说法，让所有人忍不住开始相信。他们终于可以回到他们被劫持的第三秒，回到他们原本的时代了？

天穹系统继续解惑：“很遗憾，因为‘魔方’任务无法设置时间锚，为了保证时空的完整性，按照您在‘魔方’任务中的时间计算，此次回归时间将为您调整到一四五六年六月十七日。并且，‘魔方’任务中有人未能完成结算，该队员无法与队友一齐回到原本的跃迁途中，将和队友分批次回归。”

有人未能完成结算？

段文脸色一变，问：“李纯？”

天穹系统道：“是的。不用担心，他只需完成一个简单的B级任务补齐积分，稍后便会回归。”

“不可以！这是什么规则？”

“你以为你是老师，随堂测验说改就改呢？你不过就是一个破系统！”

“用老子的奖励换纯儿回来，行不行？”

天穹系统道：“抱歉，无法为您进行该奖励兑换。该任务并无危险，请您放心。”

众人破口大骂，李纯一个人能完成什么任务？

果不其然，天穹系统继续道：“为了保证新的任务尽快顺利完成，该队员可以选择留下一名队员，协助其完成任务。”

众人纷纷吐槽，这是什么破系统？也太坑爹了？

“那大不了我们都留下来。”汤其道，“多这一个任务不多，少这一个任务不少。”

“留就留。”

“老子这次一定要揍死他。”

众人七嘴八舌中，季雨时没有说话。

“行了。”宋晴岚出声打断他们的话，目光挨个将他们扫过，“都给我回去，我留下来就行。”

“要留一起留。”

“早完成早回家！”

“不行，要走一起走，要留一起留！”

宋晴岚抬起眼皮，再次看了看季雨时，说：“一个B级任务而已，我留下来足够了。你们都有想做的事，早点回去，早点写完报告、做完心理评估。”

宋晴岚又道：“还是说，你们觉得我连个普通任务都完成不了？我安排不了你们了？”

众人沉默了。

周明轩紧接着说：“那……反正我家里也没什么好挂念的，我和你一起。”

宋晴岚勾了勾嘴角，没再拒绝：“行，老周留下，其他人没必要。”

天穹系统适时发声：“宋晴岚，周明轩，欢迎你们留下来完成B级任务，你们的奖励将保留。”

事情已成定局，天穹系统的目的达成，众人纷纷骂了起来。

众人将宋晴岚与周明轩团团围住，有他们两个人在，怎么也能和李纯一起完成B级任务了。

从出发到现在，一路上完成了“衔尾蛇”“卡俄斯”“我是谁”“魔方”这些任务，众人团结一心，历经磨难。

每个人想要回家的愿望都十分迫切，汤乐有点想哭，被汤其抱住了脑袋，连段文都红了眼睛。

“管住自己的眼泪，搞不好你们回去的后几秒，我们就回来了。”宋晴岚随意地说了这样一句话，无情又桀骜，成功遏制了煽情场面。

然后，他当着众人的面，转而对季雨时道：“季顾问。”

对季雨时来说，距离他和宋晴岚分开已经过了十几个小时。宋晴岚的口吻让他心底一跳，他抬头看去，却看见对方眼中的情绪难以言喻。

宋晴岚像是在生气，或者是在恼怒，总之让触碰到这种眼神的季雨时觉得，好像只过了短短十几个小时，宋晴岚就有什么不一样了。

“回去以后，我有话要和你说。”宋晴岚有些严厉，却少了些队长独有的命令式语气。

季雨时犹豫道：“我不知道……到时候我会在哪里。”

宋晴岚几乎立刻明白了他的意思，十几年前……那场事故。

宋晴岚直截了当地说：“先不要回去。”

璀璨的光点汇聚成了时光线，将季雨时白皙的脸庞照得很是冷淡，一如初见。

他没有正面回答这个问题，而是轻易地把它曲解为另一个意思：“我想我的猫了。”

四个胶囊舱出现在不远处，发着荧光。

季雨时还没走几步，就被宋晴岚扣住了肩膀。

俊美的年轻男人下巴胡楂青青，浑身上下透着匪气，那股压迫感太强，任谁都不敢这样与他对视几秒。

季雨时想别过头，却听宋晴岚说：“等我，我和你一起去。”

季雨时还没开口，宋晴岚便几乎咬着牙追问：“季雨时，你听到没有？那一年，我和你一起去。”

季雨时没有回答。

几秒的沉默，像是长达好几年，久到宋晴岚以为季雨时会拒绝，久到宋晴岚几乎想硬起心肠，让季雨时取代周明轩，陪他在下一个未知的任务里继续煎熬。

可是宋晴岚做不到，那对季雨时来说太残忍了。

这时，季雨时却抬起头，轻轻说了一句：“哈所拉木。”

奇怪的发音让宋晴岚愣住：“什么意思？”

很快他便反应过来，这是大胡子的语言。

季雨时眨了眨眼睛，说：“希望你在B级任务里一切顺利。”

第三篇 我们的现实

19.

分开比所有人想象的更匆忙，没人预料到这场时空劫持会以这样的方式结束。

与队友的分批次回归让进入胶囊舱后的每个人都在心里产生了强烈的不安——他们明明千辛万苦才得到这本就属于他们的一切，却还是觉得太容易了。

每一次，当他们以为可以回家了的时候，都会被送往更为艰难的境地。尤其是那个气泡世界，那让人难以分清现实与幻想的幻境……这个“所有时代意义上的天穹”，真的就这么轻易让他们得偿所愿了吗？

天穹七队不应该这样分开，他们想要的回去不是这样回去，而是七个人一起，整整齐齐地回去。

但是，宋晴岚说得对，他是队长，他有权力也有能力安排大家的去留。

每个人都有自己想做的事，早点回去写完报告，就可以早点与亲人团聚，早点实现心中所想。

季雨时已经扣上了安全椅锁扣，手却还停留在锁扣上，似乎下一个动作就是要把它重新松开。这里只有他一人，情绪不用再掩盖，迷茫、踌躇都在他脸上显露出来。

如果这一次，他没有在这里遇见故人的话，他一定会选择留下来，但是他现在的状态已经不适合继续待在任务里了。

他移开了手，由着安全锁扣将他从小腿开始一路包裹至脖颈。

手腕上的通信器发出了绿光，显示出他身边三个胶囊舱里队友的位置与身体状态，这是设备恢复正常运行的标志。

上一次他进入胶囊舱时，在皮下通信器里第一次听见了宋晴岚的声音。

“所有人准备，天穹守护者七队，第十三次A级任务，出发！”

这一次，他脑海中一片安静。

然后，天穹系统的声音出现了：“季雨时，在回归您的时代前，您有一份奖励未兑换，请问是否需要现在兑换？”

季雨时闭着眼睛，没有说话，殊不知，他脑海中的想法已经经由皮下通信器被天穹系统读取。

天穹系统用温和的女声问：“请问是否需要将您送回一四三九年四月六日早上七点？”

季雨时的眼睛睁开了，眼底漆黑一片。

天穹系统道：“检测到您在您的时空已有足够积分，能够满足兑换此愿望的条件，所以，不建议您将我的奖励兑换为此愿望。如果您坚持兑换，需要您了解注意事项，作为事件当事人，您仅能作为旁观者回到该时间，而不能对该时间进行干预——”

“兑换。”季雨时打断了天穹系统的话，他的语气算得上平静，眼底也渐渐恢复了清明。

不知道为什么，说出这句话后，季雨时原本沉寂的心脏开始一下接一下、越来越重地跳动了起来。

天穹系统道：“请您再次确定。”

季雨时说：“我选择立即兑换该奖励。”

他的心跳得更快了，原本对他人抱有期待的赧然在褪去，对新的生活状态的幻想在褪去。

他没有对某人撒谎，因为他根本没有给予承诺。

季雨时的心跳得越来越快，那是接近真相前的悸动，那是对解脱的强烈渴望。

“好的，立即为您兑换当前奖励。

“您将与队友分离，完成奖励后再回到您的时空，现在为您定位新的时间坐标。

“请稍候。

“连接成功。”

胶囊舱中所有的光线逐渐熄灭，一秒后，熟悉的眩晕开始了。

一股巨大的失重感涌上来，季雨时被紧紧控制在安全座椅上，在胶囊舱的剧烈震动下，堕入了一片黑暗中。

【1439.04.06 06：00：21】

透明面板亮起，随即，胶囊舱里所有的灯光都亮了起来。

在这种略显刺眼的光线里，季雨时看见机械臂递来了营养液，接过来喝了几口，勉强压下跃迁后遗症中的恶心感。

六点，天穹系统给他留出了一个小时的准备时间。

胶囊舱降落在附近的一个无人仓库，季雨时从胶囊舱里出来，通过手腕上的通信器将它调成了隐形模式。

天空淅淅沥沥下着雨，季雨时走到街角，发现那家记忆中的卖蛋糕的老店已经开门了。

初春的清晨很冷，小雨打湿了季雨时的头发与衣服。

胖胖的老板娘走到店门口，笑着问：“要买蛋糕吗？”

她和记忆里一样，穿着那条最常穿的花围裙，身上萦绕着蛋糕的香气。

季雨时说：“我没有钱。”

十几年前的老板娘还是笑眯眯的，说：“没关系呀，看你好生面善，我请你吃啦。”

冷不防，季雨时就被热情的老板娘塞了一块热腾腾的蜂蜜小蛋糕，对方还说：“快吃吧，刚出炉的，还热着呢！早上吃点东西暖胃，要是喜欢的话，下次再来买啊！”

季雨时道了谢，一步一步走向了不远处的居民楼。

雨仍在下。

此时，居民楼中早起的人们开了灯，那些橘色灯光在雨中变成了雾蒙蒙的一片，家家都充满了烟火气。

季雨时没费多少时间就站在了小区外，慢慢地停下了脚步。

他找了条长椅坐下，垂着头，看着自己手中的小蛋糕。

一个小时后，路上赶去上班的行人会增多。

一个小时后，有一个小孩将会穿着黄色雨衣，从这里经过。

一个小时后，有人将迎来一次死亡。

季雨时拿出口袋里的游戏机，有什么东西随着他的动作掉落在了地上，是一张金色的锡箔纸。

“刚捡的，只有一颗，干净得很。”那人曾这样对他说，“现在能好好思考了。”

记忆轻而易举地让味觉回笼了，巧克力苦涩的滋味如同仍在舌尖萦绕。

季雨时将金色的锡箔纸捡起来，指尖轻捻，隐约闻到了巧克力的味道。

20.

【1456.06.17 03：30：21】

传送台上突然出现了三个洁白的胶囊舱，舱门打开，三个穿着黑色作战服的身影从胶囊舱里走出来，他们胸口都有个“7”字。

安静忙碌的第三指挥中心里，有人尖叫一声，打碎了玻璃杯。紧接着，所有夜以继日工作的人们欢呼着蜂拥而至。

“是七队！”

“七队回来了！”

“啊啊啊啊！七队回来了！”

“怎么只有三个人？”

“快通知总指挥和汪局！”

两分钟后，在一片嘈杂中，又有三个胶囊舱悄悄出现在了传送台上。

胶囊舱里，透明面板亮起。

在这种略显刺眼的光线下，宋晴岚看见机械臂递来了营养液，接过来喝了几口，还没压下跃迁后遗症中的恶心感，面板上便更换了提示。

【欢迎，宋晴岚，欢迎回到天穹。】

【恭喜，您已完成 13 个 A 级任务，21 个 B 级任务、2 个超 S 级任务、1 个 S 级任务，当前评级：***。】

评级结果显示为乱码，系统似乎无法结算这么复杂的任务，很快切换更正。

【当前评级：待定。】

看着那些数字，宋晴岚让机械臂收起营养液，然后松开安全椅锁扣，打开了胶囊舱舱门。

“宋队！”

“宋队！”

队友、工作人员纷纷转而围了上来。

和宋晴岚一起从胶囊舱里走出来的，还有李纯和周明轩。

人们的激动之情溢于言表，询检师迅速到达现场，一个接一个地替他们初步检查身体状态。

宋晴岚穿着背心，稍微矮下身子让询检师量血压测脉搏，目光在人群中扫了一圈。

他看见了和他一起回来的李纯和周明轩，也看见了比他们稍早一些回来的汤其、汤乐、段文，却唯独没有看见那个单薄瘦削的身影。

心中一沉，宋晴岚再次扫视全场，并回头查看胶囊舱，六个胶囊舱静静地停放在传送台上。

周明轩也发现了这一点，问：“季顾问呢？”

段文不解：“季顾问？”

汤乐道：“奇怪，我们不是一起回来的吗？季顾问去哪儿了？”

“快查查，他是不是还在跃迁途中！”

“报告！发现七队还缺少一名队员！”

“进入搜寻模式，需要确认上次跃迁的时间坐标！”

消失整整一个月的天穹七队回来了，这在天穹内部引起了极大的轰动。尤其是七位队员只回归了六位的消息不胫而走以后，更是引发了前所未有的讨论。

七队去了哪里？

为什么只回来了六个人？

从宁城借调过来的季雨时到底怎么样了？

这些话题不管哪一个都能让人们追根问底。

不同于上次被拦截到气泡世界，这一次他们是被天穹系统送回来的，因此七队众人的身体状态良好。

询检师挨个给他们初步检查之后，就让他们回到七队训练场各自的房间中暂时休息。

所有人都明白，这点和在气泡世界里一样，这种安排还有一层寓意：在配合交代完所有事情的经过、做完心理评估之后，他们才有回家的权利。

作为队长，宋晴岚没有被允许休息，他一回到天穹，就被迫在稽查部进行了长达三个小时的谈话。

稽查部办公室。

宋晴岚喝光第四杯水以后，天都完全亮了。

百叶帘被助理拉开，光线射入宋晴岚的眼睛。现实世界中的阳光久违地照进他的瞳孔，让他觉得刺眼，却没有用手背去挡。

稽查部长凌晨赶来加班，很明显没有睡好。但因为七队的回归，他们心中一块大石落下，使得他态度相较平时和蔼许多，有想早点放宋晴岚回去休息的意思。

结束谈话前，他问宋晴岚："你知不知道我们为什么这么快就发现你们失踪了？"

一般来说，守护者在任务计划完成时间的二十四小时后失联，才会由稽查部门介入调查。但宋晴岚已经知道了，他们五月十七日出发当天，第三指挥中心就发现了他们失踪这件事，并一直在努力寻找他们。

可能是因为被气泡世界成功拦截，那个所谓的"所有时代意义上的天穹"增强了时间坐标的隐蔽性，让稽查部门始终一无所获。

房间里冷气开得足，宋晴岚身上披着稽查部长扔给他的一件衬衣。他还没来得及刮胡子，这种斯文的穿着并不能让他身上那股子不驯的凌厉感变得平和一些。

听到这个问题，宋晴岚在阳光下眯起眼睛，神采中不见半点疲惫，令人毫不怀疑经过这些事情以后，他就是现在立刻去格斗场打一场也不见得会输。

"放松点。"稽查部长笑了下，然后说出答案，"我们那么快就发现了你们的失踪，是因为你的电话。"

宋晴岚想起来了。

“你们出发后没几秒钟，人还在指挥中心的汪部长接到了一个电话。”稽查部长说，“来电者是你。”

在气泡世界，在被那个世界拦截的最后关头，汪部长的号码被季雨时拨通了。

稽查部长说：“我们搜查你的储物柜，却找到了你仍处于关机状态的手机。一个正在跃迁途中的人怎么可能拨打电话？还好，在天穹成立十几年来的怪事排行榜上，这算不了什么。”

时间、空间，掌握时空穿越的时代诞生了天穹，也诞生了这一批为天穹工作的人。

“所以我们坚信，找到你们是迟早的事。”稽查部长问出最后的问题，“宋队，你觉得季雨时会去哪里？”

宋晴岚双手抱臂，气定神闲地说：“我不知道。”

稽查部长说：“这么和你说吧，季雨时进入天穹，很早以前就填写了目标愿望。他进天穹是有原因的，可惜他积分不够，也还没通过心理评估。当然，他的表现一直很好，不排除他被迫滞留在其他时空的可能。如果你知道情况，我们希望能尽快把他找回来。”

这是一种委婉的提醒，无论宋晴岚怎么答，天穹都会派出稽查者去那一年追寻季雨时。

如果宋晴岚能早一点告知，他们就能早一点在一切发生前制止季雨时。

“您应该在我们的个人任务评级中看见结算提示了吧？完成任务后，我们每个人都得到了一份奖励，奖励内容是在不影响时间线的前提下，我们可以做任何事情。”宋晴岚说，“是那个更高权限的天穹给的……或许上级部门应该立即去了解了解它的权限，别让它再劫持我们的人，我们不需要这样的奖励。”

对现实中的人来说，他们只是消失了一个月，但是对天穹七队所有人来说，他们真实度过的时间远超如此。

宋晴岚讲得礼貌，却不算非常客气："但是您放心，我相信季顾问不会做出任何扰乱时间线的事。"

走出稽查部，宋晴岚面沉如水。他经过灯火辉煌的天穹基地，经过传送舱，经过许多间办公室。

他身高腿长，疾步如风，一路上遇见了不少相识的同事。

向来八卦的众人见他面色不佳、行色匆匆，知道七队回归后少了一位队员，都只保守地与他打了招呼。

汪部长站在走廊尽头，一身珍珠白套装，脚踩高跟鞋，显然已经等了许久。

"小宋！"一见到他来，汪部长就伸出了双臂。

宋晴岚半俯下身子，与她拥抱了一下："汪部长。"

这不是气泡世界中的汪教授，而是实实在在的汪部长。

一时间，宋晴岚竟产生了恍如隔世的感觉。

汪部长在他背上安抚地拍了拍，再分开时眼圈已经红了，也不知道是在安抚宋晴岚还是在安抚自己。

中年女领导的多愁善感让宋晴岚感觉到了些许暖意，紧绷的神色放松了不少。

"辛苦了。听到你们回来的消息，我立刻赶来天穹，总算等到你了。"汪部长说，"出任务这么多次，你还是第一次跟稽查部打交道。他们这些人就是这样，不管你需不需要休息，反正他们都是按规矩办事。"

宋晴岚颔首："我懂。"

汪部长一手培养出宋晴岚，知道他的脾气，凌晨赶来这里就是怕他不配合。目前看来一切顺利，否则宋晴岚不会这么快被放出来。

汪部长收拾好情绪，温和地道："消息已经放出去了，分别通知了你们的家人，只是最近几天还有很多善后工作要做，一切完毕后你们就能回家了。"

这都是惯例，宋晴岚也懂。

然而，汪部长接下来道："只是小季那边……我们暂时无法对他们的家人解释这件事，有些不好交代。"

汪部长不是季雨时的直属领导，也不管理稽查部，因此对季雨时的私事一无所知，更不知道他想回到十几年前去这件事。

对她来说，她更担心季雨时出了什么事，或是滞留在了某个时空。

宋晴岚沉默了一会儿，然后说："我来和林部长联系。"

汪部长点了点头，然后道："老林听说你回来了，打电话来探听消息，问了好几次，说是小季的猫都快抑郁了。小季的家庭成员都是文化人，他父亲还是宁城大学的教授，哥哥也是老师，专业多少和我们挂点钩，要让他们理解也不是很难。"

"季雨时的猫？"宋晴岚想起来季雨时临走前说想他的猫了，现在看来可能也没那么想，不然怎么会跑掉。

"嗯。"汪部长陪着宋晴岚走到楼梯口，继续说，"说是养了三只，因为家里有什么事养不了，就送了一只去林局长那里。"

季雨时的养父与林局长是朋友，这样做不奇怪。然而，汪部长的话让宋晴岚隐隐觉得有些不对，那种感觉却在汪部长说话间稍纵即逝。

又聊了几句，汪部长才拍着他的背慈祥地道："刮一刮胡子，好好休息，去吧。"

怎么人人都关注他的胡子？

宋晴岚无暇顾及胡子的事情，大步迈进七队的训练场，五位队员都坐在训练场里，看上去一个都没休息。

“宋队。”

“稽查部把你叫去说什么了？”

“他们怎么不赶快去找季顾问？”

朝夕相处数日，大家一起经历过的事抵得过大多数人相处数年，队友们无人不为季雨时感到着急。

尤其是李纯，他向来没心没肺惯了，知道是因为自己的问题大家才会分批次回归后自责内疚得想撞墙。

即便他们两个批次回归的时间差距不过两分钟，李纯也认为都是自己的锅——好像季顾问只要不和宋队分开，就一定不会出这样的事。

宋晴岚把谈话内容大概和大家说了说，只是未提季雨时的选择。

小眼睛的周明轩一直没出声，这时才问：“宋队，你是不是知道季顾问去哪里了？”

众人一惊，宋晴岚知道？

宋晴岚没有否认，却也没有承认。换了旁人见到他的神情，就知道不应该再问了，周明轩却因为太了解他，不怎么怕他。

“在中心块告别的时候，你让季顾问等你，说回来以后有话要和他说。”周明轩说，“但是他说他到时候不知道在哪里。”

“是不是让他留下来的事？”段文道，“我们队就缺一个他这样的观察员。”

“我也觉得。”汤乐举手。

“肯定是这件事。”连汤其都这么说了，“回来以后人家有地方去了，不用跟我们绑在一起，应该不会答应吧。”

宋晴岚没说话。

周明轩扯着嘴角笑了下，然后问：“所以，是不是季顾问没有答应你，而是兑换奖励去别的时空了？”

大家安静下来。不管季顾问怎么选择，关起门来，就是七队自家的事。

只要宋晴岚想，就能应付这群人。

可大家毕竟不是白痴，又是真心关心季雨时，宋晴岚便只好含糊应了声：“唔。”

汤其说：“不对吧，我怎么记得季顾问答应了要等宋队？什么那一年的……”

当时围观告别全程的众人都记起来了这一点。

汤乐摇摇头，道：“季顾问开始是没答应，后来好像答应了。”

段文也回忆道：“他说了句什么，哈所拉木？”

汤乐说：“对，就是这一句，这不是‘一切顺利’的意思吗？”

大家七嘴八舌的，吵得宋晴岚太阳穴都在跳。

“你们听错了吧。”蹲在地上的李纯举了手，弱弱地道，“虽然但是……哈所拉木，大白话翻译出来就是‘很高兴认识你’的意思啊。”

瞬间，训练场里落针可闻，众人都是一脸震惊。

宋晴岚放下揉太阳穴的手，僵硬地转过了头，问：“你说什么？”

李纯看看宋晴岚，想起队长的PTSD，心虚道：“在太空舱那几天闲得慌，也不能天天蹦迪，我就和大胡子学了学他的语言，想等回来的时候用来撩妹来着。”

他不知死活地补充了一句：“但季顾问怎么会说这个！这个词其实用得挺重的，是特别严肃的那种，听上去简直是永别！我不在现场，又只是个学渣……你们的发音听起来不标准，所以肯定是我搞错了！”

21.

“那肯定是你搞错了。”汤乐对于自己的理解很有信心，说，“季顾问怎么可能讲那种话！那也太不正常了！”

李纯闻言更加尴尬了，恨不得把自己刚才说出来的话收回去：“哎呀，我就说肯定是我搞错了嘛！你们听听就算了，千万别说出去，不然被季顾问知道了，肯定把我记在他的小本本上！”

汤乐道：“就这？你还想用这语言去撩妹？”

众人将李纯一顿嘲讽，害得李纯摆出一张苦瓜脸，却又无从辩解。

学渣自信心不足，被人稍一质疑就不敢相信自己，所以绝对是他搞错了，没毛病。

段文道：“我也觉得不会。听说季顾问的父母都是退休的大学教授，哥哥也是老师，家庭很幸福。”

“对。”周明轩附和道，“在中转站的时候，季顾问还开导过我几句。”

那时候周明轩与季雨时消失了一段时间，后来宋晴岚才知道他们去了海边散步，但不知道他们具体聊了什么。

只听周明轩继续道：“关于气泡世界里我奶奶的事，季顾问劝过我。我们聊了聊，我问他身边有没有什么改变，他说除了三只猫变成一只了，身边亲人照旧，真的很幸福。”

宋晴岚蓦地脸色一沉，手握成拳，在身旁的台面上猛地一敲。

训练场里因为这动静安静下来，下一秒，宋晴岚转身就走。

队友们惊诧不已：“宋队，你去哪里？”

“找人。”宋晴岚语气很冷，头也不回地走出了训练场。

宋晴岚走得很快，比先前回到训练场时还要快数倍。

他对上级部门有所保留，是相信季雨时有能力约束自己，想给季雨时一些时间。季雨时已经做过八十九个B级任务了，除了在气泡世界里有一次失控，也是因为太过心急。所以，即便季雨时没有听他的话等着他一起回到那一天，他也理解季雨时是需要私人空间，强忍着被放鸽子的不爽，因为他没有立场。

可是现在，宋晴岚心中燃起了熊熊怒火。

季雨时哪里是需要什么私人空间？根本就是在对他告别！

什么“祝你在B级任务里一切顺利”？都是假的！

季雨时撒谎的表情宋晴岚不是第一次见到，为什么偏偏这一次就忽略了？是因为被他识破了太多次，所以季雨时干脆连撒谎技能也进化了？

按照季雨时的学习能力，这简直是小菜一碟。

看不透、喂不熟，还管不了，季雨时看似无害好懂，其实从骨子就让人捉摸不定。

他从未对任何人任何事真正放下过戒心，也从未对任何人任何事产生过留恋。

如同他告诉宋晴岚的一样，他进天穹成为一名记录者，原本就是为了回到那一天。

他根本没有答应过会等宋晴岚，因为不管做过多少个B级任务，他都对自己回到那一天后能否袖手旁观没有信心。

所以他说：“我不知道……到时候我会在哪里。”

越想，宋晴岚越是愤怒。这种愤怒让他大脑发胀，不知为什么，他背后却突然升起一股凉意。

一个活生生的人或许就要在这个世界消失了，这让他有些难以呼吸。

宋晴岚大步走向部长办公室，“哐”的一声，径自推开了门。

汪部长正在打电话，被这动静吓一跳，抬头看过来，问：“你循着味儿来的？”

不知道是第多少次听到这种责怪又无奈的语气了，宋晴岚根本顾不上道歉。

“汪部长。”他双手撑在办公桌上，直接道，“我申请进行一次时空跃迁！”

汪部长对电话那边说了句：“你等等。”

她按了静音，然后才问：“刚回来呢，你抽什么疯？”

宋晴岚这模样不像是来提申请的，倒像是来踢馆的，仿佛汪部长要是不答应，他就要强制执行了。

汪部长上一次见到宋晴岚这副样子，还是他刚从特种部队出来的时候。那时他浑身上下都不服软，活脱脱一个悍匪，彪悍得能让人直接忽略他那英俊的长相。

“时间坐标一四三九年四月六日。”宋晴岚只道，“用我的奖励换这一次跃迁，用积分换也可以，再不去，我怕季雨时会做错事。您不知道，他对那一天——”

汪部长打断他的话：“我正想和你说，小季回来了！”

宋晴岚怔忡，以为自己听错了。

“叫你不要老是对人家有偏见，你怎么还不改？”汪部长一边摇头嗔怪，一边打开通话中的全息投影，“看，刚刚回来的，这会儿正在做询检呢。”

投影里是天穹基地的第三指挥中心，传送台上静静停放着一个胶囊舱。

台前站着一个人，身穿黑色作战服。

那人身形清瘦，白皙的脸庞透着几分清冷，正被五六位工作人员围着，伸出手臂配合检查身体状态。

季雨时比七队其他六位队员晚了四五个小时才回归。系统检测到他的胶囊舱跃迁去了别的时空，因此他做完询检后并没有像其他人那样被送回训练场的休息室，而是像队长宋晴岚一样，被送到了稽查部。

时空管理精密而严格，任何一个小小的改变都有可能造成时空的紊乱。

稽查部与季雨时的谈话进行了一个小时，没人知道他们谈了些什么。

季雨时从问询室出来，得到了允许，他可以回到七队的训练场，这几天和大家一起休息并等待心理评估。

被护送着回到训练场，一推开训练场的大门，季雨时就被不敢相信自己的眼睛、惊喜不已的队友们团团围住。

“季顾问！”

“季顾问你吓死我了！”

“你去哪里了？”

“你终于回来了！”

一道道带着些许责怪却饱含关心的声音，让季雨时不由得耳朵发热。

他知道任性的后果是会让队友们担心，也向来不擅长处理这种局面，可是队友们的焦急让他心生暖意，被关心重视的感觉对他来说比想象中珍贵。

“你太过分了！”汤乐道，“说好一起回来，你咋转身就不见了？”

段文日常辱骂天穹：“是不是那个该死的天穹把你弄去做什么任务了？”

汤其和周明轩站在外围，也说：“好了，季顾问回来人就齐了，咱们算是整整齐齐地回来了。”

“一日不见如隔三秋！”李纯哭唧唧的，“季顾问，我这都多少天没见到你了？他们说你要去什么年代，我多害怕你不回来？你到底是想去什么年代啊？”

季雨时被围在中间，语气如常地说：“你们都没兑换奖励吗？”

“什么？我们哪知道当场就能兑换！”

“我没当回事，还傻傻地以为要回来结算任务后才能兑换！”

“搞半天那个天穹可以越级，一码归一码啊？”

吵吵嚷嚷中，有人推门而入。

季雨时站着没动，心轻轻颤了一下，却没有回头。

“每个人回自己的休息室休息，洗个澡，把自己收拾干净。这么多天了，你们不困？”宋晴岚的声音传来，“人到齐了，明天开始写报告、做评估，做完才回得了家。”

在气泡世界里，大家已经走过一次这样的程序了，想想就头疼，纷纷吐槽。

抱怨声中，宋晴岚又说：“季顾问，你跟我来一下。”

想必宋晴岚脸上的神色不太好看，因为季雨时发现大家霎时间都闭了嘴。

他如芒在背，道：“好。”

宋晴岚先迈开腿，高大的背影掠过季雨时，往自己的私人训练室去了。

李纯缩了缩脖子，说：“我有一种不祥的预感。”

汤乐道：“季顾问，撑住！”

众人目送季雨时跟着宋晴岚走了，回忆起犯错后在私人训练室被队长支配的恐惧，纷纷在心里给季顾问点了蜡。

季雨时走进宋晴岚的私人训练室，门在他身后自动合上。

几个小时不见，宋晴岚看上去和他们在中心块分别前没什么不同。但季雨时知道，宋晴岚已经和周明轩还有李纯一起完成了一个B级任务，果然如他所说，在队友们回归后不久，他就回来了。

不算逼仄的空间里，宋晴岚的存在感十分强烈。

他英气的眉骨线条很漂亮，明显看得出他心情十分不佳，然而他开口却只是问："看到想看的了？"

季雨时说："我没有上楼。"

宋晴岚像稽查员一样问了第二个问题："你回到那一天却没有上楼，那么这几个小时，你在做什么？"

季雨时的精神状态看上去还不错，他思路清晰，讲话也毫无隐瞒："发呆。"

宋晴岚不解："发呆？"

季雨时平静地道："嗯。"

宋晴岚又问："为什么？"

季雨时沉默了很久才说："我对自己没有信心。"

宋晴岚没有说话。

季雨时低着头，看不见他的表情，只继续道："我以为我可以做到，事实上我也做好了搞砸的准备，可是我最终发现……我做不到，所以我没有上楼。"

"做好了搞砸的准备。"男人低沉的声音碾着喉咙吐出，一步一步朝他逼近，似强忍怒意，"所以你本来打算不回来了？"

季雨时："嗯。"

宋晴岚与他近在咫尺，紧紧盯着眼前人冷淡的脸庞，哑声问："那你为什么又回来了？"

季雨时睫毛轻轻颤动着，开口道：“忽然不想一个人去。”

他似乎有些难以启齿，但还是说了出来：“我想试试，有人陪着的感觉。你不是说要陪我去吗？”

宋晴岚没说话，只胸口微微起伏。他不说话，训练室里的气氛就变得很奇怪了。

“宋队，你不会反悔吧？”季雨时说，“要是问完了的话，我去休息了。”

他转身朝门口走去，身后突然一股大力袭来，有人毫不客气地拽住他的手腕，他整个人被扯得后退一步。

宋晴岚几乎将他笼罩着，面容深邃，深沉的眼睛直教人沉溺在这样的注视下，不敢与之对视。

“季顾问。”宋晴岚道，“回来之前我说过，有话要跟你说。”

季雨时不得不看着他的眼睛，问：“是什么？”

宋晴岚眼神沉沉地看着他，道：“我相信你，你不会做出跟林新阑一样的事。我们很合拍，我重视你的能力，相信你的人品。我希望你留下来，是希望你不仅成为队里的一员，也成为我最值得信任与尊重的伙伴。”

这些话宋晴岚本来是想等大家一起回来后说的，他没想到盘旋在心中无数次的想法竟会在这样的情况下说出来。

他很生气，又说：“可能你没有把我当朋友，我才知道，你那可以三个变一个的约会对象其实是你的猫。要是汪部长不说，我在你心里就是那么不值得信任的人？不说我要比过你那个最好的朋友吧，我只希望你能发自内心地把我当朋友。”

季雨时不知道该说什么。

宋晴岚却不是在跟他算账，更不会记仇，接着说：“你如果不想留下来，不信任我，可以直说，不用这样做表面功夫。”

“我不是……”季雨时知道自己做得不对，正要解释，私人训练室的门突然“哐”的一声被撞开了。

几个听墙脚的队友原本是担心季顾问挨训，不料越听越不对劲。

因为太过激动，有人不小心脚底打滑，这下全部暴露了。

“你们继续！”

“我们马上走！”

“继续、继续！”

22.

长达十秒的安静，几个队友几乎想顺着墙边溜走。

然而，总有人没眼力见，傻白甜如汤乐，这种时刻竟还不忘对季雨时说：“季顾问，我觉得宋队肯定比你之前那个搭档还强，相信我，你和我们一样，跟着宋队有肉吃！”

段文见他都帮忙留人，也顾不上稳重了，说：“而且你和宋队在工作上这么默契！和我们也很默契！”

汤其：“那当然，我记得季顾问说的那个朋友是做什么清理大师的，不一样嘛。”

汤乐：“我记得，是桌面清理大师！”

李纯：“咦，那不就是猫？猫就是职业桌面清理大师！看到啥都想给你推下去！”

众人：“季顾问骗人！”

猫？确认过眼神，宋晴岚知道他不是全队唯一的傻子了。

额角隐隐抽搐，这个认知并没有让宋晴岚得到安慰，落入季雨时眼中，他们怕是一傻傻一队。

撒谎的季雨时简直成了众人的关注中心，只见他表情镇定，看不出什么情绪，只是静静地站在那里，好像这种场景一点也不会让他觉得尴尬。

但是，所有人都看到，他的耳朵已经出卖了他的内心。那耳垂通红，连带着脖子都一起烧了起来，配着那张淡定的脸，对比十分强烈。

向来冷静自持的季顾问，此刻内心比任何时候都要凌乱。

李纯灵魂拷问："所以季顾问到底要不要留下来？"

"我先去休息了。"季雨时没有回答这个问题，而是把刚才想逃走的理由又用了一遍。

"季顾问？"

"别啊！"

季雨时顾不得去看宋晴岚的表情，也顾不上去想宋晴岚刚才到底还想说什么，抬腿就想往门外走。

宋晴岚脸色越来越难看，沉如锅底。

眼看季雨时要走出门去，宋晴岚追上去，不假思索地长臂一伸，当着众人的面用大手扣住了他的肩膀，喊道："等一下。"

"我想说的话还没说完。"宋晴岚哼了一声，傲气十足地问，"你到底怎么想的，今天就给个答案，我好考虑要不要写你的调职申请。"

"季顾问，别考虑了！"

"肥水不流外人田！咱们今天就把事情定下来！"

"来我们队你就是团宠！"

"如假包换！绝对不亏！"

宋晴岚神色一冷，冲这群搅浑水的队友道："都给我滚出去。"

周明轩在这群看热闹不嫌事大的人屁股上各踢了一脚，道："走了！要给人家考虑的时间懂不懂？"

李纯抱怨："老周人干事（这是人干的事吗）？刚才脚滑的不是你？"

周明轩背后发凉，压着嗓子道：“少废话，走走走！”

一群人意犹未尽，你推我我推你地散了，闹哄哄的训练室里又只剩下了两人。

“约会对象？”季雨时抬头看着宋晴岚，“宋队幻想的尺度好大，我看起来是那种人？”

宋晴岚问：“这个仇你是不是已经在小本本上记了很久了？”

季雨时也觉得自己有些过分，但不想道歉，便转移话题道：“那个，我会好好考虑的。”

闻言，宋晴岚只微微挑了挑眉，露出一个有些邪气的表情，追问：“让你考虑一天，够不够？”

季雨时说：“够。”

23.

“季顾问，你考虑好了吗？”

等季雨时休息完一走出私人休息室，门外的周明轩就笑眯眯地问他。

季雨时无言。

“别考虑那么久，我们队观察员的位置很抢手的！”周明轩这样说了一句，然后摘下护腕道，“走，去吃饭。”

季雨时看了看周围，面色如常，问：“他们呢？”

周明轩说：“大家都先过去了，估计你差不多也快醒了，让我留下来等你。”

天穹江城分部算得上是华国守护者总部，除了百余名正式的守护者，还有几百名工作人员、几百名学员，加起来共千余人。

在这样庞大的系统的运作下，不仅指挥中心就分了好几个，连餐厅也有四个。

守护者用餐一般都是去守护者餐厅，而季雨时之前来江城学习和刚被调到江城的时候，都是和学员们一起去用餐，还没去过守护者餐厅。

两人走出训练场，季雨时发现路上有不少人在看他。

“咱们出个A级任务竟然一个月才回来，已经出名了。”周明轩告诉他，“你又是最后一个才回来的，那些人对你就更好奇了。”

别看天穹是高级科研机构，其实八卦最多，要不然季雨时之前的八卦也不会从宁城传到江城来。

在江城分部大多数人印象中，他与宋晴岚的关系大概还停留在水火不容的阶段。

这次季雨时晚归，有人就猜会不会与他和宋晴岚的不和有关，所以季雨时才收获了这么多目光。

两个人一路走，一路经过天穹好几个部门。

周明轩闲聊似的给他介绍，顺便道：“之前你来的时候就该有这些流程，可是……嗐，都是误会！”

季雨时说：“我那时候也不想和你们接触。”

周明轩摸摸后脑勺，道：“唉，想想那时候我们可真够傻的！”

季雨时没给他面子，竟然点了点头，表示赞同：“嗯。”

“你太直接了吧！”周明轩失笑，推开餐厅门，“这边！”

一切恍若昨日，却时过境迁。

直到此刻，季雨时才有了他们是真真切切地回到了原本时空的真实感。

偌大的守护者餐厅由玻璃墙组成，形状像一颗被切割好的钻石。

傍晚，浓烈的火烧云烧红了天空，透过玻璃穹顶，一片瑰丽的橘红仿佛近在咫尺。从玻璃墙望去，还能看见城市里林立的密集高楼，与穿梭于各大空中道路的车流。

瞬息之间，玻璃墙的景象发生了变化。

高楼消失不见，取代它们的是满城的低矮建筑，车道宽阔，天空蔚蓝——这是江城百年前的光景。

原来所谓的玻璃墙，不过是模拟时空倒流的全息投影。

不同于其他守护者对此的视若无睹，季雨时看呆了两秒，有些意外于守护者与记录者在硬件上的差距。两者的受重视程度完全不同，他不知道是所有国家的时间管理部门都这样，还是只有他们是这样。

正点用餐时间已过，现在餐厅里人很少。

七队众人选了一张足有三米长的大桌子，各自占据一方。

他们个个人高马大，显得十分彪悍，在自己的地盘跷着二郎腿插科打诨，度假似的悠闲地聊着天。

“季顾问！”李纯先看到季雨时，狗腿地站起来，用手扫了扫椅子，“坐坐坐！”

周明轩推了一把李纯的头：“马屁精！”

李纯朝他怒目而视：“你懂什么！”

“季顾问！”段文坐在另一头，朝季雨时隔空扔去一物，“接着！”

季雨时轻松接住，低头一看，是一瓶酸甜口味的营养液，跃迁后他们需要连续几天补充这种东西。

段文道：“先缓缓！”

季雨时说：“谢谢。”

在场的只有五个人，没看见宋晴岚，季雨时坐下后心中稍安，却冷不防听汤乐道：“季顾问考虑得怎么样了？”

桌上瞬间安静下来，所有人都看着季雨时。

"肯定考虑得差不多了！"

"哈哈哈！我就知道！"

"我们都订好欢迎你入队的庆祝宴了！"

季雨时心想，他今天是不是不该出来吃饭？

汤乐问完似乎也不在意答案，只"嘿嘿"一笑，继续他瞎扯的话题。

众人均是如此。队长之前当众激情挽留人才，正合他们的心意，这群人在这方面简直就像青春期的学生，单纯亢奋、乐此不疲。

喝完营养液，季雨时胃里的饥饿感并没有减轻多少。

大家都吃得差不多了，季雨时抬头正想看看哪里可以拿点吃的，目光就迎面对上了刚坐下来的、焕然一新的宋晴岚。

宋晴岚刮了胡子，理了发，干净俊美的脸庞重见天日，气质凌厉而霸道，语气却很懒散："看看，有什么不喜欢的就不吃。"

"哟！新人差别对待！"

"喜欢喜欢都喜欢，江城餐厅的饭季顾问都爱吃！"

众人瞬间像小学生一样起哄。

一只托盘被推到季雨时面前，里面点心、粥、通心粉、蔬菜、肉类样样都有，均用精美的小碗盛着，看上去花了不少心思。

众目睽睽之下，季雨时拿起餐具，淡定地说了句："谢谢，下次我可以自己来。"

宋晴岚说好。

接下来，宋晴岚倒是没做什么，只是加入了大家闲聊的话题，让季雨时得以不在让他不自在的注视中把肚子填饱。

吃了一会儿，当季雨时以为自己可以回去了的时候，却隐约听到宋晴岚说了一句："还剩十三个小时。"

季雨时："啊？"

宋晴岚没有看他，也没有动作，表情如常。

“你的考虑期限还剩十三个小时。”好听的男声通过皮下通信器传来，传入季雨时的脑海。

季雨时瞬间明白了，他们的通信频道尚未解除，这是队长宋晴岚第一次通过私人频道和他说话,用只有他们两个人能听见的方式。

他看到宋晴岚拿起桌上的一瓶水，拧开后喝了一口，然后，他脑海中再次响起低沉的男声：“季顾问，时间过得好慢。”

24.

时间真是个奇妙的东西,它凭借事物的变化来证明自己的存在,仅仅是一个用来描述过程的恒定参数，却又能让人们根据心境变化来感知它的长短。

对季雨时来说,他不过是睡了一觉,竟然就只剩下十三个小时了。

“晚上九点，每个人交一份个人视频报告。”宋晴岚看了看表，对众人说，“该说的，我先前都在稽查部交代得差不多了。这个视频报告里面，你们把这些天的经历一五一十说出来就好，是否需要更详细的书面报告，上面说看情况。”

周明轩奇怪道：“这次这么好？不用我们写书面报告？”

“真的？就口述？”

“还有这种好事？”

大家都觉得有些受宠若惊，在气泡世界里，他们可是认认真真写了长达几十页的书面报告。

“一方面，当然是因为我争取了一下。”宋晴岚云淡风轻地说。

为了这个，他其实费了不少口舌，好在理由站得住脚——天穹有史以来还没人连续做过这么多高强度的任务，在重视身体素质但更重视心理健康的情况下，上面松了口让他们做视频报告。

“另一方面，是因为这里和气泡世界的情况不同。”他把了解到的情况告诉大家，“那个‘所有时代意义上的天穹’已经正式接入了我们的天穹系统，并将我们的系统称为子系统，它为母系统。”

众人面面相觑，一种怪异的感觉在他们心中悄然爬升，算不上恐惧，但让人非常不舒服。

大家都知道这个“所有时代意义上的天穹”是天穹系统产生的自我意识形态。

人类自以为是造物主，但是当他们制造出来的东西远超他们的想象，已经能反过来将他们掌控时，他们便会畏惧。

“它接入我们的系统后，自动将我们完成的所有任务都在系统里进行了结算，我们的任务经历、到达过的时间坐标、完成的任务目标它全都记录得很详细，不用我们一个一个去阐述了。”宋晴岚说，“相信你们回来的时候也看到了任务结算提示。”

众人点点头，他们的确都看见了。

“那它现在可以直接控制我们的系统了？”

“细思恐极，那以后到底是我们掌管系统，还是系统掌管我们？”

“难道以前就没人发现这个东西的存在？”

宋晴岚靠在椅背上，两条长腿好似无处安放，神情沉了些，又说：“具体的情况我还不清楚，上级部门正在因为这次的事焦头烂额，所以也没什么空来为难我们，只让我们从自己的角度把任务重新阐述一遍，形式暂且不限。不过我看目前的情况，那个天穹似乎没有要越权直接管理系统的意思……”

“智能系统。”季雨时忽然道。

大家都抬头看来，刚刚才让自己的存在感变弱了些的季雨时瞬间又成了大家的中心。

他尽量忽略众人与他这奇奇怪怪的新相处方式，边吃水果边道：“天穹有了自我意识，我觉得它不仅是要劫持我们去完成它规划的任务，还要根据它在所有时代的数据分析，插手我们现在的任务，判断我们的任务是否应该进行。”

周明轩问：“这么说，它是要帮助时空维稳？”

“我猜是这样。”季雨时说，“我们不知道它是什么时候出现的，或许是很久以后看到了数个时空中的数种结果而产生的。”

在气泡世界也好，在这个世界也好，都有相当一部分人对时空跃迁这件事表示反对。

大规模的反对与游行，不会只发生在事件开始时，或许正如季雨时所说，很久以后的未来，人类终于因为对时空的触摸而造成了毁灭性的结果。

如 PU-31，如“卡俄斯”，如气泡世界，那些都是不该出现的。

但天穹系统对人类的贡献也是有目共睹的，它避免战争，预示天灾，将有可能发生的恐怖暴力袭击扼杀在萌芽状态，使得他们这一条岌岌可危的时空线得以无限延续。

因此，天穹系统是不可能被人类放弃的存在，一定会有人找到合适的方式来进行时空跃迁管理。

段文想起了什么，道：“我记得我刚进天穹的时候，好像听人讲过这个话题。说是天穹系统开始正式研发时就有人提出过类似的意见，但他们属于团队派系中的科学狂人，也是思想过于偏激的那一派，每个人的结果都不太好。”

“老段，你又有什么野史可以说了？”周明轩来了兴趣。

段文进天穹最久，隐秘话题不管真假多少知道一些，他接着说：“就在咱们队里讲讲，在外面讲了是要写检讨的。”他放低了音量，“说是……那一派人都是研究什么时空维稳、时空连续性的，很早就提出了智能系统，但他们不知怎的疯的疯、病的病，甚至还有人自杀了。”

在场的众人都露出惊诧神色，宋晴岚想到一事，说：“我好像听谢思安说过。”

在太空舱里，谢思安曾经提到过一位姓盛的教授，说那人对天穹有很大的贡献，可惜年纪轻轻就自杀了。

想到这里，宋晴岚蓦地又想起了什么，他们在“魔方”里见到的那两个路人，其中一个好像姓盛……

“所以。”季雨时出声打断了他的思路，把话题拉了回来，“这个所谓的母系统，可能是未来某天应运而生的平衡方式。”

人类对于时空的思考从未停歇，作为守护者，他们更是如此。

宋晴岚从被劫持开始就在想这个问题，见众人脸色不佳，便敲了敲桌子，道：“不管是想维稳时空也好，掌控天穹也罢，世界时间管理联盟都会想办法找到一个适合的方式来应对，那不是我们可以左右的。我们眼下需要做的，就是做完视频报告，然后回家、休息，把这些事都抛诸脑后。”

汤乐最先回过神，问：“那这次我们还能有三个月的假吗？”

李纯激动道：“对哦！我们在气泡世界都放了三个月的假，汪部长应该比齐部长更心疼我们吧？”

段文却说：“不一定，咱们是齐部长的救命恩人，那不一样。”

汤其泼冷水道：“醒醒，决定假期长短的是心理评估报告。”

话题很快被转移，大家从假期说到了任务结算奖励，又说到了新的评级奖励。

季雨时放慢了进食速度，或许真的是太饿了，宋晴岚搭配好的餐食被他吃掉了大半。

宋晴岚看了看餐盘，似笑非笑。他知道了，餐盘里剩下的东西都是季雨时不爱吃的。

等季雨时吃完，宋晴岚才一声喝道：“走了。”

所有人站起来，餐厅的椅子被推得乱七八糟，又被他们顺手放好。

天穹七队一群人带着传言中与他们不和的季雨时有说有笑地返回了休息室。

晚九点，所有人都在各自的训练室进行了视频报告。

他们的视频内容将被传往稽查部，传往上级，传往世界时间管理联盟中心。

拜之前做过的那八十九个 B 级任务的经验所赐，季雨时已经习惯于将任务中经历的一切用清晰的思路准确地阐述出来。

不过一个小时，他就根据事实完成了所有的报告内容。

走出私人训练室时，其他人的训练室门都还紧闭着。空荡荡的训练场中有一面巨大的镜子，将训练场与孤零零的季雨时照在其中。

十点，季雨时出了训练场，准备去走廊外的平台上吹吹风。

私人频道里没再响起宋晴岚的声音，季雨时手肘撑在栏杆上，夜风将他的黑发吹得乱了，冷白色调的皮肤在夜色中好像泛着光。

“季顾问。”有人在背后喊他。

季雨时转过身去，背靠栏杆。平台上光线不好，平时少有人来，因此他眯着眼睛才确认了来人是谁。

一队守护者由走廊经过，大约有七八名，都身穿黑色作战服，看样子是刚刚执行完某个任务回来。

林新阑停住了脚步，和队友们打了个招呼，从走廊往平台上走。

在天穹江城分部碰见林新阑并不是一件奇怪的事情，何况九队与七队的训练场就在同一层楼，两支队伍虽然平时都要出任务，倒也算得上抬头不见低头见。

季雨时只是没想到他这么快就碰见了对方。

林新阑已经走近了，说：“一出完任务就听说你们回来了，我远远地就觉得是你，果然是你。”

季雨时只对他点了点头，心道江城真的不太适合他待，不然怎么想在哪里独处一下都不行。

平台上的风很大，可能要下雨了。

林新阑的头发也被风吹得很乱，看上去与在“魔方”任务中有所不同。一年过去，他换了发型，给人的感觉也不一样了。

“感觉很奇怪。”林新阑桃花眼中露出笑意，“对你来说，你昨天才见过我，对我来说却已经过去一年了。”

季雨时却直接道：“林队，你打的赌输了。”

林新阑在“魔方”任务中对宋晴岚喊话，说要和他比一比谁先完成任务，输了就要答应对方一件事。一年前的林新阑当然不觉得自己会输，可能一年后的他早已知道了这个结果，想必也弄明白了为什么包括宋晴岚在内的七队众人在一年前对他是那样的态度。

保守秘密很辛苦，他不能告诉七队一年后会发生什么，也不能使用任何手段去改变这个“将会发生的历史”。

除了天穹高层，这一年谁也不知道林新阑曾经与某个时空的七队做过一个“魔方”任务。

林新阑身上沾有血渍，可能是任务里留下来的。

他真正地失笑，因为他没想到季雨时第一句话会和他说这个，道：“多谢提醒，不过我已经履行了赌约，就是结果不太好。”

“履行了赌约？”季雨时想了想，立刻知道了他指的是什么，“你之前是想把宋晴岚归入你的队伍？”

“没错。”林新阑耸耸肩道，“谁知道我居然输了。既然他不能归入我的队伍，那我对他也没什么好客气的。最好的朋友就是最大的敌人，为了夺取积分，我当然不能手软。”

季雨时不说话。

林新阑也靠在栏杆上，缓缓道：“不知道老天爷是不是在和我开玩笑，他和我变成了对手。其实对我来说，决裂与赌约不知道哪个在前。”

“我们以前关系真挺好的。”林新阑说到这里，从口袋里拿出一颗色子，“这是刚进学员训练营，做游戏的时候他送给我的，谁知道他在‘魔方’里已经忘了这是什么。”

季雨时看着这颗色子，终于搞清楚在“魔方”里林新阑为什么不肯用它来探路了。

林新阑把色子放了回去，说：“不过，看到他现在缺人，我还挺高兴的。”

季雨时：“嗯？”

林新阑恢复了以往的语气：“你还没来他就把你得罪得不轻，即便你们在任务中关系有所缓和，你也不一定会正式加入七队吧？”

季雨时：“呃……嗯。”

“我就知道。”林新阑看了他一眼，忽然眨了下桃花眼，“说真的，季顾问，不如你考虑一下来九队？我们很需要你这样的人才。”

季雨时手臂立刻起了一层鸡皮疙瘩，他没接受这邀请，只是面无表情地问：“你不把色子扔了吗？”

林新阑不解：“扔了干吗？留着做个念想。”

季雨时建议道：“反正都绝交了，看了心烦，不如扔了。”

林新阑想了想，觉得他说得有道理，便又从口袋里把色子拿了出来，狠狠地把它从平台上扔去了远处的树林。

色子在夜色中划出一条抛物线，彻底消失不见了。

林新阑扔完色子一身轻松，又和季雨时聊了些有的没的，还要去换衣服、写报告，顺便回家，终于走了。

季雨时吹了一会儿风才回到训练场，大家差不多都做完了视频报告，纷纷问他去哪儿了，季雨时说去外面转了转。

心理评估要第二天才会做，这会儿像倒时差一样，大家休息够了，反而没了睡意，李纯就提出来玩游戏打发时间。

宋晴岚身上穿着一件灰色T恤，最后一个从私人训练室出来，问：“玩什么游戏？”

众人七嘴八舌地建议，宋晴岚和他们一样，在季雨时旁边盘腿坐下，手撑着下巴饶有兴趣地听着。

只听季雨时问：“有什么色子游戏吗？”

宋晴岚转头，眼睛在训练场明亮的灯光下显得非常闪亮，温和地问：“你想玩这个？”

季雨时应了声：“嗯。”

汤乐立刻道：“可以啊！人多！我们正好玩飞行棋，以前在学员训练营玩过的那种，这里就有道具！”

说起玩游戏，汤乐与李纯比谁都积极，很快从储物柜里“哗啦啦”搬出道具，铺在地板中央。

宋晴岚一手撑地，一手随意抛着色子玩，道：“说说奖惩，赢了的和输了的分别要做什么。”

众人一听，更是来劲了，想了不少损招。

季雨时见宋晴岚看过来，就说：“要是我赢了，你就把色子送给我。”

在学员训练营中玩这个游戏有个约定俗成的规则，若有人先赢了，就可以要求独揽替所有人扔色子决定命运的大权，大家都以为他说的是这个。

宋晴岚不假思索道：“成。”

25.

飞行棋一般是四个人玩，七队七个人分为四组，李纯一个人一组，而季雨时自然是和宋晴岚一组。

条件倒是商量好了，几场游戏玩下来，季雨时却一次都没赢。

好在游戏延续学员训练中的规则使用积分制，只有积分最少的一组才会受到惩罚。

李纯不愧是浪遍江城的“渣男”，想出来的惩罚特别土：背对所有人，用屁股写“我是猪”三个字。

第一位输家汤其当场就想掀桌走人了。

和哥哥一组的汤乐也大骂：“纯儿你等着，下一个就是你！”

双胞胎兄弟在哄笑中站起来，背对大家，两个大男人怎么也做不到对着所有人扭屁股。

周明轩拍拍手：“衣服撩起来！让爷看看你们的腚美不美！”

所有人：“哈哈哈哈哈哈哈！”

连季雨时都笑了，他没想到这群人既土又搞笑，倒真的很有意思。

双胞胎动作整齐划一，撩起身上的T恤，扭着屁股一笔一画在空中写出了“我是猪”三个字，每一笔扭动都会引来众人的哄笑。

“用力点！”

“左边那个，屁股扭的弧度不够！”

“简直是翘臀中的翘臀！”

双胞胎一边大骂，一边完成了惩罚，李纯差点笑出眼泪。

作为第一场的赢家，李纯在第二场就可以替所有人扔色子。

聪明才智与超强的记忆力在这类游戏中不起作用，游戏结果完全是随机的，色子一入李纯的手，更是传不到季雨时手中来了。

季雨时他们这组的运气不算好也不算差，经过汤其汤乐翻滚吹气球、李纯倒立喝水等好几场游戏之后，他们才真正输了一次。

李纯的四架飞机全部到达了终点，宋晴岚好整以暇地问：“你想怎么惩罚？”

宋晴岚眉眼深邃，平日里的威严过于深入人心，此刻即便是含着笑询问惩罚，也让李纯心里发毛。

“哈？”李纯弱弱地道，“那、那你们就做一百个俯卧撑吧！”

“纯纯你是不是人？”

“玩游戏而已，宋队又不会吃人，你怕什么啊！”

“我不服！凭什么！凭什么他们这组有差别待遇！难道我没有季顾问长得好看？”

所有人都大喊不服。

宋晴岚却已经站起来了，拍拍手做准备动作，问：“一百个俯卧撑？”

季雨时也站起来了。

一群大男人玩不了什么有趣的梗，在训练场也没办法喝酒助兴。惩罚过宋晴岚与季雨时后，到了后面，大家已经对怎么让队友出丑不感兴趣了，奖惩大多与体力有关。

大家玩了两个多小时，终于意兴阑珊地散场。

“等被放出去了，咱们去喝酒。”李纯提议道，“我走之前朋友正在准备翻新酒吧，这都一个月了，估计已经开业了。”

“又去那一家？”汤其玩累了，打着哈欠问，“你不怕遇到那个妹子了？”

那个妹子就是李纯出发前一直心心念念没有要到电话的女孩，可是在气泡世界里，他们已经交往过并且发现彼此不合适了。

李纯对此敬谢不敏：“不了不了，孽缘何时了，我们还是换一家玩吧！”

他们商量着去哪里玩，段文说：“你们选点正常的地方，乌烟瘴气的地方季顾问能去？”

季雨时表示：“可以，到时候你们叫我。”

宋晴岚对众人道：“到时候再说，我来订地方。”

众人激动地喊道：“宋队！”

李纯激动得差点跳起来：“我没听错吧！宋队也要去酒吧了！以前他可是怎么请也请不动的！”

时值深夜，第二天大家还要做心理评估，几个人闹完就走了。

游戏现场一片狼藉，清洁机器人与机械臂慢慢移动过来，开始收拾打扫。

宋晴岚先站起来，看到季雨时还坐在地上，便问：“在找什么？”

季雨时没抬头，回道：“色子。”

宋晴岚问：“还想玩？”

那颗一直被李纯拿着玩的色子不见了，不知道是李纯放在口袋里忘了，还是被机器人扫走了。

季雨时没能从地上找到色子，却什么也没说，只淡淡道：“不是。”

宋晴岚对他伸出了手：“起来。”

季雨时抬头，自然地握住宋晴岚的手站了起来。

宋晴岚说：“晚安。”

季雨时也说：“晚安。”

回房间前，季雨时递过来一样东西：“你的通信器。”

宋晴岚站在原地，把通信器戴上了手腕。刚才玩游戏的时候他顺手把通信器放在地上，差点就忘了，还好没有被清洁机器人收走。

屏幕感应到他的动作，自动亮起，显示出时间和日期。

奇怪的是，通信器上显示的时间不正确。它被人调到了第二天上午，距离现在还有近七个小时——正是他让季雨时考虑的第二十四个小时。

宋晴岚的动作一滞，蓦地明白了什么。

季雨时那仅有的一天考虑期限，已经被人为地提前了。

26.

回到私人训练室，关上门，季雨时的心跳得很快。

私人训练室里灯火明亮，镜面照出他现在的模样，是他自己从来没见过的样子。

仅凭相信一个人，就愿意去另一座城市、另一个岗位，做更危险的工作，对季雨时来说其实不容易。他不知道这样做到底对不对，想喝一瓶水冷静冷静，刚拧开瓶盖，门却被敲响了。

季雨时一打开门，宋晴岚就毫不客气地挤了进来。

“你同意了。”宋晴岚用的是陈述句。

那个需要考虑二十四小时的问题，季雨时心里早就已经有了答案，所以他将时间提前，含蓄地对宋晴岚说“好”。

季雨时道：“是。”

宋晴岚挑眉，又问：“为什么调快时间？”

“既然想好了，就不用再浪费时间。”季雨时不再扭捏，“我没有不把你当朋友，实际上，对我来说，没有人比你更了解我了。”

宋晴岚说：“一样，我也觉得没有人比你更了解我，和你合作事半功倍，很爽。”

说着，宋晴岚收起温和的神色，转而变得严肃了些，黑眸中沉甸甸的情绪叫季雨时不敢看：“你说你当时根本不打算回来。”

情况又回到了季雨时从一四三九年刚回来的那一刻。

这一天以来，宋晴岚心中的愤懑其实半分未减，只要一想到季雨时当时的想法，他就止不住地心寒后怕。

宋晴岚秋后算账，灵魂发问：“你原本想怎么做？愚蠢地改变历史，还是做个叛逃者？”

他一字一句都说中了季雨时当时的想法，让季雨时忍不住想为自己辩解：“我——”

“哈所拉木是什么意思？”宋晴岚打断了他的话。

季雨时猛然怔住，还没有完全消退的窘迫重新回到了脸上，他如同被人点了穴一样露出不可思议的表情。

未等他说话，宋晴岚就精准地指控：“以为我听不懂，就敢当着那么多人的面告别，季顾问，你的胆子挺大啊。你是不是想，就算你不回来，也没有什么遗憾了？”

季雨时无话可说。

“我告诉你，你想错了。”宋晴岚紧紧盯着他的脸，“你要是不回来，就永远也不知道我们还能为你做些什么。”

哈所拉木——很高兴认识你，季雨时隐晦的告别原来早就被宋晴岚知晓，或者说是早就被全队的人知晓了。

但是，没人问过他为什么要那样做，大家给了他足够的私人空间。

一股暖流在心里滑过，季雨时开口道：“我以为我回不来了。”

所以，他没抱过希望，一走了之。

见他老实了不少，宋晴岚火气蓦地消退，问：“你能做什么？阻止悲剧的发生还是和你父亲一起离世？你以为这世界上就没什么值得你留恋了？”

“不是。”季雨时否定了宋晴岚的说法，然后说，“就是因为世界上值得我留恋的东西太多，我才回来的。在气泡世界里你对我说的话，我没有忘。”

宋晴岚冷哼。

季雨时真诚地道：“宋队，谢谢你。”

早上，众人在训练场集合。

有人问：“马上八点半了，宋队怎么还不起来？”

汤其道：“老周去看看，宋队是不是睡过头了？”

“你在开玩笑？”周明轩道，“你什么时候见过宋队睡过头？”

“该不会是昨晚俯卧撑做得太多了，运动过度起不来吧？”李纯恍然大悟，“可是九点就要做心理评估，宋队要放专家鸽子？”

“等一下，季顾问也没起来！”

众人你一句我一句中，训练场的门被踢开了。

宋晴岚迈着一双长腿走进来，一手拎着纸袋，一手端着咖啡，训道：“吵什么吵？”

“宋队，你给我们拿的早饭？”

“小锅煎蛋饼，好香！怎么只有一份？”

一群人围了上去。

宋晴岚个子高，把手中的东西举高，轻松转了个圈，冷眼睨着众人，道：“没睡醒的醒醒，我手里的东西和你们一点都没关系。”

私人训练室的门打开，季雨时从里面走了出来。他换上了一件新的灰色训练服，穿着白色球鞋，头发似乎刚刚洗过，乌黑清爽，冒着水汽。

见到众人，他淡定地和他们打招呼：“早，不好意思，我睡过头了。我们走吧。”

“队里要求没那么严格。”宋晴岚自然地说，“下次你晚上早点休息。”

这句话信息量很大，所有人满脑袋问号加震惊，不明白一个晚上过去发生了什么。

等等，季顾问的考虑时间不是还没到吗？

季雨时点点头，宋晴岚把早餐递给他，还替他端着咖啡。

接着，宋晴岚目光一扫众人的模样，非常满意地对季雨时说："吃点东西再走，七队观察员。"

27.

一句"七队观察员"让七队众人惊讶不已。

汤乐不可置信地道："怎么就观察员了？"

周明轩说："季顾问你真的不再考虑考虑？"

季雨时小口吃着热腾腾的煎蛋饼，抽空回道："你们不是提醒我，说这个位置很抢手？"

季雨时这句话轻飘飘的，简单随意，说得就像"听说菜价会涨，我顺便去买个菜"一样自然。

"感谢各位助攻。"宋晴岚双手抱臂，露出睥睨天下的神态，其中的自负不言而喻。

众人彻底欣喜道："不客气！"

时间差不多了，一行人往医疗中心走。

宽敞的走廊中，一群人高马大的守护者你推我我推你，简直是校园中校霸横行的情景重现。

经过平台时，段文忽然说："那边是不是九队那帮人？"

大家停住脚步，朝他说的方向看去。只见平台外的树林中，九队一行人正分散开来，弯着腰在灌木丛中行走，看上去是在找东西。

仿佛察觉到了平台上的目光，林新阑直起身子朝他们这边看来。

汤乐问："他们在干什么？"

汤其摇头："不知道。"

一行人继续走。

季雨时突然说："找色子。"

"色子？"宋晴岚觉出一丝不寻常，昨晚某人也在找色子，"你怎么知道？"

"在学员训练营里，你送他的色子。"季雨时目视前方，淡淡道，"昨天晚上我们在这里聊了两句，是我叫他扔的，可能他现在又后悔了吧。"

回味过来是怎么回事，众人狂笑不止，季顾问真是睚眦必报。

季雨时正式加入七队的事迟早会公开，传遍江城与宁城两地。所以季雨时坦坦荡荡地记仇，什么都给安排得明明白白的，这性格真是绝了。

天穹七队全员归队，医疗中心特地调派人手，多名专家亲自给他们做心理评估，顺便做一下任务后的心理疏导。

这场评估做了一个上午，结束后，他们得到通知，被允许提前回家休整，假期时间待心理评估报告出来后再定。

这意味着，他们出的这场似乎看不到头的任务到此彻底结束了。再也没有"衔尾蛇"，没有"卡俄斯"，没有难以分辨真假的气泡世界，也没有令人摸不着头绪的"魔方"。

绝望、痛苦、血腥、迷茫，都被隔绝在了另一个时空，他们回到了属于自己的时空，回到了安全平和的港湾。

汪部长来了七队的训练场一趟，面对众人，非常和蔼地说他们辛苦了。

一番安抚后，汪部长询问季雨时："小季，你有没有考虑过调来江城，正式成为咱们七队的一分子？"

七队的观察员老于受伤后已经彻底退役，汪部长会开口留人，其实在所有人的预料中。与气泡世界里的齐部长不同，汪部长的方式更为柔和，没有给季雨时半点逼迫感。

汪部长道："如果你考虑来江城的话，我相信你一定可以和队友们相处得很好。你不知道，小宋在任务报告里对你是赞不绝口，与你刚来江城时的态度可是判若两人呢！"

众人哄笑起来，连季雨时都有点忍不住，嘴角弯起，在一行人中格外夺目。

汪部长还不知道实情，所以不停地拆宋晴岚的台："你来之前，他鼻子不是鼻子，眼睛不是眼睛的，非说什么你们搞文职工作的记录者没什么用，是不经打的绣花枕头！还说，要是真的调你入队了，他立马就走人！"

宋晴岚有点绷不住面子了。

"哎呀，其实我知道，他就是担心再出现像上次一样的情况。"汪部长说，"他责任心重，队里的人受了伤他都怪在自己头上，就怕保护不了文职工作者，害人牺牲。事实证明，他的担心不是没有道理。要不是你的能力超乎大家的想象，这一次的任务这么凶险，恐怕真的会有不好的事情发生。"

其实大家都明白，七队作为"胜率高于平均值的小队"被天穹系统选中，是因为有了季雨时的加入。

汪部长说："强者与强者相遇，一加一大于二。七队要是有了你，如虎添翼，你们能成为江城乃至所有时间管理联盟中最强的小队，成为守护时空的一把利剑。"

女性领导慷慨激昂的勉励之语，让七队所有人收起了惬意自得的笑容。

他们是时空守护者，他们守护着时空的和平，这一信念从他们加入天穹开始就从未更改。

季雨时郑重地道："我会调过来的。"

他察觉众人的目光都聚焦到了自己身上，尤其是那一道炯炯有神的、灼热的目光。

一切已然不同了。

季雨时正式回复了这个邀约："等我真正处理完私事，我很乐意来到守护者阵营，成为一名守护者，成为七队的观察员。"

汤其与汤乐兄弟二人负责给大家取回了临行前交付的手机、衣物等私人物品。

季雨时换上自己来江城前带过来的常服，房门便被敲响了。

宋晴岚推门而入。

眼前的一幕似曾相识，恍若初见。

季雨时身穿款式普通的白衬衣、黑西裤，衬衣衣摆扎在西裤中，勾勒出清瘦的腰与挺拔的背脊。

训练室的灯光下，他白皙的皮肤、莹润的眉眼，透着几分生人勿近的清冷，令人想起雪地湖泊旁的寒松。

宋晴岚也换了常服，一反平日里给人的嚣张跋扈印象，只像个闲散浪荡的富家子弟。去掉天穹守护者七队队长这个身份，他也不过是个二十六岁的普通青年而已。

失踪整整一个月，他们都得回家。

季雨时开机以后，手机上多了许多条未接通话与未读信息提示，都来自家人。其中部分信息与气泡世界一模一样，但又有许多不同——这一次，季旻越请了假，直接从宁城开车来接他了。

季雨时道："有机会去宁城玩玩。"

宋晴岚微微一笑，说："好，正好我要去看看外公，那到时候见？"

28.

季雨时从宁城调去江城执行A级任务，失踪了整整一个月。七队其他人都平安回归后，他是最后一个回归的，一直为他担心的家人承受了不少压力。

听说他成功回归，季家人迫不及待，季旻越提前开车从宁城出发来接他了。

季雨时打开后座的车门，将自己的东西扔了进去，然后才坐上副驾驶座，喊了一声："哥。"

季旻越先前已经与他通过电话了，看到他时，第一句话便是："你瘦了！"

这点倒是和在气泡世界里一模一样，季旻越自己长胖了，就格外关心别人瘦没瘦。

季雨时平静地对他说："多希望我看见你的时候，也能发出这样的感叹。"

发过无数次誓要运动，却总是偷懒的季旻越胸口一紧，差点吐血，艰难地道："小季同学……你能不能有点亲情？"

"当然能。"季雨时道，"哥，谢谢你来接我。"

弟弟还是那个恩怨分明的弟弟，看来这失踪的一个月没给他造成什么心理阴影，季旻越稍显满意，发动车子开了出去，问："刚刚不是说很快就下来了吗？怎么这么久？"

季雨时愣了一下，告诉他："和宋队说了几句。"

听到这个，季旻越皱起眉头说："怎么的，他还对你有意见？平时有偏见就算了，这任务都出完了，他还要刁难你？人家都能走了，他就拉住你说话，半天不放你下来。我看，以后他们再怎么缺人你也别答应过来帮忙了，这个任务是什么乱七八糟的……"

车窗玻璃上升，车子开出了江城分部。

伴随着季旻越愤愤不平的声音，银白色的庞大建筑在后视镜里越来越小，越来越远。

季雨时头靠在椅背上，冷气吹得他浑身凉爽。

“我同意调职了。”季雨时忽然道。

“什么？”季旻越猝不及防，没有听懂，“你再说一次？”

季雨时说：“我准备调来江城。”

季旻越听到这个消息差点闯红灯，他把车子调到自动驾驶模式，这才转过身问：“你打算做一个守护者？”

季雨时点头：“是。”

季旻越瞠目结舌几秒，猛拍大腿，道：“你得和老季说说！”

季雨时去江城前停在车站的车已经被季旻越开回家了，于是他们直接回了季家。

路上，季旻越接了家里的电话，苏阿姨为了庆祝季雨时平安归来，已经亲自下厨做了一桌好菜。

和上次在气泡世界里回季家一样，庭院中繁花锦簇。如同小时候无数次走过那条路一样，季雨时路过门廊前手工雕刻的兔子、玻璃上的窗花，回忆纷至沓来。

对于现实中的人来说，他们仅仅是失踪了一个月。

对于七队所有人来说，却像是经历了好几辈子。

季旻越走在前方，季雨时跟着进门。

苏阿姨系着围裙从厨房走出来，一见到季雨时便心疼道：“团团瘦了，辛苦了！这一个月一定过得很难吧？”

“阿姨。”季雨时伸出双臂，主动拥抱了养母。

“回来就好。”苏阿姨拍了拍他的背，有些哽咽，她一向是个伤感的人，赶忙将这股子情绪压了压，“老师在楼上，一个月不见你，这时候反倒拿起了架子，乖，去哄哄。”

熟悉的话语，已经在气泡世界中经历过一次的场景，似乎完全不同，却又处处有相同。那个世界由他们真正的现实衍生而来，会遇到这样的情况已在季雨时意料中。

他闭了闭眼睛，什么也没说，消化了这一切。

这一次，季教授仍然在书房里等着，见季雨时敲门进来，他关上手中的全息投影，扶了扶老花镜，开口道：“听说你违反规定，自作主张了？”

林部长与季教授是好友，因此不怪季教授消息灵通。

季雨时晚众人一步回归的事已经传到了季教授耳朵里，知子莫若父，季教授不用思考就知道他去了哪里。

季雨时站在书桌前，眼睫半垂，是个知错检讨的姿势。但季教授知道，这孩子知错是知错，却不一定真的会改。

就像他当初背着季教授考入天穹做记录者一样，煽动季旻越同他一起欺上瞒下，季教授被蒙在鼓里好久。

果然，季雨时道：“不完全算违反规定。”

季教授将透明面板放到一旁，道：“说说。”

季雨时说：“您可能已经听说过天穹母系统的事了。”

季教授颔首。

季雨时接着道：“除了宣告自己是母系统，它还自称‘所有时代意义上的天穹’。”

季教授等着他继续说下去。

“我们在它的安排下完成了不少高等级的任务。”这一点季雨时只提了下便略过，重要的是后面的内容，“达成任务目标后，它给予了奖励。或许天穹内部现在还未认可它实施的奖励，但它确实有权限。所以我不完全算违反规定，他们同意这一点只是时间问题。”

季教授终于开口：“但是你浪费了这个奖励。”

他回到了梦魇开始的那一年，却什么也没有做。

几年努力很可能付诸流水，他却选择了放手。

季雨时沉默着。

“你一定找到了更合适的方式。”季教授道，“团团，我很欣慰。你比我想象中还要坚强，这种解脱不是别人赋予你的，而是你自己给的。你没有变成时间的囚徒，这才是真正的解脱。”

季雨时说：“我还是要回去的。”

季教授点点头：“那是当然，就是不知道你这么一来，会不会影响原有的积分……”

“没关系。”季雨时抬起头，“如果影响了，我可以重新开始积分。”

自儿时开始，季雨时就过于内向沉稳，几乎没有孩童的幼稚天真，年少时也难见热血。

这一次去江城，给季雨时带来的改变很大，他眸中的坚定、释然，是季教授从前没看到过的，让季教授欣慰地湿了眼眶。

季雨时没发现对方的情绪变化，拉开凳子坐下，突然说：“老师，我借用一下您的笔。”

季教授从抽屉里找出笔递给他，问：“怎么了？”

“用纸笔会比较安全。”季雨时接过笔，又拿过桌上的笔记本，边写边说，“我在执行任务时遇到了一个人。”

钢笔在纸上发出“唰唰”的声响，季雨时凭借记忆力，寥寥几笔就分毫不差地勾勒出了一个人的外形轮廓。随着细节的添加，纸上呈现出来的是一个中年男子的形象，圆脸，微胖，看起来很是和善。

画完了，他把这张纸撕下来拿给季教授看，说：“您看看，您在十几年前有没有见过这个人？”

十几年前？

季教授思忖着。

季雨时这一次是执行守护者任务，时空是向前的，却遇到了十几年前的人，这说明不同顺序的时空于某个时间点交叠了。

事关时空稳定性，季教授即便好奇也没有多问，只看着纸上的画像仔细回忆。

好一会儿，季教授才摇摇头："没有见过，有没有别的信息？"

季雨时说："他可能是我父亲的同事。"

季教授皱起眉头努力回忆，实在是一无所获，便说："当年那支小组分崩离析，有几位成员都下落不明。我与你父亲毕竟专业有差，他身边的许多同事我一次都没见过。不过，我可以把画像收起来，有机会找老林一起看看，说不定会有线索。"

"好的。"季雨时有些失落，道，"谢谢您。"

见过恩师，季雨时便准备下楼。

经过走廊尽头，他忽然顿住了脚步。

那是他从幼时开始一直居住到临近成年的房间，他已经很久没有去过了。

打开门，熟悉的宁神香味便传入了鼻腔。他不在的时候，苏阿姨也把这里打扫得很干净，希望他回来的时候可以居住。

房间朝南，采光非常好，阳台外面就是一大片郁郁葱葱的树林——初来季家时，季家人便把家中最好、最舒适的房间留给了他。

四面墙上写满了密密麻麻的数字，那时他儿时为了静心写下来的无穷无尽的斐波那契数列。

他站在柚木地板上，无数从前在这个房间里闪现过的残影慢慢出现了。

蜷缩在角落里抱住自己身体的他，躺在地板上整夜盯着天花板不合眼的他，雨夜被苏阿姨抱在怀中哄着入睡的他，分不清现实与记忆而大脑超载、丧失语言功能的他……

那些幼小的身影在身边来来回回，季雨时站在他们中央，任记忆扫过那些时光。

一切都没有改变。

一切又似乎全都改变了。

季雨时走到阳台上，抬起头感受清风与阳光。

他还有许多事没有完成，此时却有一股强烈的情绪在心中激荡，令他欲直抒胸臆。

恰逢季旻越从阳台下经过，喊道："哟，小季，发呆呢？"

季雨时睁开眼睛，见季旻越拎着一个猫包冲他笑，转身便下楼去。

猫包里装了一只黑猫，季雨时迟疑半晌，问："这是二黑？"

季旻越没好气道："别告诉我你认不出来了！人家不过就是肥了点！"

黑猫隔着网眼看他，口中"喵喵"叫，一听就是在撒娇。

他养的三只猫都是黑色的，季雨时此时真的有点认不出来了，他可是能百分百分辨汤其与汤乐的人。

他问："怎么被你养过的猫都变得这么肥？"

"什么叫都？你这是体型歧视！"季旻越不干了，"这只可不是我养的，人家一直跟着林部长呢。林部长刚才派人送过来，我看了也吓一跳，林部长惯着它，指不定给它吃了多少小鱼干。"

季雨时诧异道："林部长怎么帮我养猫了？"

季旻越得意道："我新养了只柯基。"

季雨时："呃……"

所以，连这点都和气泡世界一样了吗？

果然，事情的发展都是有迹可循的。

“二黑与狗八字不合，我本来想送回家让老季养的，林部长来瞧见了，就给弄走了。知道你回来了，人家还根本舍不得还你。”季旻越说，“大黑小黑都还在我那儿，你嫂子已经带他们出去洗过澡了，一会儿下班给你带过来。”

季雨时打开猫包，猫咪立刻叫得更加甜腻，直往他怀里钻。

抱着香喷喷暖烘烘的猫，黑猫油光水滑的皮毛衬得季雨时面如白玉，难得露出了温柔的神色。

季旻越看他们亲昵，寻思道：“其实，也有可能这只不是二黑，你得看看芯片，别吸错了。”

人猫情正浓，季雨时愣住：“嗯？”

季旻越吐槽道：“说实在的，你那三只猫长得一模一样，除了你，分得清楚的都是神仙！”

29.

在季家吃过晚饭，季雨时拎着二黑和嫂子带过来的大黑和小黑，开车回自己的居所。

三个猫包放在后座上，猫咪们时不时发出的绵软叫声此起彼伏，每次季雨时带猫出行，都像是拖着一家宠物店。

季雨时将车子停在地下停车场，背着一个猫包，左右两手各拿一个。

步入电梯时，他正好遇到邻居太太散步回家。

“小季！”对方见了他，热情地打招呼，“出差回来啦？这次去得挺久啊！”

季雨时礼貌地点点头：“是的。”

邻居太太好心帮忙，替他拿了一个猫包，一同上楼后等季雨时腾出手开完门才离开。

季雨时将猫咪们从包里放出来，三只猫都迈着小碎步奔向家中各个角落，肉垫踩在地板上，颠得喉咙里发出了小声的颤音。

季雨时忍了两秒，没忍住，站起来回到门口，通过猫眼往外看。

安静的走廊里还亮着灯，没有人站在他家门口盯着这套房子看，走廊里空无一人。

他长长地舒了一口气。

猫咪们都饿了。

如同以往很多个独居的夜晚一样，季雨时清理了三只猫食盆，倒上猫粮与猫罐头，又倒了新的猫砂。

做完这些，他才步入浴室，给自己好好泡了个澡放松。

理智、惊惧、惶恐，让季雨时头疼。从回到宁城后就开始的种种感官上的、心理上的、身体上的感觉，也让他感到混乱不堪，无所适从。

他泡在浴缸里，被温水包裹着身体，足足过了十几分钟，纷呈的思绪仍未能好转。

好在十几年来这症状如影随形，他已经非常习惯了。

水声“哗哗”，季雨时从浴缸里站起来，走到镜柜前找出自己备在家中的药。

药已经不多了，出发去江城前，他曾将药盒装满带走，而那个药盒……现在还在宋晴岚那里。

可能是心有灵犀，季雨时刚拿出一颗药片，就有电话打了进来。

镜柜的显示屏上显示着一串数字——虽然只看过一次，但季雨时记得这串数字是宋晴岚的号码。

从江城告别后，两人还没联系过，季雨时接通电话："喂？"

电话那头传来宋晴岚的声音，只有简短利落的两个字："开门。"

年轻好听的男声回荡在浴室里，隔着电话线路，隔着江城与宁城的距离。

季雨时没反应过来："什么？"

只听宋晴岚似乎笑了声，又说："我给你点了外卖，差不多到了，你现在开门拿一下。"

季雨时怔了怔，答了声"好"就赶紧挂断电话擦干自己。

不想让别人等太久，季雨时披上浴袍快步走到家门口，习惯性地先从猫眼里确认来者的身份。

猫眼被一堆箱子与袋子挡住了，来者似乎正抱着摞起来的物件，耐心等待着。

季雨时立即打开了门："不好意思……"

"不好意思什么？"刚刚在电话里出现过的熟悉嗓音截断了他的话头。

抱着箱子与袋子的人个子很高，有一张五官深邃的脸，季雨时这回真的愣住了。

宋晴岚似笑非笑，站在门外盯着他看，道："不好意思听到外卖到了就挂断你队长的电话？"

季雨时控制不住脸上的惊讶，问："你怎么来了？不是要陪家人吗？"

宋晴岚大步进了屋，说："见了面报个平安就行，他们忙得满世界飞，哪用我陪？我正好看完你就去看望外公，打算在宁城待上几天。"

季雨时关上门，赶紧跟在宋晴岚身后，帮忙把他带来的东西放到地上。

“再说了，我在家也心神不宁。”宋晴岚接上刚才的话题，语气玩味地道，“总觉得再不过来看着，有人马上就要跑了，我还得加写一份报告。”

季雨时有些心虚地道：“那也不至于……”

有前科的人没有说服力，他知道。

“谁知道呢。”宋晴岚风尘仆仆，还穿着早上他们分别时的那件衣服，没来得及换，“前后就两分钟的工夫，你就能跑得不见了，这都十几个小时了，我还真不放心。”

屋里冷气开得足，宋晴岚一来，仿佛就将外面的喧嚣与夏日的热浪带来了。

他毫不掩饰的直接与天生存在的压迫感，让这套安静的房子有了人间烟火的气息。

“嗖——”，一声轻响引起了宋晴岚的注意。

他转头一看，一团黑影轻盈地跳上了猫爬架，是一只通体黑色的猫。再一看，玄关处昏暗的柜子下方还亮着两个圆圆的小灯笼，不知道什么时候已经有猫悄无声息地匍匐在那里，暗中观察他这个陌生人了。

小腿旁有什么东西扫过，宋晴岚低头看去，这才发现两人的脚边还有一只黑猫。

猫浑身漆黑，一丝杂色都没有，属于躲在暗处就能完美隐藏的类型。它的两只眼睛大而圆，在夜晚的灯光下呈深琥珀色。

此时，黑猫正用尾巴轻轻扫过他们的小腿，一边试图引起他们的注意，一边好奇地歪着头，冲这个刚进门的雄性人类“喵喵”叫。

三只黑猫与季雨时的安静气质奇妙地吻合。

“我这是进了猫窝了。”宋晴岚大手将脚边的黑猫捞起，它也一动不动，还“喵”地叫了一声，跟撒娇似的。

“不怕人。”一人一猫互相打量，宋晴岚带着怨念道，“我还是第一回碰到不怎么怕我的猫呢。”

大黑平常其实是最怕人的，见了宋晴岚，它却变得这么亲昵，连季雨时都有些意外。

大黑看上去被宋晴岚揉得很舒服，宋晴岚不过才揉了它几下，它就舒服得发出了呼噜声，果然是黏人又可爱。

大男人突然爱心爆棚，宋晴岚拆开他带来的一个纸箱，翻出猫咪零食喂给大黑吃，问季雨时：“它叫什么名字？”

季雨时说：“它叫大黑。”

“另外两只叫二黑、小黑？”宋晴岚问，见季雨时点头，他失笑，“你这也太随便了。”

“名字只是个代号。”季雨时回答，“叫什么其实区别不大。”

宋晴岚带来的那些纸箱里，有一半都是给猫咪买的玩具与零食。按照他的说法，初次见面得给这些“好朋友”备好见面礼。

其他的箱子与口袋里，则是给季雨时买的东西。

宋晴岚把所有的东西归类，然后在季雨时的指导下把它们分别放好。

平日里飞扬跋扈的宋队做起家事来也半点不含糊，还挺有一手，把季雨时的冰箱塞得满满的，井井有条。

“怎么买这么多？”季雨时跟在他后面问。

“你的冰箱是我见过最可怜的冰箱了。”宋晴岚道，“不记得上次那些过期的鸡蛋了？”

季雨时：“呃……”怎么可能不记得？

这些东西都是宋晴岚在江城买好再带过来的，其实季雨时在宁城也可以自己买，但是他也知道这不一样。

这样的情形一般是季旻越或苏阿姨来时才会出现，季旻越有强迫症，这天从季家分别前还说第二天要给季雨时送物资过来，让他宅在家里不至于饿死。

趁着宋晴岚还在整理，季雨时给季旻越发了信息："明天不用给我送吃的了。"

季旻越："怎么？你要辟谷？"

季雨时懒得打字，直接对着厨房拍了张照片发过去。

暖色调的水槽吊灯下，个子比冰箱高一大截的男人单手扶着冰箱门，检查里面的食物品类有无缺失。明明挺大一个冰箱，在他面前就像个玩具似的，有些拿不出手。灯光打在他的侧脸上，勾勒出立体的轮廓，随手一拍就是一张构图完美的家居杂志画。

季旻越："打扰了。"

季旻越："这个队长人还不错，怕你反悔还来看你，真负责。"

季雨时发完照片，心中一动，打了三个字发过去："是不错。"

30.

"你一个人住几年了？"宋晴岚问。

宋晴岚已经在洗手池里洗过手了，晚上准备在这里留宿。

季雨时没有款待朋友的经验，但还是找了一条宽大的沙滩裤给宋晴岚当睡衣穿——就是季雨时十七岁时去海边穿过的那条，他们在中转站时宋晴岚就见他穿过。

季雨时回道："还差两个月就满八年了，我是高中毕业后搬出来的。"

两人之前聊过季雨时的事，但是不够深入。

季雨时似乎没什么朋友，也很少提及家人，就连居所里陪伴他的也只有三只猫而已。

想起对方形单影只地来到江城的样子，宋晴岚竟为那时候的季雨时感到同情。

听到季雨时的回答，宋晴岚手上的动作停了下，问：“为什么？”

他想到一个可能性，没等季雨时回答，又问：“收养家庭对你不太好？还是你不适应？”

“都不是，他们对我很好。”季雨时坐下来说，“我搬出来，是因为我要背着家人偷偷备考天穹。”

“偷偷备考天穹？”

季雨时“嗯”了一声，告诉他原委：“我的老师，也就是我的养父，还有养母都不同意我接触与‘时间’有关的工作，连大学的专业都不可以是相关的，更不会允许我进入天穹。我以想过安静的生活为由搬了出来，故意同时报了多个专业，假装我很忙，实际上我一直在为进入天穹做准备。有了季旻越给我打掩护，过程就很顺利。”

看来季雨时是真的很会撒谎，除了宋晴岚，怕是人人都很容易被他的外表蒙骗，从而上当。

宋晴岚皱着眉道：“他们为什么不同意你参加和‘时间’有关的工作？”

季雨时安静了一阵，然后抬头对他说：“我小时候患过一段时间的认知功能障碍。”

季雨时语气中并无悲观，反而像个旁观者一样讲述事实：“包括学习障碍、失语、失认等。我不能分清楚记忆与当下，也就是说我分不清楚哪些事情是已经发生过的，哪些事情是没有发生过的。现实和回忆在我脑中并行，导致我行为反复，认不出熟悉的事物，也听不懂别人讲话。”

“有多久？”宋晴岚嗓音沙哑，喉咙如同被沙子磨过。

“你不用担心，那都是过去的事了。”季雨时半垂着睫毛，道，“大概三年吧。”

“儿童管理处的医生都说我没救了，可能我永远也无法走出阴影，再加上尾状核与额叶发生了异常，我分不清楚眼下的现实，却能清晰地记起还在襁褓里时发生过的一切。季老师是一位心理学家，和我父亲是好朋友。收养我以后，他辞去了工作，和养母在家专心陪了我三年。”季雨时说。

宋晴岚忽然记起了季雨时在书店里对他说的那段话：“所以只要是我经历过的，到底是经历了一次还是无数次都没有区别。也就是说，我和你一样，都只经历了一次任务重启的过程。”

看似平淡的叙述，看似无谓的病症，甚至有人曾戏称它为“超能力”。谁也不知道这样的一段话背后，到底有多少不为人知的折磨。

所以季雨时曾说，如果没有他的老师，就没有现在的他。

宋晴岚明白了，说：“他们反对你进入天穹，是因为怕从事与‘时间’有关的工作会让你重蹈覆辙。”

季雨时点头：“对。”

宋晴岚忍不住问：“那么，这么久以来你有没有再出现过类似的情况？”

在他们相遇以前，季雨时一个人执行过八十九个B级任务，至少回溯了八十九次历史，还不排除同一任务反复回溯多次才完成的情况。

和守护者不一样，记录者为了最大限度地降低自己在历史中的存在感，他们没有队友，都是单独行动，如果这其中季雨时出了什么问题……宋晴岚不敢想。

“偶尔，但不严重。”季雨时说，“我们在‘衔尾蛇’任务里第一次循环的时候，我曾怀疑过自己是大脑记忆超载。”

宋晴岚神色一凛。那时，在公园管理处外面，他还特地找过季雨时谈话，颇为挑剔地询问季雨时心理承受能力怎么样，季雨时的回答是——“不怎么样”。

他记得，季雨时最后一个到达公园管理处，脸色很苍白，还请他帮忙拧瓶盖。

先不论凭季雨时的战斗力有没有可能拧不开瓶盖，当时他们所有人都只有一个想法——季雨时弱得连瓶盖都拧不开。

“你的药。”宋晴岚很快想到了一点，“你的药不仅仅是理清思路、提神用的，你对它有依赖性，是不是？”

季雨时默认了。

药盒一直与他形影不离，靠着这些药，他才能减少记忆反复，减少循环记忆的梦境，顺利入睡。但随之而来的后遗症也不少，除了有依赖性，还包括脸色苍白、突然虚弱、突然感到绝望等多种负面影响。

宋晴岚沉了嗓音：“我刚刚给你打电话的时候，你正准备吃药。”

季雨时一怔，宋晴岚怎么知道？不过他很快记起来，宋晴岚整理完东西后去洗澡了，应该是正好看见了他放在台面上的药瓶。

宋晴岚去了浴室一趟，回来时手中拿了药瓶。

他问：“你今晚是已经吃了，还是没来得及吃？”

季雨时说：“还没来得及。”

宋晴岚道：“看来我拿走你的药是对的。”

季雨时有了不好的预感。

果然，宋晴岚说：“这瓶药也先给我保管，等你实在需要的时候再吃。咱们不滥用，试着戒一戒它的依赖性。”

季雨时想争取一下：“我也不是每次都吃的，在‘魔方’里就没怎么吃。”

季雨时不提这个还好，一提这个，宋晴岚的脸色更臭了。

在“魔方”里，季雨时不仅不听劝阻强行闯关，害他一个房间一个房间地找人，任务结束后更是自作主张直接跑掉不打算回来了。

在药物的影响下，冷静的人会突然决绝起来，后果不堪设想。

“不行。”宋晴岚说，“季顾问，你现在是七队的人了，以后，这点队长说了算。”

31.

清晨的第一缕阳光透过纱帘照进房间。

季雨时睡眠不好，却没有使用遮光帘，这是非常没有安全感的表现。再加上他一个人住，相比在黑暗中入睡，可能他更不喜欢的是在黑暗中醒来。

沙发上，宋晴岚轻脚轻手地起了床。昨晚睡得晚，但他早已习惯早起。

见他醒了，三只原本在客厅待着的猫咪倏地四散而逃，各自占领据点观察他这个外来者。

食盆一个比一个干净，宋晴岚找到猫粮将它们都填满才去洗漱。

宋晴岚洗漱完毕出来时，猫咪们似乎已经不怎么怕他了。

一只只看不清长相的“黑煤球”在他附近走来走去，和他保持着距离。

宋晴岚开始热身。

他不是肌肉虬结的类型，反而是体态非常修长的那一类，身体的每一部分都恰到好处。

他平常并不追求力量级别的训练，因此只简单地徒手做窄距俯卧撑、卷腹等运动，既可以达到他每天早上唤醒身体的目的，又不受场地限制。

季雨时的客厅里除了沙发、书，还有一块空地供宋晴岚使用。等他正式开始训练时，猫咪们已经一只接一只排排坐，好奇地坐在他身边跟着他的动作转头了。

这是他们正式成为朋友以后，宋晴岚了解季雨时生活的第一个早晨。

安静、悠闲，一切都很美好。

做完训练，宋晴岚对猫咪们招了招手，一只黑猫就试探性地走了过来。

待宋晴岚开始挠它的下巴，它就不复之前的高冷，完全沦陷了。

物似主人型，确定这个外来者可以信任以后，黑猫便软绵绵地由着宋晴岚抱着它一起去了厨房。

冰箱里琳琅满目，摆满了食物。宋晴岚找到需要的食材堆在台面上，然后放下了猫。

猫不走，还站在台面上看他。

宋晴岚轻轻地赶了一次，它才跳下去腾出空地。可是等宋晴岚再从冰箱里找到牛奶回去时，台面上又坐了一只猫。

阳光也洒进了厨房，照得水槽的五金件与玻璃吊灯闪闪发光，照得猫咪身上的黑色皮毛都泛出了光泽。

它好奇地低着头，用胡子挨个去碰那些食物，发出了“喵”的一声疑惑，像是在奇怪这个家什么时候开始做早餐了。

宋晴岚弯起嘴角，摸着它的头，问：“怎么又上来了？”

黑猫：“喵？”

与此同时，脚边也有猫叫声传来：“喵。”

宋晴岚低头一看，地上的那只猫正在蹭他的裤腿，表示亲昵。

他一下就明白了，现在台面上的猫咪不是先前的那只，地上的才是。

玄关传来门铃声，台面上的猫咪轻盈地跳下去，和另外两只猫迅速往玄关跑去。

家里来客人了？

宋晴岚放下手里的东西，跟着猫往玄关走。

这些猫像有感应一样，在玄关有些兴奋地抬着头“喵喵”叫。

季雨时已经被门铃叫醒了，他站在卧室门口，随意地披着一件灰色睡袍，看到宋晴岚便道：“我们的早晨没有了。”

他神情慵懒，脸上带着睡觉压出来的红印，声音带着惯有的清冷，语气里却有着很明显的埋怨。

宋晴岚走过去，问：“没睡醒？”

门铃又响了一声，门外隐约传来狗叫声，来者似乎很有耐性。

季雨时叹了口气，无奈道：“是我哥。”

季旻越牵着狗一进门，二黑就进入了备战状态，“咻”的一下跳上了高处，嘴里发出“呜呜”声，它果然与这只柯基非常八字不合。柯基也开启“汪汪汪”模式，一时间，安静的房子里吵翻了天。

给季旻越开门的人是宋晴岚，在玄关这种狭窄的地方，两人靠得比较近，季旻越得抬头才能看见对方的脸，只觉得对方怕是足有一米九了。

乍一见对方，季旻越心中原本还有的怀疑不知道跑去了哪里，因为对方英气的眉眼与身上那股凌厉感直观地让人感受到了压力，那是经过长时间的磨砺、执行过数次危险的任务才会有的气质。

“季老师。”宋晴岚挺礼貌地先跟他打招呼，“请进。”

“我们见过？”季旻越吓了一跳。

在气泡世界里确实见过，但事实上，在真实的世界没有。

宋晴岚说："是我听季雨时提过季老师。你好，我叫宋晴岚。"

季旻越心中那股小小的怀疑登时又冒了出来，他语气微妙地道："团团调去江城那会儿，我也听他提起过你。"

宁城的人称家中的小女儿为"囡囡"，小儿子为"团团"，也有全家人都这样称呼的，就当作小名。

宋晴岚小时候在宁城时也被这样称呼过，后来长大了就没被这样叫了，他没想到季雨时的小名会被保留下来。相比之下，他称呼"季雨时"就不如"团团"亲近了。

二黑与柯基仍在激情对线，两人对视一眼，都抬腿离开了玄关。

"我那会儿对文职工作者有点误会，自视甚高。"宋晴岚没有避开这个话题，"这不，带着偏见去看人被打脸了。"

他笑了笑，露出一口白牙，显得有了几分丰神俊朗的气质，咄咄逼人的凌厉感褪去不少。

这话季旻越没法接。

拜汪部长倾心教导所赐，宋晴岚又说："在任何工作里，光有人向前冲是不行的，一定得有像季老师和季顾问这样的文职工作者为我们保驾护航才行。这次我们能顺利回来，全靠季顾问。"

季旻越心中舒坦了不少，拉不下面子再说什么，便问："团团呢？"

宋晴岚道："他刚起，在换衣服。"

季旻越意外道："现在才起？"

宋晴岚皱了皱眉，问："他平常都起很早？"

季旻越回道："嗯……也算是吧，他睡觉质量不好，有时候凌晨两三点钟就爬起来了。"

两人正说着，季雨时就走出了卧室。

他把自己收拾了一下，穿着简单的白 T 恤与短裤，就像季旻越班里那些看上去很听话但其实很叛逆的学生。

季雨时开口道："哥，你这么早？"

季旻越一本正经地说："我遛狗，正好路过你这里，就想着上来看看，约你去吃早饭，没想到宋队会在这里！"

季雨时语气里都是不信："哦。"

"季老师也没吃早饭？"宋晴岚自然地说，"正好我在准备，一起吃吧。"

宋晴岚煎蛋的手艺真的没的说，上次季雨时那么说并不只是为了撒谎骗他。

这一次宋晴岚还准备了吐司，做了三明治，只做了简单的西式早餐就已经很让季旻越震惊了，他以为宋晴岚应该是个非常大男子主义的人。

吃完早餐，季雨时主动收拾餐盘，去洗碗。

季旻越本来是不放心才过来看看，现在看来没什么好担心的，便打算走了。

季旻越牵着柯基走到门口，宋晴岚也换了鞋跟上，对他说："季老师，我送你。"

季旻越突击检查，其实在宋晴岚面前有些不好意思，便说："不用了，太麻烦你了。"

宋晴岚比季旻越想象中要直接很多，说话间已经打开了门："是我有话想问季老师，正好边走边说。"

季旻越点头："那行。"

两人下了楼。

这个时间点，电梯里有不少去上班的人，不太方便交流。

直到走到小区的绿荫处，宋晴岚才从口袋里拿出一样东西，说："季老师，我发现季雨时对这个药物有一些依赖性，想帮他戒掉，但是担心方式不对，产生副作用。我听他说，一直以来是令尊在负责他这方面的事，所以想问问令尊的意见。"

季旻越接过药盒，神情微变，问："他还在吃这个？"

"是的。"见他这样的反应，宋晴岚疑惑道，"怎么了？"

季旻越说："这个药他小时候那几年常备，长大后我父亲就给他断了。他这些年的心理测试和身体状态检查都合格，进入天穹后，每年的心理考评他也能拿高分，我不知道他还在吃这个药。"

宋晴岚手握成拳，季雨时这么做的原因他比任何人都清楚。

他思忖着，听季旻越道："谢谢你告诉我。我回去马上把这件事告诉我父亲，具体应该怎样让他彻底断掉药，我会和你联系。"

两人互留了手机号码，告别前，季旻越叫住了宋晴岚："宋队！"

宋晴岚站住了。

季旻越对他说："我们小季同学他……其实很难和一个人成为朋友，尤其是好朋友。"

宋晴岚颔首："我知道。"

"所以，你身上一定有他特别欣赏的地方。"季旻越说，"他小时候因为各种问题过得很孤独，长大后也心思沉重，没有一天过得舒坦。其实我知道他骨子里特别喜欢惊险刺激的项目，性格上也有幼稚天真的一面。你们这次放假，正好你来到了他身边，不如带他出去玩一玩。相信我，除了你，没人喊得动他。"

季旻越走后，宋晴岚在林荫道上独自站了一会儿。

他回去时，季雨时正盘腿坐在地上玩游戏机。

宋晴岚在他旁边坐下，撸着凑上来的不知道是几号的黑猫看了看分数，说："干什么？小季同学，有什么需要你转移注意力的？"

季雨时手指不停，高度集中的注意力被宋晴岚分散，"小季同学"这个称呼一听就是宋晴岚从季旻越那里学来的。

跌落的方块失误了，游戏几秒内结束，季雨时放下游戏机，问："季旻越和你说了什么？"

"他叫我以后在队里好好照顾你。"宋晴岚说，"还说我来宁城人生地不熟的，叫你趁放假带我出去玩。"

季雨时不信："真的？"

"真的。"宋晴岚问他，"季顾问，难得有假期，你准备带我去哪里？"

季雨时便问："那你想去哪里？"

32.

宋晴岚准备让季雨时拿主意。

然而，季雨时本来就不常出门，对宁城有哪些游玩地点的了解程度和宋晴岚差不多，实在不能给宋晴岚推荐。

两人探讨了好几个方案后，季雨时还产生了不如就在家宅过假期的想法。

最后，宋晴岚把他从地毯上拉起来，一锤定音："去游乐园。"

季雨时惊讶得眼睛都变圆了："游乐园？"

宋晴岚把他转过身往房间里推，一边把他推向衣柜一边说："对，游乐园。"

游乐园——校园时代的假期必去游玩点，季雨时没有想到宋晴岚也会来这套，觉得这幼稚程度不符合对方的人设，只好告诉自己对方是童心未泯。

作为一个合格的朋友，季雨时默认了这套操作。

两人都换好衣服，把自己收拾妥当才出门去。

为了使自己和游乐园这种地方看起来不要太格格不入，季雨时保留了早上换的那件简单的T恤，只把短裤换成了牛仔裤，搭配了一双球鞋。

他身材清瘦，背脊挺拔，这样的打扮未能让他显得平凡，反而让他更像大学里惹人注目的优等生。

宋晴岚前一天穿的衣服已经洗过并烘干了，也不是特别正式的款式。

两人站在电梯里，看到镜中的彼此，才有了一点他们真是身处于假期中的真实感。

季雨时问："会不会有点奇怪？"

宋晴岚从镜中睨他，反问："哪里奇怪？成年人没有权利去追求刺激来解压了？"

季雨时："呃……"

宋晴岚看着镜子的季雨时，偏头对他说："你可以假装我还是小孩。"

"如果你现在还能变回在'卡俄斯'的那模样，我可以试试，可是一米九二……"季雨时淡定地道，"好大一坨的小孩。"

那个面容稚嫩、嗓音软糯的小宋队，因为个子小，袖子长得快拖地了，穿着大了好几号的短靴，抱着沉重的神眠跟在后面快走，倔强又可爱。

季雨时想起那画面，眼中忍不住带了笑意，怕宋晴岚发现，还别过了头。

到达停车场，宋晴岚很有当车夫的自觉，却凭借身高优势也未能从众多车辆中找到季雨时的黑色越野车。

季雨时走了几步，解锁了一辆近在咫尺的轿车，说："这里。"

这辆车造型颇为复古优雅，与宋晴岚上次见过的霸气越野车完全不同，可以说是两个极端。

宋晴岚围着车饶有兴致地看了看，问："上次那辆呢？"

季雨时的枪与车都非常符合他本人的气场，他果然很喜欢复古的东西。

"没有上次那辆，现实中我的车一直是这辆，只不过气泡世界替我做了不同的选择。"季雨时把车钥匙朝他扔过去，"要开吗？手动挡，无自动驾驶，费力，但是带劲儿。"

"开！"宋晴岚非常乐意做司机，一把接住钥匙坐上了驾驶座。

跳楼机、过山车、大摆锤，工作日的游乐园里也是人满为患，三个惊险项目玩下来，两个人都面不改色。

坐大摆锤时宋晴岚甚至还在一片"啊啊啊"的尖叫声中淡定地掏出手机，拍了一段视频发给李纯。

阳光正好，游乐园里，空中飘着四散的彩色泡泡，季雨时的侧脸短暂地入了下镜头。

李纯："嗯？"

李纯："宋队你们怎么回事？叫我过去一起玩？"

宋晴岚快速回复："不，我主要是问问你这个假期完成了几次大摆锤。"

李纯："我其实……现在都不怎么会吐了！我可以的！"

宋晴岚没搭理他的回答，自顾自地打字："下次再吐就带你一起玩。"

李纯："啊啊啊！那我选择自杀！"

宋晴岚："你看我们季顾问，作为一个文职工作者——"

他打字打到这里，大摆锤停了。

率先解开锁扣的季雨时喊他："该下去了。"

宋晴岚立即收起手机，不再管那边的李纯，走到边缘时先一步跳下了台阶，伸出手道："小心。"

季雨时把手递给他，也跳到地上。

和他们一同坐大摆锤的游客个个面色发白，像看怪物一样看着他们。

这几趟玩下来，季雨时脸不红气不喘，全程跟坐观光车似的。

宋晴岚思忖着得换个思路，让他自己选，便问："下一个想玩什么？"

他们玩前几个项目光是排队就花了不少时间。

季雨时打开手机投影，滑动地图查看，大部分游乐设施处都标了红色，只有少数几个位置是绿色的畅通状态。

"去鬼屋？"季雨时提议，"那边人比较少。"

"鬼屋？"看着鬼屋的全息标志与高危警示条，宋晴岚犹豫道，"体验会很逼真，你确定？"

别人受过惊吓，也许转身就忘了，但季雨时不会。

对他来说，惊吓体验永不褪色，因此宋晴岚不是非常赞成。

"就是因为逼真才得去看看。"这次换成了季雨时带着宋晴岚往前走，"还有，再逼真能有在便利店被丧尸围堵逼真？我想去试一试，看看高科技能不能吓到我。"

"行。"宋晴岚答应了。

从大摆锤到鬼屋有一段距离，他们没有坐游览车，而是选择了步行。

途中，宋晴岚非常恶趣味地去玩了射击游戏，轻松获得毛绒玩具一个。

季雨时看了也想玩，也轻松获得了一个毛绒玩具。

两人嫌抱着玩具麻烦，顺手送给了身后的小朋友，深藏功与名。

从射击室出来后，宋晴岚给季雨时买了棉花糖，说："别的小朋友都有，我们季顾问不能没有。"

季雨时接过，拿着粉色棉花糖咬了一口，让它很快在口中融化，说："这家店和记忆中的味道一样。"

宋晴岚问："你以前来过？"

季雨时点头："嗯，第一次是十一岁那年秋天，季旻越带我来的。我们后来还来过三次，每一次都会在这家买棉花糖。"

前方就是鬼屋，季雨时已经去排队了。

宋晴岚看着他轻快的背影，深深地怀疑——季旻越对季雨时的了解，在某些方面该不会还停留在小时候吧？

等他们从鬼屋出来的时候，宋晴岚基本上确认了这一点。

季雨时和他一起走完了全程，在游客们的鬼哭狼嚎与尖叫声中把地图探索得巨细无遗，还闯入了隐藏副本，花了十几分钟就从预计解谜时长一小时的机关中出来了，其中还包括季雨时等待女鬼重复出现想再看一次的时间。

这个游乐园，对季雨时来说已经没有新鲜感了。

宋晴岚能想象出年少的季雨时在这里寻找刺激的模样，可惜他无法回溯时光去给予对方陪伴。

宋晴岚离开了片刻，打了一通电话才回来。

季雨时正端着一杯冰镇奶茶，见他回来，问："要喝吗？"

宋晴岚反问："怎么？"

季雨时说："别人送的，我不喜欢喝奶茶。"

宋晴岚顺着他的目光看去，不远处，三个女孩子见他们看过来，跺了跺脚，然后羞涩万分地跑了。

宋晴岚眉尾微扬，道："行情不错。"

季雨时点点头："那是，我这样的还不至于在网上约人。"

宋晴岚失笑，原来是在这里等着他呢，不知道这人心中的小本本上还记了多少有的没的。

宋晴岚拿过他手中的奶茶，问："想去跳伞吗？"

季雨时不解："跳伞？"

"我的战友退役后开了一家跳伞俱乐部。"宋晴岚简短地道，"距离宁城不远，刚才我给他打了电话，如果我们现在过去，明天早上就能赶回来。"

季雨时二十五年来第一次有这种说走就走的旅行，他们直接从游乐园出发，甚至没来得及回家一趟，只给季旻越打了电话请他帮忙照顾三位主子。

季雨时的车没有自动驾驶模式，不能上不限速高速，只能通过普通高速去往远在五百公里外的俱乐部，可这也不能阻止他们想去玩一场的计划。

路上，他们买了些水和食物，不停留的话能在傍晚前赶上当天最后一批落日跳伞。

走普通高速经过宁城老城区，整条宽阔的马路上就只有这一辆车在恣意疾驰。

车子行驶在高速公路上，他们能看见一片正待重建的建筑，在新城区摩天高楼与悬浮列车轨道的衬托下，有一种废土美感。

“我小的时候，就在那一片上幼儿园。”宋晴岚指着左前方说，“看见了吗？那个红色建筑旁边的绿地。”

季雨时点了点头，他也看见了那一片旧楼中的绿地，眼神沉静。

在宋晴岚以为他没听到的时候，他回头道：“这么巧？我也是在那里上的幼儿园。”

宋晴岚惊讶道：“你在逗我？”

季雨时说：“真的，宁大附小幼儿园。”

宋晴岚真以为他在逗自己，顺着他的话说：“那就可惜了，我怎么没在幼儿园就认识你？”

33.

季雨时接着道：“你那时候不是已经有‘晗晗’了吗？”

季雨时重新看向窗外，看着那些旧建筑不断后退，嘴角也弯起了一丝很明显的弧度，他在开玩笑呢。

宋晴岚手指敲了敲方向盘，假设季雨时的话是真的，道：“要是我们真的那么有缘，小时候就上同一家幼儿园，那你肯定记得我。”

换了旁人可不一定记得小时候的事，但季雨时一定记得。

“我想想。”季雨时顺着他的话继续说，“我倒是真的记得班里有一个胖胖的小男生，整天黏在另一个小男生身后到处跑，不然就捣蛋，是出了名的小魔王。”

宋晴岚道：“那不对。”

季雨时转头，眼睛亮晶晶的，问：“哪里不对？”

“我小时候胖是挺胖，但我只跟在女生身后跑。”宋晴岚笑道，“虽然‘晗晗’的长相我都记不清了，但我那时确实整天和她玩儿。如果你看到一个胖胖的小男生整天黏在一个小女生后面跑，那说不定就是我。”

季雨时没说话，车窗开了一条缝隙，将他乌黑的头发吹乱了。

不知道季雨时小时候长什么样子？宋晴岚脑中冒出这个想法，又说："说不定我小时候真的见过你。"

三个多小时后，车子驶入了跳伞俱乐部所在的区域。

这里远离城市，经过几公里的林场之后，眼前豁然开朗。被树木包围着的是一大片绿色的草坪，几乎看不见边际。

公路笔直，一时间，来自城市的所有烦躁、喧嚣都一扫而空。

季雨时远远地看见了停机坪上的几架飞机，还有一旁伫立着的巨大玻璃建筑，也就是跳伞俱乐部的基地。

他们在基地外停了车，刚下车就有人走了过来。

对方是一个看起来飒爽利落的青年，身着紧身黑衣，和宋晴岚、周明轩身上有一种同样的气质，这就是宋晴岚说的那位战友了。

"宋队！"

"老薛。"

旧友一见面，便同时伸出拳头轻碰，然后握手，再互相碰了碰肩膀，默契感十足。

宋晴岚在部队里也是队长，好些年的部队生涯，让他与这些战友均是友谊匪浅。

宋晴岚介绍道："我的战友薛昭，现在已经退役了，这家俱乐部就是他开的，老周之前经常来玩。"

薛昭笑着谦虚道："其实是和朋友一起开的，但是欢迎你们随时过来。"

宋晴岚转而介绍身旁的季雨时："季雨时，我队友。"

季雨时率先伸出手："你好。"

薛昭礼貌地同这个俊秀的年轻人握了握手，也道了声好。

三人一起进了基地，基地里还有一些来跳伞的游客。

现在正是下午，有部分游客已经开始收拾行囊、办理手续，准备离开了。

“你们来得正好。”薛昭说，“从明天开始风向就不对了，这里得歇上两天。”

“不需要先训练？”季雨时问，“那会有教练带吗？”

“教练？”薛昭笑了起来，看向宋晴岚，“你身边这位就是最好的教练！他可是有职业教练证的人。”

季雨时转头，见宋晴岚眼中带笑，分明有一丝一切尽在掌握中的自得。

难怪这人会提出要带他来跳伞，原来跳伞正好是某人的强项。

“我们可以跳双人的。”宋晴岚道，“我先带你试试，要是你感兴趣，再跳一次单人的。”

“好。”季雨时同意了。

在薛昭的带领下，他们先做了简单的身体检查，确认心跳、脉搏及血压一切正常，然后就被带去换上了装备。

宋晴岚对装备很熟悉，先一步穿好，然后再帮助季雨时彻底固定好安全扣，并反复检查。

在不擅长或者从未做过的事情上，季雨时对于别人的帮助接受度良好。

宋晴岚说他：“季顾问，你今天好听话。”

季雨时坦荡地回答：“因为我也怕死。”

薛昭给他们安排了一架自用飞机，飞机上还有宋晴岚认识的教练正在带两位学员。

那两位学员有为期三天的课程，这已经是第四节课了。看到上飞机的宋晴岚一副教练模样，两位学员纷纷纳闷，他们怎么就没遇到这么帅的教练？

起飞后，宋晴岚开始给季雨时讲注意事项："出机舱前我们会捆绑在一起，跳下去后，我会一直在你身后，能伸展的时候我会提醒你。"

那两位学员中的一位问季雨时："你是第一次跳伞？"

季雨时点点头："是。"

学员又问："你们跳几千米啊？"

宋晴岚代替季雨时回答了这个问题："四千五百米。"

学员建议季雨时："第一次可以选个三千米什么的，比较容易接受。"

到了不同的高度，那两位学员和教练先后跳下了飞机。

随着机舱门的每一次打开，狂风灌进来，季雨时逐渐感觉到了紧张，其实他是一个有些怕高的人。

到了四千米的高度，宋晴岚开始用连接件将他与自己锁在一起，问道："怕不怕？"

季雨时没说话。

宋晴岚又说："怕就要说出来，你不说出来我怎么保护你？"

季雨时终于开口了："怕。"

宋晴岚笑道："怕什么？有我在，绝对不会让你死掉。"

到了四千五百米的高度，宋晴岚给季雨时戴上了防风面罩。

机舱打开了，风声、螺旋声呼啸，宋晴岚在说什么季雨时已经完全听不清了。

脚下是垂直视角的广袤大地，这高度比季雨时想象中的还要高。地面的一切都变得十分渺小，让他觉得有点喘不过气，手心布满冷汗。

“三！二！一！”

这种时候越犹豫越害怕，宋晴岚在身后倒数完毕，季雨时脚下一空，已经跳了下去！

心脏在刹那间猛地往上一提，仿佛离开了胸膛，让人产生了强烈的失重感。

狂风撞击着身体各处，耳旁尽是风声。

人在急速的自由落体运动中，眼前的一切却不如想象中那么快。

那个瞬间，地平线似乎触手可及，山河草木都缓缓展开了美丽的画卷，与在飞机上看到的完全不同。

“伸展！”宋晴岚的声音就在耳后，近在咫尺，令人感觉到安全，“想象你是一张随风飘荡的纸！”

季雨时伸开了双臂，开始呼吸，开始迎接朝他而来的世界。

空中没有参照物，使得季雨时无法分辨速度。

实际上，他们正以每小时两百公里的速度往下坠落，穿过了看得见摸不着的云层，看见了两只颜色鲜艳的伞盖在他们脚下飘荡，那是先他们一步跳下去的学员。

没过多久，一股强烈的拉力将季雨时往上拽。

在距离地面一千六百米左右的高度，宋晴岚打开了伞。

所有的一切都变慢了，呼啸的风声戛然而止，世界安静了。

“你看那边。”宋晴岚道，“左前方，抬抬头。”

季雨时抬了抬头，他一直看着下面，此时抬头便感受到了震撼。

临近傍晚，远处的天空被落日染成了橘红色，而近处的天空还是一片蔚蓝。

他们飘荡在这一片瑰丽奇异的光景里，似乎见证了被云朵包裹的地球，见证了大自然的每一次日夜更迭。

这种缓慢的飘荡持续了很久，季雨时的心前所未有地宁静。

成功降落在柔软的草坪上，脚触碰到地面的一刹那，重力回归。

宋晴岚完美地掌控了这一次双人跳伞，让季雨时真正地感受了一次什么叫“躺赢”。季雨时全程甚至什么都没做，只被宋晴岚带着从天空回到了地面。

“想试试单人的吗？”宋晴岚看了看手上的仪器，问，“明天的风向不对，要试的话只能把握今天，现在还能来一次。”

季雨时却说：“不用试单人的了，有这一次就可以了。”

宋晴岚也不多劝他，只道：“行。”

跳伞的惊险程度对宋晴岚来说不如蹦极，因为跳伞给人的刺激感仅在跳下来的一瞬间最强烈，后面的部分完全可以说是享受。

他带季雨时来跳伞而不是去蹦极，就是不想给季雨时的记忆造成负担。

工作人员开着车来降落点接他们。

两人脱下装备后，一身轻松，回基地的路上，夕阳已经逼近了地平线。

令他们震惊的是，七队其他人竟然也到基地来了。

“宋队！”

“季顾问！”

本该在江城休假的五个人都到了，宋晴岚笑着问：“你们是跟屁虫还是没断奶？”

薛昭身边就是周明轩，他笑眯眯地道：“我们也是来跳伞的嘛，哪知道这么巧就遇到你们了！”

“我承认我和我哥是来找季顾问的！”汤乐说，“几天不见，甚是想念，我有一万个问题想让季顾问虐虐我们的脑子！”

“说得没错。”汤其道。

段文则说：“我就不一样了，我是来找宋队的！”

宋晴岚失笑，一脚踹过去：“滚。”

被这群人包围着，季雨时精准地看向李纯，问：“你们怎么知道我们在这里？”

李纯头皮发麻，一下子就被逮住，只好讪笑着道：“还不是宋队发视频刺激我——提醒我到底有多孤单。再说，我们上次不是说好一起去酒吧吗？我就想着约上他们几个上宁城找你们，谁知道半道上老周说宋队带你来战友这儿跳伞了，我们就直接过来了。”

破案了，敢情这一群跟屁虫都是宋晴岚招来的。

宋晴岚只好大手一挥，道：“好了，今晚在俱乐部的开销我请！”

这晚，有了队友们的加入，宋晴岚与季雨时的旅行变成了临时派对。

薛昭在俱乐部给他们分别开了房间，玩到凌晨，大家才正式散场。

在俱乐部住了一晚，第二天早上，宋晴岚和季雨时起得比其他人都早，趁他们不注意就开车先跑了。

开玩笑，和这群人在一起只会醉生梦死，身体早晚吃不消。

这下季雨时也不打算立即回家了，不然那群人搞不好还会追来。

他又给季旻越打了电话，拜托对方帮自己再喂几天猫，季旻越说感觉自己就是个工具人。

宋晴岚与季雨时去了两人之前都没去过的城市。

在假期的第五天，宋晴岚接到了汪部长的电话。

季雨时在这座城市的市立图书馆流连忘返。

纸质书的减少，使得很多书籍都成了绝版，季雨时无法将它们借走，便拿出了量子波动速读小天才该有的速度，在图书馆里一目十行地阅读。

“小宋，假期过得怎么样？”汪部长一如既往地和蔼。

“还不错。”宋晴岚说，“您打电话给我，该不会是通知我假期就这样结束了吧？”

“虽然还不是通知你假期正式结束，但是也快了。”汪部长说，“我打电话是想告诉你，任务评级与奖励基本上确定下来了，可以按照母系统给的方案来评级，你们每个人的评级都有进阶。”

宋晴岚听到这里，并未非常高兴，而是皱起了眉，心中有了不好的预感。

“但是……”果然，汪部长顿了顿，“季雨时的奖励要求，可能暂时无法完成了。”

“为什么？”宋晴岚问。

“他的心理评估报告不合格。”汪部长语气严肃了些，把话说得更清楚，“综合任务报告，他的分数太低了。”

在气泡世界，季雨时可是能通过假象隐瞒专家，得出完美心理评估分数的人。

宋晴岚冷笑一声，并不是针对汪部长，而是针对这可笑的机制，开口道：“因为他这一次是全部说了实话？这些专家到底有没有头脑？他们到底是想看真的还是假的——”

“不是。”汪部长打断了他的话，“不是因为这个。”

宋晴岚问：“那是因为什么？”

汪部长深深地叹了口气，然后才说：“小宋，你们的任务报告里说，在‘魔方’任务中遇到了两个人？其中一个是个戴眼镜的中年人。”

宋晴岚记得那个人，也记得微胖的中年人叫那个戴眼镜的男人

“老盛”，但这和季雨时有什么关系？

汪部长说：“那个人，就是十几年前负责天穹部分研发项目的科学家，盛云。”

宋晴岚惊讶道：“他就是盛云？”

谢思安曾经提过这个人，宋晴岚没想到自己在“魔方”里亲眼见到了他本人。

“对。”汪部长说，“十几年前，他被发现死于家中，死因是自杀。不幸的是，他年仅八岁的儿子是第一个目睹现场的人。”

宋晴岚如遭雷击，恍然明白了一切，明白了谢思安为什么说季雨时与盛云很像，更明白了谢思安说的那个小孩是谁。

“季雨时，原名盛晗。”汪部长揭开了谜底，“你们在‘魔方’里见到的那个人，就是他的亲生父亲盛云。”

宋晴岚紧紧拿着手机，几乎要把它捏坏。季雨时在“魔方”里的表现一幕幕在他脑海中重现，对方坐在原地冷静地手握游戏机，还有那句被当作祝福的道别……

汪部长接下来说的话机械地传入了他耳中。

“经评估，季雨时见过盛云后便情绪失控，选择了直接前往案发当日，心理状态极其不稳定。上级已经将他的评级奖励延后，他需要等待下一次评估。”

34.

宋晴岚挂断电话，从僻静的楼道返回图书馆内。

这家图书馆是一座非常有现代感的建筑，内部呈锥形，透明的踏步楼梯采用了彭罗斯阶梯的概念，有大型机关供阅览者们通往不同的楼层。

透过那些变化着的楼梯，宋晴岚一眼就看见了坐在桌前认真阅读的人。

季雨时身边垒起了高高的一摞书，看样子他短时间内不打算挪动地方了。

他看书不需要做笔记，翻页的速度也比普通人快，神情却比所有人都要专注。

有人说，患有超忆症的人能清楚地记得人生中的每一个细节，大到世界转折，小到脑海中产生过的每一个想法。他们过目不忘、求知若渴，使得他们极易成为某种意义上的天才。

但这是第一次，宋晴岚强烈地希望季雨时只是一个普通人。

他希望季雨时会粗心地看错题目，会因忙着出门而忘记喂猫，会在大街上遇到高中同学却叫不出对方的姓名。

季雨时安静地坐在巨大的、似乎望不到头的书架旁，神情放松。

假期的这几天，他比任何时候都要快乐。

“怎么了？”察觉宋晴岚回来了，季雨时抬头问，一双眸子清澈干净。

季雨时，原名盛晗。蓦地，这双眸子和幼时的一双眼睛重叠了。

宋晴岚仿若醍醐灌顶，关于宁大附小幼儿园，关于那个他快要记不清长相的小女孩……

这一路季雨时可没少暗示和提醒他，但是由于季雨时本人爱记仇又有恶趣味，恐怕是对被误当成小女孩耿耿于怀，所以才这样捉弄他。

宋晴岚拉开他身旁的凳子坐下。

这一层人很少，长桌旁更是只有他们两个人。

时光长河流淌，奔流向前。

当年的懵懂小孩成长为今日的成熟男人，曾有过短暂交集的两段人生，竟在十几年后再次有了交集。

奇妙的时间，非凡的缘分，让宋晴岚心潮澎湃，他直接问道：“你是什么时候认出来的？”

季雨时不解：“什么什么时候？”

宋晴岚眼中有一丝笑意，又有种说不出来的责备意味，像是拿他无可奈何，又问：“你是什么时候认出来我就是幼儿园那个追着你跑的小胖子的？”

宋晴岚拉开季雨时的手，合上他面前的书，让他只能专注地看着自己。

宋晴岚突然喊道：“晗晗。”

季雨时微微一怔：“你怎么……”

宋晴岚却再次问：“你小时候怎么穿裙子？”

季雨时呼吸一顿，勉强解释道：“那是表演节目，不是男扮女装！是你自己男女不分，非要天天跟着我，我怎么知道你把我当女生？”

假装听不出他话里的嫌弃意味，宋晴岚自顾自地指控道：“我走的时候你还哭了。”

“我没有。”

“你有。”

“我没有。”

“你有。”

仿佛一瞬间回到了幼儿园，两人幼稚的对话进行了好几个回合，宋晴岚又问了一次：“你是什么时候认出我的？”

季雨时终于正面回答了这个问题：“在江城第一次见面。”

那次他和汪部长一起参观基地，突然有人推门而入。来者身高腿长，面容英俊，却带着一股令人不太舒服的匪气，嚣张跋扈。

汪部长介绍：“他叫宋晴岚，旭日晴，山风岚……”

人的面孔会因为成长而发生变化，但大致方向有迹可循，何况对季雨时这种行走的人脸检索器来说，分辨面孔更加容易。

他原本还带了一丝怀疑，觉得这过于巧合，却在汪部长介绍后确定了答案。

“那么早。”宋晴岚忍不住低骂一声，笑道，“那时候为什么不告诉我？”

季雨时说：“因为那时候觉得你的嘴脸很讨厌。”

宋晴岚笑出声，胸腔都在震动：“说得也是，我看那时候你就不知道给我记了多少笔！不然后来怎么会瞒我这么久？”

季雨时不是喜欢让人猜的类型，只要宋晴岚问，他就一定会说，可重点就是这句“只要宋晴岚问”。

“明明什么重要的事情都告诉我了，偏偏这个不说。”宋晴岚又问，“为什么把名字改了？”

季雨时说：“名字只是一个代号，其实不重要。”

宋晴岚拧起了眉头，这句话季雨时之前也讲过，他当时不觉得有什么，此时却直觉这句话颇含深意。

果然，季雨时慢慢收起了脸上的微笑，问道：“刚才是汪部长给你打电话了？”

一切都在季雨时的意料中，原来，他也没想要在宋晴岚面前将自己就是“晗晗”的事情瞒多久。

“是。”宋晴岚说，“如果不是你做的任务报告，我到现在也不知道你在‘魔方’里……遇到了你父亲。”

宋晴岚几乎可以想象出季雨时当时的心情，也可以想象出当盛云说出那一句“巧了，这位小哥手里的游戏机，我儿子也有一部差不多的”的时候，季雨时那句“是很巧”回答得有多艰难。

因为，送他游戏机的人，就在他眼前。

可是，世界上没有真正的感同身受。

所以，季雨时当时的心情，宋晴岚永远也无法百分百体会到，光是品尝到其中的一两分滋味，他心中就已经苦涩难堪。

他们父子二人相遇在不分过去与未来，交错在一起的时空里。

时间在那里没有先后顺序，只要轻轻的一句话，一句简单的提醒，或许就能彻底改变他们的命运。

而季雨时只是坐着，眼睁睁看着父亲离去，然后再对队友们说："我们走吧。"

"回来以后，我其实一直在想一个问题。"季雨时缓慢地说，"你说，他有没有认出我？"

宋晴岚的心像被人狠狠地揪了一下。

这个问题问得很残忍，到底应该回答有还是没有？他不知道。

如果说有，那么盛云未免太绝情，如果说没有，季雨时也会很失望。

因为宋晴岚知道，季雨时清冷的外表下有一颗纯粹的、孩童般的心。

幼年失怙，无论长到多少岁，他都和世界上的所有小孩一样渴望来自父亲的亲情。

"谁知道晗晗长大了会这么好看。"于是，宋晴岚这样回答，"连我都没认出你，他肯定也是没有的，你的变化太大了。"

季雨时眨了眨眼睛，道："哦，你说我小时候特别好看，原来是骗我的。"

宋晴岚失笑，他没想到季雨时这么快就开起了玩笑。

季雨时重新说回了之前的话题："至于我改名字……"

宋晴岚道："是和你父亲的'自杀'有关系？"

见季雨时点头，宋晴岚分析道："你说你曾经在楼道里碰见过凶手，这明明是一桩没有破案的凶杀案，而天穹却把这个案子定义为‘自杀’。”

这其中，必定有千丝万缕的联系。

季雨时从没想过他有一天会遇到这样一个人，让他能把所有的秘密都讲给对方听。

因此，他整理了一下心情和思路，准备把这些年能想到的线索和谜团都告诉宋晴岚。

“那几年，短时间内的时空跃迁已经发展得很成熟了，如果真的想要破案，其实很快就能锁定凶手，何况我父亲本来就是天穹内部的重要研发人员。”季雨时道，“但与之相反的是，这个案子不仅结案晚，而且对我还有许多没完没了的问询。我母亲死于车祸，去世得很早，父亲走后，我便没有了法定监护人。老师想要保护我，便办理了收养手续，让我更名换姓，用法律手段把我彻底圈了起来。”

他失去了父亲，连姓名也失去了。季教授告诉他，名字只是一个代号，并不重要。他骨子里还是团团，还是盛晗。

但季教授没有想到的是，季雨时由此受刺激，患上了超忆症，即便换了一种身份生活，也从来没有放弃过想要追寻真相的决心。

随着岁月的流逝，当年负责盛云案的核心人员早已更迭，这个案子不再有阻力。

当年的盛晗长大后顺利进入了天穹，他凭借出色的能力得到了记录者部门的肯定，在各级都默认的情况下，开始做任务赚取积分。

季雨时说：“我觉得，我父亲的死亡，和这个‘所有时代意义上的天穹’有关系。”

宋晴岚皱眉道：“他是研发组的一员。”

据说当年的研发组成员疯的疯死的死，看来不是传闻。然而，“所有时代意义上的天穹”却最终成型并投入使用了。

“不仅是这样。”季雨时看着他说，“‘魔方’也是他参与设计的。”

宋晴岚神色变了，深感震惊。

“魔方”变化莫测，甚至能在某种意义上真正地做到将“所有时代”聚集在一个点。所以他们能见到来自一年前的林新阑，能见到几十年后的Zoe，甚至还有来自不同纪元的森田佑。

“他曾经送过我一个参加会议的纪念品，是一个真正的魔方。”季雨时说了自己在“魔方”里做的那个梦，然后道，“我对这件事不确定，也不知道‘魔方’具体是怎么设计的，所以最开始我也不知道要怎么破解。后来找到了破解办法，我仍没确定这一点，直到他和同事一起出现，我才确定，‘魔方’的设计他真的有参与。”

不是守护者的人，却出现在了该由守护者完成任务的时空里。

当时的事略过不提，季雨时问宋晴岚：“你不觉得‘魔方’这个任务本身就很奇怪吗？”

宋晴岚道：“愿闻其详。”

季雨时继续说：“先前的‘衔尾蛇’‘卡俄斯’，至少是有目的性的任务，不管是毁灭一个崩溃的世界也好，还是关闭一条时空的裂缝也好，我们都知道我们那样做是为了什么，因此逻辑贯穿任务始终。但是‘魔方’……”

“做了个寂寞。”宋晴岚适时吐槽，“‘魔方’看着是挺厉害，阵仗也挺大的，但我们做完了都不知道为什么要做，只知道时间线挺乱，拼好了就算完事儿。”

“你说得对。”季雨时表示赞同，然后说出自己的想法，“它本来就是个半成品。”

“半成品？”宋晴岚不解。

“是的。”季雨时点头。

“或者说它本来就没有什么目的，因为它只是一个构思，一个试验。”季雨时道，“他们在试验，如果时间线完全被打乱，有没有可能用一种方法，将来自不同时空的、彼此间毫无联系的守护者汇聚在同一个时间点，不管他们是来自未来还是过去。这是一个很大的概念——所有时代同时存在。”

时间本来是流线性的，有先后顺序。事物在这个顺序中产生变化的过程，就是时间本身。

但，如果时间是一汪水呢？

它没有头尾，不分先后，静止在那里，只随着事物的改变产生波澜，但永远保持原本的状态。

那么，在某种意义上，人们将生活在另一个维度。

宋晴岚不寒而栗，季雨时的感受也和他差不多。

宇宙浩渺，人如蝼蚁。人类文明再发达先进，人类也不是真正的神，这个构思光是听听就让人觉得十分可怕。

季雨时说：“我不知道是不是因为发现这个研发项目违背自然原理，所以他们才……”

说到这里，他似乎难以继续，听得出喉咙哽塞，连语气也缓了一下才缓过来，接着道：“最终项目叫停，在所有人都不知道的地方，产生了‘所有时代意义上的天穹’，产生了这个高于项目也桎梏项目发展的天穹母系统。”

“这就是你那天说的智能系统。”宋晴岚抬手抚了抚季雨时的背，“也就是负责维稳的母系统。”

前事种种，如一团迷雾。他们深陷其中，只有找到一个突破口，才能彻底了解真相。所以，季雨时必须回去。

两人在图书馆待了一会儿，季雨时问：“我们的假期是不是结束了？”

汪部长来电，就预示着假期的结束，他们都有这样的自觉。

“是。”宋晴岚说，“好短。”

季雨时轻轻地叹了口气。

宋晴岚笑道："怎么，觉得没玩够？"

季雨时"嗯"了一声，看着窗外，不知道在想什么。

宋晴岚说："不过，我们的任务奖励都下来了，经过申请，可以在领取奖励以后再返回工作中。"

季雨时看向宋晴岚，好像在等着宋晴岚告诉他最终的结果。

"江城分部想要你加入的愿望十分恳切，汪部长给林部长连打了好几个电话挖墙脚。"宋晴岚道，"所以她同意你当时的要求，让你先处理完私事再正式做决定。"

"真的？"季雨时不算兴奋，宋晴岚讲这么多别的话题，却偏偏不说重点，聪明如他，已经猜到了一部分原因，"是不是我的心理评估没通过？"

宋晴岚点头："是。"

季雨时不说话了。

"为什么失望成这样？不是还有我吗？"宋晴岚睨他，嚣张道，"我累积下来的有两个奖励，经过申请，我已经成了你的临时监护人，上面同意我带你一起回到那一天了。"

季雨时怔住，问："你把两个奖励都用了？那……如果你还想要别的怎么办？"

宋晴岚随意地站起来，替他抱了一摞书准备交给旁边的机器人，说："走了，季顾问，餐厅订了六点钟的，抓紧时间，吃完饭我们就得返程。"

季雨时也站起来，认真地建议："我可以等待下一次评估，你不用把两个奖励都用掉。"

宋晴岚却说："我想要的奖励只有一个。"

季雨时问："是什么？"

“我说过很多次了。”宋晴岚走过来，“我要你留下来。”

35.

一天后，天穹江城分部，第三指挥中心更衣室。

宋晴岚先一步换好衣服，从更衣室走了出来。

除了他与季雨时，七队其他人尚未归队，仍在假期中。

这是宋晴岚第一次见到这么安静的更衣室，七队其他人都还不知道他们的宋队与季顾问将从现在回到十几年前，去进行一次与任何任务都无关的时空跃迁。

宋晴岚再次检查了自己手腕上的通信器，听到开门声，见季雨时也走了出来。

和宋晴岚一样，季雨时也身穿一件款式过时的上衣，搭配十几年前流行过的破洞牛仔裤，脚上还穿着一双浮夸的滑板鞋。

“得，我们可以去拍电影了。”宋晴岚道，“两个与世隔绝、从偏远村落初来大城市的傻蛋。”

十几年前的穿着用现在的眼光来看的确有点土，压根和“复古”两个字不沾边。

何况指挥中心的人为了让他们更好地融入那个时间段，更是把他们往土的方向打扮，宋晴岚这辈子还从没这样穿过。

季雨时告诉他：“这算好的。有一次执行任务，我还穿过臭虫装。”

宋晴岚不解：“臭虫装？”

“嗯，扮乞丐。”季雨时现在想起来仍有些不舒服，说得很快，“他们真的给我找了一件乞丐穿过的衣服，有跳蚤的那种。”

说到这里，他加重了语气：“你能相信吗？跳蚤。”

听着高冷的季顾问话里这浓浓的怨念，宋晴岚有些想笑，说：“那这次真的算好了，我感恩。”

季雨时对回到过去这一套已经很熟悉了。

天穹对时间完整性各方面的准备都算得上严谨，回到过去时间段的人，被要求尽量将自己的存在感降到最低，确保不会以任何方式对过去的时间线造成干扰。

作为一名执行过八十九个任务的有经验的记录者，季雨时上一次从“魔方”任务中得到奖励后，未经任何准备就直接回到了过去，是非常不负责任、不计后果的表现。

他的心理评估之所以不合格，完全是因为这一点。

两人都乔装完毕，默契地走向指挥中心。

他们刚走出门，经过走廊时，突然发现前方有些骚动。

这一次不是执行任务，只有两个人的跃迁用不了多少人，所以仅有汪部长等几个知情人士在场协助。可眼下走廊尽头人很多，同事们呈高度警备状态，小跑着忙碌。还有不少医疗中心的人出现在那里，推车、液体、急救设备拿进拿出，这是有队伍出重要任务回来后才会有的阵仗。

有同事从他们身旁经过，宋晴岚拉住一个人，问：“发生什么事了？”

那位同事行色匆匆，回道：“那个十二队回来了！”

宋晴岚与季雨时俱是一怔。

宋晴岚仍拉住那人没放，又问：“十二队？”

天穹江城分部眼下有数十支小队，其中当然有小队编号为十二。可目前这情况，尤其同事说的是“那个十二队”，显然此十二队非彼十二队，否则他们不至于闹出这么大的动静。

“是十五年前出任务后失踪的那个十二队！”同事还在震惊中，拨开宋晴岚的手，“宋队，回头再说！”

说罢，他也走入了走廊尽头的人群中。

宋晴岚看向季雨时，季雨时正好也在看着他。两人对视一眼，心中都是惊涛骇浪。

在时空的裂缝中，他们救了十五年前的十二队，因为过去与未来两条时间线交叠，不能自洽，所以才产生了气泡世界。

他们都知道，这次回来完成详细的任务报告后，当年那支天穹十二队叛逃的罪名一定会被洗刷，天穹将会还十二队一个清白，但他们没想到十二队还会回到现在的时空。

脚如同被钉住了一样，他们站在了原地。

季雨时视力极佳，他的视线穿过人群，精准地在人群中捕捉到了一张面孔。

时光在两鬓斑白的中年部长身上倒流，痕迹如丝般抽去，与人群中这张年轻的面孔重叠。

暴雨中，镜子投射的城市如万花筒。

雨水顺着年轻队长的脸流下，他拔出枪，枪口对着叛徒："谢思安，我以时间见证者之名，以时间守护者之名，判你叛逃之罪。"

齐朗身穿黑色作战服，胸口写着一个"12"，身边站着几位同样穿着的队友。其中一位双手反剪被铐在身后，神情阴鸷，正是谢思安。

他们跨越十五年的时光，归来仍是年轻时的模样。

现场人头攒动，十二队被人们簇拥着往外走，无人注意到当时在时空裂缝中遇到过的那两个人，与他们擦肩而过。

随着传送舱开启，一群人都离开了地底，基地的走廊重新恢复了安静。

宋晴岚眉头深锁，问："怎么会这样？"

季雨时若有所思，沉默了一下才说："和我们之前想的一样……"

宋晴岚紧绷的神色松懈些许，说：“你是说‘所有时代同时存在’这个概念。”

“是。你觉不觉得，时空裂缝里的情况和‘魔方’里有些相似？”季雨时说，“如果当年的那个构思真的研发成功，那么像今天这样的情形将会很常见。”

但这不是他们眼下应该操心的事情，或许等他们回来以后，能得到更多的信息。

两人来到第三指挥中心，这里一切如常，人们都在各自的岗位上工作，可能是还不知道十五年前的天穹十二队回归这件大事。

【1456.06.25 14：23：07】

巨大的系统投影上显示着当前时间坐标。

汪部长与总指挥都在，简短地和他们说了两句话后，汪部长便接到了电话匆匆离去，见她的神色，应该是接到了十二队回归的通知。

临走前，她看了看季雨时，然后对宋晴岚说：“早点回来。”

宋晴岚颔首：“您放心。”

汪部长走后，询检师上前用仪器替他们做最后一次身体检查，确认当前状态是否适合跃迁，调度师则开始测试他们的皮下通信器与目的时间坐标的配合性。

一切似乎都和以前出任务时没什么不同，直到他们被分配了模拟面孔。

“回到过去的时间线，为了最大限度地保持时间线的完整性，我们得降低自己的存在感。”总指挥走了过来，“小季在这一点上比较有经验，他受过专业的训练，倒是小宋你——”

总指挥声音一顿，大家都明白他为什么这样说。

宋晴岚的存在感实在太强烈了，就算他模拟出一张没有什么记忆点的面孔，他的身材与身高都非常引人注目。

“上次出任务前，你在会议上说任务结束后要向我申请S级任务。谁知道你们出去一趟，别说S级任务，甚至连超S级任务也做了。”总指挥没有要为难他的意思，话锋一转，道，“小宋，这一次你什么也别说，不要再立目标。”

季雨时：“呃……”

宋晴岚：“是！”

倒计时五分钟。

“为了挽留人才，小宋能帮助队友到这一步，牺牲很大，精神可嘉。”总指挥表扬了宋晴岚，然后看向季雨时，“季雨时，有队长亲自帮忙，祝你成功解开心结，尽快成为我们守护者的一员，作为左右手回报宋队的帮助。”

季雨时垂着睫毛，道：“谢谢总指挥。”

两人进了传送台，这一次没有队友们的陪伴，传送台上只放了两个胶囊舱，昭示着他们将在跃迁中彼此依靠、生命紧密相连。

胶囊舱舱门开启了。

季雨时前进一步，却突然被叫住：“季雨时。”

宋晴岚已经大步走了过来，玻璃罩外众目睽睽，他抬手伸到季雨时面前。

季雨时愣了一下，随后自然地伸手与他交握，两人相视一笑。

旁边是精密运作的机器设备，是第三指挥中心的所有同事，是多少见证过他们上次出任务的人。

就算被传送台上的玻璃罩隔绝了所有声音，季雨时也仿佛听见了所有人在倒抽凉气。

“正式宣布一下，我们和解了，现在关系很好。”宋晴岚眼神如寒潭，嘴角却勾出一个邪气的弧度，“让他们知道这不叫牺牲，我也不需要你回报。”

到了这一刻，季雨时才发现自己的心跳得有多快，甚至整个人微不可察地发着抖，掌心遍布冷汗。

与上一次独自去往那一天不同，与他长久以来的幻想也不同。这一次，他会真正面临那件事，且不再是孤单一人。

银白色的胶囊舱安静伫立，只要他踏入其中，就将开始一段与过去那个自己告别的旅程。

“走了。”宋晴岚松开手，率先坐进了胶囊舱。

季雨时也随之坐进了胶囊舱。

倒计时一分钟，舱门关闭，安全锁扣从他的小腿开始逐步往上包裹，左手手腕的通信器发出了绿光。绿光不再是六个点，而是仅有一个小点，那是宋晴岚的当前位置和身体状态。

【您已连接到公共频道。】

短暂的提示后，透明面板上显示出天穹定律。

【我是时间见证者，我在此宣誓。】

【绝不改变过去！】

【绝不谈论现在！】

【绝不迷恋未来！】

公共频道里响起了宋晴岚的声音：“准备。”

像第一次通过皮下通信器听到宋晴岚的声音一样，季雨时轻轻捏住了安全座椅扶手，准备在号令下出发。

谁知宋晴岚突然在私人频道叫了他的名字：“盛晗。”

季雨时霎时握紧了扶手，用力到指尖泛白，没人知道此时这两个字对他来说意味着什么。

那道好听的男声对他说：“出发。”

【1439.04.06 06：00：21】

胶囊舱降落在了城市僻静处，悄无声息地隐藏了起来。

清晨，天下着小雨，两人行走在安静的街道上，都没有说话。

模拟面孔遮住了季雨时的脸庞，让宋晴岚看不出他现在的真实情绪。

街道上偶有行人，他们走了很久，经过街角一家老字号蛋糕店，遇上了刚从店里出来的顾客。

当与这些人并肩走过一小段路程时，有那么一刹那，宋晴岚差点分辨不出哪一个才是季雨时，好在他们走的始终是同一个方向。

春天，下着雨的天气，空气中带着丝丝寒意。

季雨时忽然停下脚步，躲在了拐角处。

宋晴岚也停下来，问："怎么了？"

似乎是太冷了，季雨时说话时牙齿打着战："前面，十点钟方向。"

宋晴岚朝他说的方向看去。

只见街边的长椅上，坐着一个身穿黑色作战服的人。

那人脸庞俊秀，气质清冷，面色苍白，手中握着一个小蛋糕。雨丝中，他正垂着头，一动不动地盯着小蛋糕看。

宋晴岚收回了视线，也靠在了墙壁上。

季雨时看着宋晴岚，呼吸有点乱，再次面对这一切，让他有些无所适从。

宋晴岚的脸是陌生的，眼神与语气却一如既往："你上次一个人偷偷跑来，还背着我们吃了小蛋糕？"

36.

这不是小蛋糕的问题，宋晴岚又问了句什么，季雨时没有听清："啊？"

宋晴岚问："味道怎么样？"

他紧紧盯着季雨时的脸，还是用那种轻松的语气说："你傻坐着，盯着蛋糕那么久都没有下口，是不是太难吃了？哪儿来的？"

上次季雨时回到这一天，身上并没有钱，因为设备限制，他也无法进行移动支付，所以宋晴岚才有此一问。

"蛋糕店老板娘送的。"季雨时答道，"很好吃。"

至少，和他记忆中的味道一模一样。

季雨时的思路跟着宋晴岚的话在跑，这样不着边际的话语很好地缓解了他此刻混乱的心情，将他拉回了他原本的现实里，让他重新变得头脑清晰。

"老板娘这一年才三十岁。"他背靠墙壁，回复宋晴岚的话，"我小时候经常光顾她的店，她人很好的。"

宋晴岚露出一点笑意。

蒙蒙雨雾中，季雨时说话的声音似乎也变得朦胧了些，他接着道："出事那天，我放学回家也买了她家的蛋糕。"

身处十几年前的那一天，记忆却变得遥远，即使季雨时还记得那一天的每个细节。

"我买了四个蛋糕，如果父亲加班到很晚的话，我也不会饿。他一般晚归时都会在常去的那家餐厅打包饭菜，有时候还会带回来餐厅里的小卡片，上面有香水味。餐厅的女老板想追他，他不懂。我后来想过，如果我早点提醒他就好了。说不定他会有一场约会，到了那天，说不定就会有不一样的情况发生了。"

世界上没有如果，他们都懂，但宋晴岚没有出声反驳或者安慰他。

这一天注定是属于季雨时的一天，是属于盛晗的一天。

他们在屋檐下站了一会儿，路上的人渐渐变多了。

时不时有路人朝他们投来目光——大多是因为宋晴岚个子太高，

有些引人注意。

好在路人都赶着去上班或者去早市，没有在他们身上留下太多注意力，因此他们也未做调整。

过了十几分钟，宋晴岚从墙角看了外面一眼。

只见上次来到这一天的季雨时还坐在长椅上，竟然还在对着小蛋糕发呆。

“你在那里坐了多久？”宋晴岚问，“什么时候离开的？”

“七点四十四分离开的。”季雨时记得很清楚。

那件事发生的时间大概是七点五十分，上一次他下定了决心，临到时间却断然离开。

宋晴岚看了下时间，现在是七点十六分，距离案发时间还有差不多三十分钟。果然和上次季雨时偷跑回来向他交代的差不多，季雨时把这次机会用来发呆了。

“怎么了？”季雨时有些紧张地问。

宋晴岚刚要回答，却微微一怔。

距离他们不过十几米的位置，那个身穿黑色作战服的季雨时正习惯性地从口袋里拿出了游戏机，一张纸顺着他的动作掉了出来，金闪闪的，飘落在地。

那是一张金色的锡箔纸，包过巧克力的那种。

季雨时把它捏在指间，低着头，看不清表情。

他们在“魔方”里时，宋晴岚曾悄悄给了他一颗巧克力，只有他们两个人知道。

看到这一幕，宋晴岚恍然明白了什么。

他明白了他曾经不起眼的举动对一个封闭内心的人来说意味着什么，他明白季雨时想要与世界产生联系的渴望，也明白了季雨时对他的信任。

所以，季雨时才会回来。

宋晴岚低头道："突然好感谢我自己给你巧克力。"

季雨时："嗯？"

时机、场合都不对，现在不是谈这些的时候。

因此，宋晴岚只轻轻一笑，就此略过，提起了别的，还对季雨时进行现场情况播报："现在，另一个'你'开始玩俄罗斯方块了。"

季雨时当然知道十几米之遥的另一个自己在干什么。

宋晴岚问："如果我们现在路过的话，另一个'你'会不会发现我们？"

另一个季雨时所坐的长椅是进小区的必经之路，宋晴岚不太确定现在适不适合做这样的事。

或许他们应该不进小区，而是等待另一个季雨时离开长椅。因为只要他们抓紧时间，还是能赶上小盛晗遇到的那个凶手进入小区。

只要他们能占据绝佳位置——那条长椅，便能看清路过的凶手的脸。

"应该不会。"季雨时说，"在我的记忆中，上一次的'我'没有看到过两个鬼鬼祟祟的可疑分子。"

宋晴岚："呃……"

季雨时做过那么多记录者任务，其中不乏做上好几次才成功的。因此，他对于同一个时间点同时有好几个自己存在这种情况接受良好。只不过，他也是第一次再回到过去的时间点，遇到不能被另一个自己看见的情况。

任何一点差错，都可能会让过去的自己改变主意，哪怕那样的概率很小，他们也不能冒险。

"但我们还是可以等一等。"季雨时看了看表，想法和宋晴岚一样，"凶手早晚会从这里经过，等另一个'我'走了再过去不迟。"

【1439.04.06 07：44：12】

从“魔方”任务结束的奖励中而来的季雨时离开了长椅，在黑色作战服的衬托下，那背很是单薄，消失在了街道尽头的细雨中。

躲起来的两人走出街道拐角，沿着屋檐一路走到了长椅处。

长椅立在路边的木栅栏旁，春日里，绿茵茵的黄木香长得茂盛，将这里围成了遮阳避雨的一方小天地，似乎还残留着另一个季雨时留下的暖意。

长椅上放着一个小蛋糕，它的主人把它遗忘在了这里。

季雨时捡起了它，走了两步，将它随手放进了一旁的垃圾桶里。

谁能想到，他还能替十几天前的自己收拾湿垃圾呢。

小区正门口是一条大路，算是主干道。

两人在这里更加显眼了。

季雨时坐到了长椅上，宋晴岚则站在离长椅稍远的另一头，他们看上去素不相识，只是恰巧都在这里避雨等人而已。

他们默契地没有讲话，都在注意着时间的靠近。

【1439.04.06 07：49：45】

五分钟过去了，主干道上一切正常，没有可疑人士。

季雨时有些坐不住了。

宋晴岚靠着木棚立柱，手中捻了一片黄木香的叶子，不动声色地看着小区周围。

时间过得很快，也很慢，一分一秒都被拉得无限长，却又在急速地消失。

【1439.04.06 07：51：45】

“如果他本来就在小区内，而不是现在才从这里进去的呢？”季雨时腾的一下站起来，顾不得那么多，神色不安地道，“那时候我并没有看过具体的时间，不确定到底是几分几秒，但是‘我’应该快出来了，八点十五分要上第一堂课。”

他说的是赶去上学的另一个他，年仅八岁的小盛晗。

如果再等下去，他们会等到走出小区的小盛晗，那就说明他们错过了关键时间点。

宋晴岚也想到了这一点，当即道：“一起进去。”

季雨时嘴唇失了血色，细看之下，竟在微微颤抖。

宋晴岚走过去抓住他的肩膀，快速道：“不要着急，就算我们错过了关键时间点，也能看到凶手行凶后出来的样子！”

季雨时当然是明白的，这一切反正也无法改变，父亲的死早已是定局。他到底是看到行凶前的凶手，还是行凶后的凶手，都不影响他回去结案。

可是，他即便明白这一点，也无法眼睁睁地看着父亲去死。

就像……只要提前看到凶手，他便能阻止这一切。

这是一种本能，这想法很危险。

雨下得大了些，两人并没有带伞，浑身冰凉。

宋晴岚快速拉起季雨时的帽兜，替他戴在头上。

这一切宋晴岚做得很细致，做完后，宋晴岚又拍了拍他的背，给他加油：“不怕，我们一起。”

季雨时：“嗯。”

两人一头钻进了雨幕中。

没走几步，季雨时忽然停住了脚步，脸色变得苍白，道：“宋晴岚……”

雨幕中，宋晴岚鼻尖挂着水珠，问：“怎么？”

季雨时身上被雨水打湿了，原先老土的橡皮粉连帽衫颜色变得很深，乍一看去，几乎成了紫色。他毫无记忆点的模拟脸孔被帽兜遮住一小半，雨丝落在他的眉毛与睫毛上，令他的眉眼显得漆黑，整个人苍白如纸。

“我知道了。”他说，“我……”

不等宋晴岚询问，他便握紧了拳头，指甲攥得手心生疼，一个字一个字地说：“我得一个人进去。”

宋晴岚直觉不对劲，严厉地拒绝：“不行。”

季雨时没有说话。

宋晴岚替他擦去脸上不知道什么时候滑落的泪水，大拇指擦他过长而浓密的睫毛，在雨声中对他说：“我是你这一次的监护人，你一个人进去，不能保证会发生什么。”

季雨时抬头看他，眼中神色让人心惊：“已经发生过了。”

宋晴岚心中升起寒意，问：“什么已经发生过了？”

“没时间了！”季雨时浑身都在发抖，抓住他的衣服，用力到关节泛白，咬牙道，“我得去论证！你必须让我一个人进去！在既定的时刻完成既定的事，你忘了？”

在既定的时刻完成既定的事，这句话点开了绝对信任的开关，宋晴岚心中巨震，放开了他。

季雨时也松开了手指，转过身进入了小区，没有再回头。

花草繁盛，一切如旧。

季雨时梦中回来过无数次，哪一次都比现在更真实。

一步一步，他如行尸走肉般上了楼，见物业前不久才清理过的小广告贴得到处都是。

一层一层，楼道灯光亮起。

他踏过九级台阶，来到了楼梯拐角，眼前出现了一个身穿黄色雨衣、背着双肩包的小孩，长得有点乖，手拽着书包带子。

他停下脚步，看了看这个小孩。

小孩也抬头看他，那双眼睛干净清澈，天真无邪。

命运是一个圆。

他们擦身而过。

37.

“里面的情况怎么样？”脑海中传来宋晴岚的声音。

皮下通信器里，宋晴岚尽量保持着一贯的理智沉着，但尾音不可避免地泄露了他心中的焦急。

季雨时迈上又一级台阶，脚步机械，闻言一顿。

“季雨时。”宋晴岚厉声道，“说话！”

楼道里恢复了安静，另一个脚步声消失了。

季雨时回头，通过楼道的窗户看见了楼下那个背着书包的小小背影。

黄色雨衣是防水布材质，轻飘飘的雨丝落在上面，形成了密集的水珠。

小孩穿过香樟树投下的阴影，很快消失在了视野中。

“是我。”季雨时在脑海中回复宋晴岚，语气比他想象中要冷静许多，“我当年在楼道遇到的所谓的凶手……穿紫色连帽衫，看不到面孔的那个‘凶手’，是我。”

两人一直等不到凶手出现，直到宋晴岚亲手替他戴上帽兜，他被雨淋湿的那一刻，才明白这所有的事情。

宋晴岚呼吸暂停了两秒，紧接着低声快速地骂了句脏话。他也明白了季雨时所谓的论证到底是要论证什么，所谓的“在既定的时刻完成既定的事”指的又是什么，他们在“衔尾蛇”任务中早已经历过这样的论证了！

别说是身在其中的季雨时，这时就连他这个局外人掌心都满是冷汗。

没有凶手，那么盛云真的是自杀的？还是会有别的凶手？

宋晴岚几欲冲进小区，因为他比任何时候都要了解季雨时现在的处境与心情。

可是，他无法在这种时候去安慰季雨时，也无法在这种时候去插手接下来的一切。

震惊之余，宋晴岚只能强行压下心中的暴躁并迅速问道："你打算怎么做？"

季雨时开口道："我打算……继续。"

他重新迈开步子，往楼上走去。

十七年时光中乌云压顶，他在苦寻一张他记不起来甚至以为没看到过的脸，却从没想过那竟然是自己。

一切是因，一切也是果。

他现在做的一切，哪些是他当年做过的，哪些又有了改变？他不知道。

他只能遵从自己内心的第一直觉，去执行它，或许这样才会真正画完这一个圆——这也是他能找寻到真相的唯一办法。

听到他的回答，宋晴岚在私人频道中的声音低得可怕。

"好。"他说，"我在这里陪着你。"

季雨时不清楚自己有没有回应这句话，或许应了一声"嗯"，或许没有。

季雨时在新的一层停下了脚步，没留意到自己的呼吸变得十分急促，也没留意到自己的心已经跳得那么快。

眼前是一扇熟悉的黑色旧门。

一分钟前，八岁的盛晗关上了它，出门去上学。

十七年前，季雨时在这里与父亲永别。

他抬手按响了门铃，无人应答。

他再次按响了门铃，因为他知道父亲此时还在家中。

这一次，门开了。

戴着眼镜的年轻教授出现在门缝后，看了看门外的他，开口问："你是？"

听到盛云的声音，私人频道里，宋晴岚的呼吸骤然紧绷。

季雨时睫毛轻轻颤动，不知是因为模拟面孔，还是因为到了这一刻他已经崩溃到麻木，看上去很是平静自然，道："盛老师您好，我叫季雨时。"

不是盛晗，是季雨时。

名字是一个代号，却足够改变他一生追寻的目标。

"季雨时？"

"是，是季教授叫我来的，我能进去吗？"

听到是好友叫人来的，对方又正好姓季，盛云仅犹豫一瞬便点了点头："你进来吧。"

季雨时迈进了家门，这一步，无人知道对他来说有多重要。

属于父子二人居住的房子里毫无女性的气息，甚至有些凌乱。他转头，看向记忆中的茶几上那盆已经干枯的波士顿蕨，多少次午夜梦回，他都想过应该早点给它多浇点水。

"请坐。"盛云拿开沙发上堆积的衣物，腾出位置，"不好意思，家里有点乱。"

季雨时道："谢谢。"

眼前的盛云换了衣服，不是两三分钟前和盛晗一起吃早餐时穿的那套。

在季雨时的记忆中，他清楚地记得这天吃早餐时父亲穿着一件浅灰色衬衣、一条黑色西裤。

他的目光转向不远处的餐桌，餐盘还没来得及收拾，属于盛云的那只餐盘里还有半个剩下的三明治。

平时父亲其实非常不拘小节，就算用餐时残渣掉落在西裤上，只要看不出来，就不会去更换。这样的情形刚才吃早餐时就发生过一次，父亲只是下意识拍了拍西裤上的残渣，就继续一边吃早餐一边写笔记。

然而，此时眼前的盛云换上了一条米色的裤子，连衣服也换了。

来者是客，盛云去给季雨时倒水，说："老季有事怎么不打个电话？还专门麻烦你来跑一趟，平时这个点我已经上班去了。"

季雨时说："我刚才遇到了您儿子，所以知道您在家。"

盛云问："你认识我儿子？"

季雨时说："有一次在季教授那里见过他。"

盛云往厨房去了，边走边说："这样啊。刚刚听见门铃响，我以为是他有东西忘了拿。"

季雨时的目光又落在了书架旁的一摞文件上，这些都是父亲整理出来的资料，可以说父亲这几年的全部心血都在这里。它们应该是放在书房的，此时却出现在了客厅。

他以前回忆过无数次，每次都看到了这一摞文件，可是他怎么没注意到这一点？

厨房里，水声响起，是盛云在洗玻璃杯。

季雨时站起来，走向那一摞文件。

只见文件的顶端多出了父亲早晨在餐桌上写的那份文件，旁边还压着父亲用来工作的透明面板。

他问："您收拾这么多资料，是要出差？"

水声停了，盛云没有回答。

季雨时下意识往前走了两步，来到书房门口。

这里房门紧闭，门缝里渗出血迹，鲜红色的血液正往外汩汩流出，悄悄地没入了深色地毯中，令人难以察觉。

刹那间，季雨时耳旁"嗡嗡"作响。

十七年前，放学回家的盛晗就是在书房里发现了父亲倒在血泊中的尸体。

"哐"的一声轻响。

季雨时回头，身后的盛云放下了手中装了半杯水的玻璃杯，杯壁留下了指纹。

他们四目相对，一时间落针可闻。

"怎么不说话？"宋晴岚在私人频道里问，"怎么了！"

季雨时看着眼前的盛云，听见自己问："你是谁？"

盛云没有说话。

"或者说，你是来自哪一年的盛云？"季雨时说到这里顿了顿，很快就继续用陈述句替他回答了这个问题，"我觉得，你应该来自一年前，也就是一四三八年四月六日。那天早上，你临上班时才发现所有成套的衣服都忙得来不及洗，你没有衣服可以穿，只好胡乱搭配了身上这一套。这条米色的裤子本来是搭配一件白色薄衫的，可惜一四三七年十月十四日晚饭后，盛晗第一次使用洗衣机，因为看不懂标识，不小心把那件衣服洗坏了。"

父子之间一年前的生活琐事被他随口道来，且巨细无遗，盛云警觉道："你是谁？"

季雨时沉默了。

书房的血迹还在蔓延，地毯的颜色不断加深。

等到下午盛晗放学回家，就会发现地毯被完全浸湿，空气中弥漫着血腥味，客厅的地板上也出现了血迹。

然后，他会在疑惑中打开书房的门，看见门后改变他一生的一切。

季雨时拿出了一部小巧的游戏机，它背后一片斑驳，看起来已经很破旧了，不知道已经使用了多少年。

而现在，就在那个放着水杯的餐边柜上，还放着一部完好的游戏机，那是一年前盛云送给儿子的小礼物。

季雨时将手中那部游戏机推了过去。两部游戏机除了新旧不同，其他的一模一样。

盛云如遭雷击，刹那间什么都明白了，整个人愣在原地："你——"

眼泪就那样从季雨时眼眶中掉了出来。

盛云如梦初醒，大步走过来，却略过了站在那里的季雨时，直奔季雨时身旁的那摞文件与透明面板。

季雨时从未觉得这么冷过，即使在"卡俄斯"任务中快要冻死，也比现在的感受要好上千百倍不止。

他问："为什么？"

盛云收好文件和透明面板，刚走出两步，终是倒了回来，道："我不得不这么做！"

季雨时仍是问："为什么？"

眼泪顺着季雨时的脸一滴一滴往下流，模拟面孔下那张脸脆弱不堪，真相使他濒临崩溃，不顾理智仪态，只歇斯底里地连连质问："你为什么要这样做？"

"你听我说，这是唯一从那个项目里脱身的方式！"盛云把文件与透明面板抱得很紧，"这些资料对我来说很重要，这件事我已经策划了一年。一年前的我做不到，因为还有很多谜题没有破解。我给了自己一年的时间，这一年足够我把所有的东西都研究透彻！所以一年后的我一定可以！”

面对已经和自己长得差不多高的年轻男性，盛云无法使用慈父的语气，与其说是在给儿子一个交代，不如说是在给他一个完整的解释：“人类不是神，时间得继续以线性方式继续运行，谁也别想改变它的运行方式！我必须得阻止！”

季雨时嘴唇哆嗦着，道：“所以你……”

所以他为了终止项目，为了从项目里彻底脱身，就杀死了自己？

盛云双眼通红：“我只是没想到到了约定的这一天，竟然会遇到从未来而来的你！”

说到这里，他也止不住流下眼泪来：“我对不起你。”

两代穿越者，两个目的不同的人，分别跨越一年与十七年的时光，相遇在这套承载着两人回忆的房间里。

“所以这一切都是注定的？”季雨时眼前一片模糊，问，“一年前你就计划了今天的死亡？”

“是生物意义上的死亡。”时间紧迫，盛云的语速很快，“我会回到一年前的时间点，从那里跃迁去往别的时空，或许去几年后，又或许去二十年后。我会尽量长时间地待在那里，直到把我的项目做完，我会找到一个更好的平衡方式，让时间得以顺利往前运行！”

“盛晗，爸爸没有真正死去。”他说，“你要坚强。”

他说：“稽查者要来了。”

季雨时浑身颤抖，等他回过神，房子里已经空了，书房里传来的血腥味越发浓重。

他猛地抬腿跑出门，两步并作一步地跑下楼梯。

该发生的已经发生，无关乎改变历史，可是他还有更多的话要说，有更多的问题要问！

透过皮下通信器，季雨时在私人频道大喊："宋晴岚！"

像是在随时待命，宋晴岚一秒也没停顿："我在。"

听到这两个字，听到宋晴岚的声音，季雨时鼻子一酸，险些再次落泪。

不用他把要求说出口，在小区外听完全部过程的宋晴岚就完全明白了他的想法。

"放心。"那道好听的男声很冷，"我看到他了。"

季雨时跑过年幼时走过的香樟树荫，跑出住过八年、承载了他所有童年回忆的小区。

这种时候，季雨时竟然还在想，难怪当年这件事被判定为自杀！

一个人从当下跃迁去未来杀死自己，只要在杀死未来的自己后回到原本的时空，若无其事地继续生活并且不改变主意，就能等到来自过去的自己将自己杀死。

这简直是一个完美的圆环，毫无破绽。

过去与未来交错，乱得像一张理不开的蜘蛛网，越是细想，越让人觉得恐惧。

等等！季雨时停住脚步，如果是这样的话，那么——父亲在死亡的这一天，应该早就知道会遇到来自过去的自己和来自未来的他！

也就是说，父亲至少提前一年就知道了自己死亡当天的结局。

笑看生死，平淡如故，这是靠一种怎样的毅力和恒心才能做到的事？

季雨时有太多的问题与不甘想要解答。

他一口气跑到小区外，目之所及之处雨丝绵绵，街道对面的公交车开走了，将聚集起来的忙碌的上班族、学生党都带走了。

盛云比他更熟悉这里的监控系统，肯定不会去显眼的地方，所以盛云绝对没有上那辆车。

公交车一走，雨中街道上的行人就变得稀少了。季雨时猛然朝一个方向看去，呼吸变得急促。

凭借着良好的视力，他看到盛云背着包的身影一闪而过，冲进了绿荫如盖的黄木香下！那里正是他与宋晴岚之前待过的地方！

他神色一凛，咬牙冲向长椅背后的木棚。

隔着重重雨丝，他看到宋晴岚凭借一手擒拿术，已成功钳制住盛云，并且低头说了句什么。两人在木棚下转头，朝他看来，同时脸色大变。

“小心——”

“砰——”

消音器下的子弹直射而出，那一刻，时间似乎被放慢了无数倍。

宋晴岚的嗓音撕裂般进入了季雨时的耳朵，同时，子弹也进入了他的身体。

肌肉和骨骼被子弹破开的感觉是那么熟悉，季雨时先是感觉到重重的一击，然后剧痛才铺天盖地而来。

血液迸射间，他脚下一滑，摔进了泥泞里，好痛。

季雨时的脸贴在冰冷的路面上，睫毛被雨淋湿了，他看到从街道的隐蔽处走出来好几个穿着深蓝色制服的人，个个手中持枪，面色凝重。

他们是当年案件发生后前来回顾现场的稽查者。

而他，被当成了盛晗描述的那个凶手。

蓦地，有人将他搂入了怀中，给他带来了一丝温暖。

“你怎么样？”那人声音抖得不成样子，哑得几乎听不清。

那人还不断地用手去摁他胸膛上的伤口，又说：“季雨时，你说话，你回答我。”

有温热的液体不断滴落在季雨时脸上，他费力地睁开眼，看见一张陌生的、完全没有记忆点的面孔在哭，仅靠一双黑眸得以辨认是谁。

他没有林新阑那种高超的辨认能力，能在宋晴岚使用模拟面孔时也认出他，可是他认得这双眼睛。

“宋……晴岚。”他无意识地开口。

“我在……”宋晴岚的手被鲜血完全浸湿。

季雨时看向木棚，不远处，一个人跪坐在黄木香下，面露悲伤，不敢踏出那片遮挡他的阴影。而另一头，几名稽查者举着枪朝他们逼近，路边有行人发出尖叫。

季雨时一根手指也不想动了，其实他想告诉宋晴岚，原来这样才算是做完那件“既定的事”，可是他真的没有力气了。

他竭尽全力，也只能做出口型，朝那个身影无声地说了两个字：“快走。”

快走，去完成应该由你完成的事，去别的时空，去找到十几年后出现的平衡，去完成天穹的母系统。让我，用尽最后的力气来完成这个圆。

独自撑起一切的年轻教授终于消失在了木棚下，季雨时心中很平静。稽查者将他们团团围住，面对那些枪口，宋晴岚抬头对他们说了句什么，如同愤怒的野兽怒吼，而他听不清了。

路边的垃圾桶不知道什么时候倒了，垃圾散落一地，老板娘送的那个小蛋糕掉了出来。

上一次来，那个小蛋糕被他遗忘在了长椅上。这一次，那个小蛋糕的甜美香味吸引了翻垃圾桶的流浪动物。

雨势变小，雨丝细密，像是覆在眼前的一层朦朦胧胧的薄雾。

模糊的视线里，季雨时看到那是一窝似乎刚断奶的小猫，最多只有两个月大。

母猫不知道去了哪里，或许是太饿了，小猫“喵喵”叫着，连路都走不稳，却急切地啃食着甜美的小蛋糕。

那是三只小黑猫，通体漆黑，一丝杂色也没有。

第 四 篇　闭 环

38.

【1448.08.13 16：03：51】

天气闷热，看上去快下雨了。

季雨时把头靠在车窗上，听季旻越一路念叨：“我和妈一起给你把房子收拾出来了，吃的、用的都准备了，经过我仔细检查，觉得你应该啥都不缺了。就是吧，看天气预报这几天都有暴雨，你要不先别搬过来，还是回家住几天？”

十七岁，高中毕业，季雨时忽然抽了风，一个人不声不响地订了机票，跑到卡多岛去玩了一圈。等季家人接到电话的时候，他人都已经到了。

他回来这天，是季旻越开了车来接的。

季雨时在卡多晒了大半个月，肤色已经比先前深了一些，不算黑，看着却精神了很多。

听季旻越这么提议，他回答：“下暴雨和回不回家住没有关系吧，你不也是十八岁不到就搬出去了吗？”

年少叛逆，每个人都有这么一段时间，只不过这叛逆在季雨时身上来得晚了些。

季旻越还是二十几岁的年纪，大男孩心性未减，便说：“那也行吧，整天好的不学，把我的坏习惯都学去了。”

季雨时转过头，问：“谁说我是学你？”

季旻越说：“老季说的。”

把季雨时送回家，季旻越就走了。

家里果然到处都收拾得很好，苏阿姨细心得连最基础的日用品都替他准备好了，包括但不限于纸巾、洗手液等，无处不体现出一位母亲的爱。

这是季雨时长这么大第一次独居，家人不放心在情理之中，可是有人照顾的日子实在太过安逸，他只想尽早地学会独立。

第二天早晨，他起来时见室内有些昏暗，果然要下雨了。

行李箱还放在木地板上，他昨天回来之后没来得及整理，里面衣服倒是没几件，主要得收拾那些从卡多带回来的小玩意。

他光着脚在地板上走来走去，去厨房倒水喝的时候隐约听见了猫叫声。

一开始，他以为是幻觉，可是等他喝完一杯水又洗干净杯子以后，那猫叫声又响起来了。

“喵喵”声细细糯糯的，听着像是奶猫，还不止一只。

季雨时放下杯子，循声看去。

厨房有一扇采光很好的大窗，装了白色百叶帘，透过窗户能看见小区后的一个绿地花园，植被长得很茂盛。他拨开百叶帘叶片，才发现外面天色阴沉得可怕，已经开始下雨了，雨点来得又急又快。

他打开窗户，见雨水打在树叶草丛上，“哗啦”作响，而那隐隐约约的猫叫声似乎是就从花园里传来的。

那里怎么会有猫？

他犹豫了片刻，还是穿上鞋子带了雨伞，打算去看看。

少年撑着雨伞，第一次走进了独居小区的花园里。

雨下得更大了，雨水顺着雨伞尖角滑落，牵起了线。

季雨时的裤腿被溅湿了一截，走到花园深处，他才看见那一窝小猫。

灌木丛下有一个纸箱，已经被雨水淋湿了。三只最多两月大的小猫咪全身漆黑，几乎看不见一丝杂毛，正在纸箱里抓挠着想往外爬，一边爬一边慌张地叫着。

纸箱里有奶粉，也有猫粮，附近却没有人。

季雨时蹲下身，轻轻地用指尖抚了抚猫咪的头，直到确定猫咪身上不怎么脏才放心地用手去安抚它们。

他撑着伞，让雨不会淋到纸箱，耐心地在原地等了好一会儿，也没看见有人来带走它们。

确定了这是一窝被遗弃的猫咪，季雨时把纸箱抱在怀中，准备把猫咪们带去物业管理处，看物业工作人员是否知道要怎么处理。

才站起来，他却发现不远处的花园凉亭中不知道什么时候站了一个人。

暴雨如注，季雨时看得不太清晰，只能辨认出那人个子很高，恐怕足有一米九。不过，即使看不清脸，那两条笔直的长腿也让人难以忽视，那个人光是往那里一站，就十分惹人注意。

这种暴雨天出现在花园里的，很可能是哪位避雨的业主。

“喂！”季雨时干脆喊了一声，声音被掩盖在越来越大的暴雨声中，“你有没有看见刚才是谁把猫放在这里的？”

那人一动未动，担心对方没有听见，季雨时干脆一鼓作气往凉亭走：“你好，能听见我说话吗？”

一手撑伞，一手抱着纸箱，季雨时为了让猫不被雨淋湿，将伞倾斜，因此身体湿了一小半。

他走过青石板铺就的小道，再有几步就要迈上台阶。

那人明明背对着他，却如同背后长眼般蓦然僵直了身体。

紧接着，那人忽地迈开腿，头也不回地走了。

季雨时愣了下，没有追上去。

季雨时调转路线，把三只猫带去了物业管理处。

物业的人说最近没听说有谁养了小猫，但他们可以帮忙处理这些猫咪，看看有没有业主想收养，如果没有的话就把它们送去流浪动物救助站。

季雨时临走前，工作人员还吐槽说不知道是谁这么无良，暴雨天将这么小的猫咪遗弃在外面，季雨时便想起了在花园里见过的那个人影。

他问："您能帮我查一下监控录像吗？"

季雨时不过是个十七八岁的少年，面容清冷，看着像温室里的花朵。

工作人员没有想到他会对这件事这么重视，问："查监控录像？"

"是的。"季雨时说，"不侵犯他人隐私，只看公共场合的录像，应该是可以的吧？"

他们看起了录像，往前一个小时，果然见到了抱着纸箱进入花园的人。

那人个子很高，纸箱在他怀里显得小了一号，只见他在季雨时居住的那栋楼下站了几十分钟，时不时抬头看看那栋楼，似乎在等人。

暴雨前的光线很昏暗，那人又戴了一顶帽子，令他们从视频里看不清楚脸。

工作人员骂道："这么大个人了还做出遗弃宠物的事！不能养就不要买，再不然送去救助站或者送人也行，太没有道德感了！"

季雨时没有说出刚才在花园里的事，他觉得没有必要，只问了句："他是这里的业主吗？"

工作人员说："应该不是，我没见过这里有谁个子这么高！"

说到这里，这位工作人员更气了，敢情人家还是专门把猫遗弃在他们小区的！

季雨时出了物业管理处，回到家中换下湿衣服准备洗澡，发现自己的T恤上黏着几根黑色的猫毛。

洗完澡出来，他吃了点面包，然后躺在沙发上看书。

家里很安静，而外面的雨还在下，一个人的寂寞感铺天盖地而来。

他站起来穿好鞋，重新找到抖一抖就滴水的雨伞，再次去了物业管理处。

“你怎么又来了？”工作人员问，“是找到那个人了？”

“没有。”季雨时说，“我想养猫。”

工作人员惊诧道：“你要养猫？”

明明刚才把猫送过来的人就是眼前这个少年。

季雨时点头：“嗯。”

工作人员问：“可是，你要养猫的话，家里人同意吗？”

季雨时说：“我是一个人住。”

工作人员道：“那行，你看看要养哪只？”

“都养。”季雨时说，“家里很大，三只我都想养。”

39.

【1451.11.22 23：35：47】

宁城。

维纳斯酒吧外。

醉酒的人们打闹着从酒吧后门走出，霓虹灯的光影里，有人注意到门口倚着一个男人。

男人正在抽烟，身穿一件样子有些过时的风衣，看上去就像不知道从哪个年代冒出来的一样。可他简直是个天生的衣架子，傲人的身高加上近乎完美的身材比例，让这样的衣服在他身上体现出了不一样的气质，硬生生地被提高了好几个档次。

可惜的是，顺着他的身材一路往上看去，他的脸被隐在阴影中，叫人看不清楚。

在这里遇到这样的男人，即使看不清楚脸，也足够让大胆的人走上前去搭讪了。

男人修长的手指间火星一闪，口中吐出了烟圈。

“不约。”

搭讪的人却仍在纠缠。

“不约。”

男人又毫不留情地说了一次，声音里带着刺骨的寒意：“滚开。”

搭讪者被赶走了，这么一来，男人隐在阴影中的脸也露了出来。

那是一张非常普通的脸，眉毛不够浓密有型，鼻子不够挺，连嘴唇也是平淡至极的那一款，除了一双眼睛尚算深邃，却也不明地带了一种阴鸷的感觉。

这张平凡的脸与这副叫人垂涎不已的身材完全不匹配，简直浪费了造物主的神作，不由得令人失望。

男人脸上露出厌恶的神色，赶走一只苍蝇后，更觉得这种地方乌烟瘴气了。

他掐灭手中的烟头，弹指间将它轻松弹进了垃圾桶。

今天他没等到想等的人，或许那个人今天不会来了。

他起身离开，手插在风衣口袋里，进入了一条小巷。

宁城初冬的夜晚很冷，夜风如刀。

男人穿行于宁城永不停歇的夜里，走过一条又一条小巷，走过宁城的繁华商圈，走过高楼大厦间的天桥，走过这一派繁华喧嚣。

他的住处是一家便宜的旅馆，他只需要做一点简单的、不起眼的工作，就能在不造成任何影响的情况下应付房租。

旅馆所处的片区黑暗贫穷，有起早贪黑的小摊贩，有住着地下室努力打拼的年轻人，也有不务正业的小混混或是卖笑迎客的暗娼。

他与这里格格不入，却又奇妙地融合。

他听着隔壁房间的笑声低语，打开房门，触摸到潮湿墙壁上的开关。

“啪”的一声，昏暗的灯光亮起来的一瞬间，他蓦地眯起了眼睛。

房间里多了一个人，来者戴着眼镜，身穿白色衬衣，看起来还不到四十岁。

刚步入中年，使得来者看上去尚算年轻，身上带着令人觉得有几分熟悉的书卷气，却与季雨时那股清冷完全不相同。

“盛教授。”宋晴岚冷冷地开口。

“宋队。”盛云眉间有浅浅的皱纹，“你不好找。”

他们在“魔方”任务中已经见过，盛云要完全弄明白宋晴岚的身份很简单。但宋晴岚使用了模拟面孔，可以模拟不同的五官组合，不太方便盛云对他进行检索。

“作为一名来自未来的时间见证者，我相信你一定背诵过天穹三大定律——绝不改变过去、绝不谈论现在、绝不迷恋未来。”盛云说，“严格算起来你不算违背这三条，因为你迷恋的是过去。”

宋晴岚抬起手在耳后轻轻一碰，关闭了模拟面孔，他原本英气俊美的五官就这样露了出来。

他用原本的面孔去面对盛云，并且毫不掩饰对盛云的冷漠。

盛云不介意这种不满，而是说：“一四五六年的稽查者暂时还没有发现你不见了，可是你频繁穿越，即使关闭了通信器也难免留下痕迹，他们发现你是早晚的事。”

“你来找我也很冒险。”宋晴岚不屑，“不怕被稽查者发现，前功尽弃？”

"不怕。"盛云说，"你和盛晗既然会来找我，那就说明在你们的时空，我并没有留下什么蛛丝马迹，所以你们才会回到那一天去了解真相，我很安全。"

作为一位父亲，盛云讲这些话的时候显得过于无情。

作为一位长辈，他此时又尚算年轻，毫无威严。

天穹十二队的叛徒谢思安说得没错，虽然盛云与季雨时长得不像，但是两人身上的气质和做分析时的谈吐在某种程度上分外相似。

他们都是冷静得令人害怕的类型，不愧是父子。

宋晴岚咬了咬牙，这几天他的状态不对，他自己知道。

他整夜整夜地合不上眼，稍微坠入梦乡，就会从满手血红中醒来。

他像一个百蚁噬骨的瘾君子，只得一次又一次地跃迁，去看看季雨时在时光中曾经有过的模样，那股自责与内疚才会稍微消退。

他只是看着，什么也做不了，什么也不能做。

他不知道再这样下去，他会不会失去理智，不顾一切地冲出去。

和眼睁睁看着队友死去相比，提前救下队友也没有什么不好，宋晴岚不止一次产生过这样的想法。

面对盛云的到来，宋晴岚很难不迁怒于这位早已"逝去"的长辈，可是对方笃定自若的语气让他觉得不可思议，对盛云的迁怒更是让他对盛云尊重不起来。

宋晴岚冷笑一声，道："你的确很安全，看到他被误杀，你竟然可以做到转身离开。"

说到这里，宋晴岚眼眶忽地红了，眼中怒意更盛："我不管你所谓的平衡，也不管你为了这个世界做出了多大牺牲，或许在某种意义上你的确是个伟人，但是你完全没有尽到做父亲的责任，根本不配他将你的死放在心中十七年！"

八岁失怙，患超忆症、认知障碍，没有人的童年是这样度过的。

盛云被怼，却一句话也未辩解。

他摘下眼镜，疲累至极地按压自己的眉心，明明还算年轻，头上却已有了白发。

作为一名深不可测的学者，一位见过大格局的科学家，盛云对时空、世界的理解或许比世人想象的都要多，或许比季雨时想象的还要广。

除了季雨时被误杀的那一刻，盛云没有表现出任何失态。就连到了见证过自己死亡、无奈穿梭于各个时空隐姓埋名的现在，他身上的衬衣都干干净净，不见一丝褶皱。

盛云重新戴上了眼镜，问："你们是队友，一起出生入死过，你愿意为他做出牺牲吗？"

"当然。"宋晴岚毫不犹豫地回答，同时很敏锐地抓住了盛云话中的深意，下意识握紧了拳头，问，"什么意思？"

年轻男人语气中的傲然与决绝，让盛云怔住。

曾几何时，他也有过这样的魄力，为了朋友与家人，带着一腔热血往前冲。

时空跃迁会让人忘记时间的重要性，会让人忽视自己本来拥有的一切，他已经很久没有过这样的感觉了。

短暂的怔忡后，盛云说了句"很好"，就坐到旅馆中满是污垢的小桌旁，打开了自己带来的透明面板。

宋晴岚站在原地未动，一直看着他。

"对我来说，距离那天其实已经过去好几年了。"盛云一边敲击键盘，一边说，"这些年除了找你，我也取得了一些成果。"

宋晴岚神色微讶，他知道盛云现在说的是那个"所有时代意义上的天穹"，也就是后来天穹的母系统。

界面闪烁，透明面板投射的全息投影中出现了天穹的标志，紧接着，一个机械的女声响起："您好，盛云，欢迎您使用天穹。检测到您现在的时间坐标是一四五一年十一月二十二日，距离您的终结点已超出十二年，当前坐标的时空波动数为七，共有七次跃迁活动正在交互……"

这个声音让宋晴岚觉得熟悉，正播报着七次跃迁的出发坐标与目的坐标，说得准确并巨细无遗，它竟然监控到了这个时间点世界上所有天穹分部的活动轨迹。

这是"所有时代意义上的天穹"的雏形，宋晴岚没想到，这么短的时间内，盛云就能研发到这种程度。

"不是我一个人的功劳。"像是猜到了宋晴岚在想什么，盛云说，"除了我，时空中还有很多个像我一样的人在为此努力，他们中有人付出的比我多千百倍。比如，你们在'魔方'中见过的那一位。"

宋晴岚一下子想到了"魔方"中和盛云一起出现的那个胖胖的中年人，也想到了传闻中那个疯的疯、死的死的研发小组。

也就是说，或许他们并不是外界所猜想的那样，而是所有人都用了不同的方式脱身，躲在某个不被察觉的时空默默努力着。

见宋晴岚表情变化，显然已经明白了一切，盛云对他点了点头，又说："我们得到的结果不止如此。"

盛云重新输入了一段代码，紧接着，另一个更为柔和、人性化的女声出现了："欢迎，宋晴岚，欢迎您连接天穹，很高兴再次与您见面。检测到您已执行并完成过十三个A级任务、二十一个B级任务、两个超S级任务、一个S级任务，当前评级为超一星。您的奖励已清零，是否需要执行更多任务，以获取更多奖励？"

宋晴岚这下是真的震惊了，时间、时空到底是什么样的存在？他竟第一次感觉犹如身处一团乱麻之中，深切体会到了它的可怕与自己的渺小。

“雏形刚刚出来的时候，天穹母系统的完全体就出现并取代了它。”盛云说，“我们就像是……只播下了一颗种子，它就已经在不知道多遥远的未来长成了足以撼天的大树，种子出现的时候它就已经掌控了所有时空。或许，这就是‘所有时代意义上的天穹’本来蕴含的意义。”

所有时代不可能同时存在，它却能同时存在于所有时代。

宋晴岚双手抱臂，问：“它的出现能改变这件事？”

盛云摇了摇头：“盛晗在一四三九年发生的事，已经是历史，不可能更改。但是在你们来临的一四五六年，对那个时空来说，他还处于跃迁状态，他的死亡不是最终的结局。”

宋晴岚慢慢地放下了手。

“时间是一条线，只要你们原本的线不变，就有无限发展下去的可能，也就是说你们可以选择从别的时间点回到一四五六年。”盛云说，“谢谢你迷恋于过去，没有立即回到一四五六年原本的时空，让这件事得以进行。”

盛云不是季雨时，他分析事情的时候远没有季雨时说得那么清楚。这对他来说就像解释一加一等于二一样，因为过于简单了，反而说得简略。

但宋晴岚很快就想到了一点，问道：“你的意思是，我们原本的时间线不变，我们回到过去的这个既定事实也不变，我们是从别的时间点回到原本的时间线？”

反向思考，那就是——从未来穿越回去，而他们又正好去过一四七〇年的未来！

天穹女声道：“我将在你们一四五六年的跃迁过程中对你们进行抓取，带你们去一四七〇年，把当前时间点与该时间点进行重叠。”

宋晴岚陡然明白了，问：“这是不是形成了一个时间锚？”

而锚点，就是他们被劫持的第三秒，相当于他们身处于一个巨大的时间锚中，从未离开过。

他们会随机与“衔尾蛇”任务某一个循环中的自己重叠，一起重生在起始点。

“可以这么理解。”天穹系统说，“准确来说，是属于您与季雨时的时间锚。一四七〇年的‘衔尾蛇’任务，对你们来说既是未来，也是历史。您需要注意的是新的时空重叠后产生的悖论，在保持最终结果的基础上尽量不要影响已有历史。任务完成后，你们将从一四七〇年回到一四五六年，时间坐标为你们兑换任务奖励后。”

也就是说，他们回到原本时空的时间坐标，会在他陪季雨时来到一四三九年后。这样时间线不变，历史也依旧完整。

他们在一四三九年所发生的一切，不过是时间锚里周而复始存在的过去而已。

一个小的时间锚之外，套上了一个更大的、只属于他们两个人的时间锚。

这段话要是换旁人来听，一定非常难以理解其中的含义。

盛云的逻辑思维之缜密，与季雨时相比有过之而无不及，他既能想出完美的金蝉脱壳之计，也能想出完美的死而复生之法。

“我刚才问你愿不愿意为了他牺牲。”盛云面向宋晴岚，“是因为时间锚的触发条件。”

说着，盛云拿出了一把手枪。银白色的小巧手枪，仿PPK的款式，名为钻石鸟，他们父子的喜好如此相似。

宋晴岚接过了它，沉甸甸的冰凉枪身握在手中，让他想起了那只逐渐在他怀中冷却的手掌。

时间锚的触发条件——全员死亡，而这是他与季雨时的时间锚，他需要做什么不言而喻。

“为什么这样做？”宋晴岚沉声问。

盛云知道，宋晴岚问的是这个“所有时代意义上的天穹”。

天穹温和的女声道：“我已经提示过您，经过我一亿七千万余次的测算，您的小队胜率高于所有时空守护者小队胜率的平均值。希望您能带领队员执行更多的任务，时空维稳需要你们。”

宋晴岚无声地咧了下嘴角，不知是笑是讽，问：“所以条件是多少个任务？”

天穹系统：“接下来，我为您和您的小队准备了两个超S级任务，一个S级任务，一个A级任务。”

“我的小队？”宋晴岚说，“我可没替他们答应你，到时候别怪我食言。”

天穹静默着，没有反驳，可能它已经知道了结果。

这种开挂的感觉让人很不爽。

枪中的能量子弹还是满的，宋晴岚学着季雨时的样子，拉开保险栓，忽然沉默了好几秒。

两个超S级任务，一个S级任务，一个A级任务。

这熟悉的任务评级给了他提示，让他收起所有表情，问了最后一个深奥的问题：“那么，会不会是因为这一次的意外，才有了你原本对天穹七队的劫持呢？”

否则怎么解释他们被劫持后恰巧完成了这些任务？

事情因果，孰先孰后？到底是先有了原本的劫持，才有后面发生的这一切，还是因为后面发生的这一切，母系统才顺便劫持了整支小队？

或许季雨时没有看见的，是这更大的一个圆。

他们身处其中，如蚂蚁一般在沙盘中奔波。

“我无法解答您这个问题。”天穹系统说，“时间的发展在我这里是同时进行的，不分因果，不分前后。”

宋晴岚把枪抵在了心脏处。答案对他来说已经不重要了，盛云、稽查者、一四三九年，都是历史。

不管怎么样，他都将回到原点。

扣动扳机前，他听见天穹系统道：“您已触发了分支任务，超出原本任务条件，为您将该任务命名为‘超载’。”

第 五 篇 超 载

40.

雨丝冰凉，打在脸上带来轻微的刺痛感。

季雨时口中喷出血，鲜红的血液顺着他的嘴唇、脖子往下流，他知道这一定是被子弹射中了肺部造成的结果。

他每一次呼吸，都会带出新的血液往外喷涌。他想说话，可是说不出来。

有人在摁他的胸口，仿佛来不及似的，那只手又剧烈地颤抖着转移到他的颊边，想替他擦去嘴角的血。

他隐隐听见了男人的恸哭。

他想说：宋晴岚，我知道了，陪伴我长达八年之久的三只小黑猫，是你送到十七岁刚开始独居的我身边的，在我离开这个世界以后……

可是他每次一试着张嘴，就有更多的血液从他口中涌出，他几乎感觉不到疼痛，却怎么也控制不了。

这已经是他注定的结局了，是他在一四三九年就写下的人生终点——回到过去，去成为历史的一部分，再也不可更改。

他急促地呼吸着，想再看那张脸一眼，他想告诉宋晴岚：在这短暂的、孤单的、充满痛苦的生命里，我很高兴有你的出现。

堕入永恒的黑暗前，他产生了强烈的念头——他不想死。

【警告！警告！您已偏离目的坐标！您已偏离目的坐标！】

【检测到非法跃迁！检测到非法跃迁！】

季雨时猛地睁开了眼睛。

红光闪烁，无数光怪陆离的画面飞速从他眼前掠过，剧烈的晃动中有着熟悉的警告声，他勉强分辨出这是一个密闭的空间——他的胶囊舱！

这是怎么回事？

舱体震得太厉害，季雨时不得不抓紧安全椅把手。大脑在这种情况下来不及思考，季雨时只觉得它被各种记忆塞得满满的，快要炸开了。

待一切平息，机械臂递来营养液，他才猛灌了几口，不知自己身在何处。

他胸口的枪眼不见了，脉搏、心率都很快，跃迁后的副作用是那么明显，无不提示他还活着。

稍微喘了口气以后，他抬头时看到透明面板上显示的东西，瞬间冷汗淋漓。

【？？ p0754%$#37】

【：《“LRR”/’1’89’’】

这组乱码是他们在“衔尾蛇”任务中见过的，换作普通人也许无法确定这一组乱码与以前见过的是否相同，但是凭季雨时过目不忘的记忆力，就算是倒着写也能把它们写出来！

季雨时打开舱门，走出胶囊舱。

凌晨的天空呈深灰色，吹着冷风的树林中影影绰绰，光线来自他附近其他几个发着荧光的银白色胶囊舱。

有人拍了他一下，问：“季顾问，你觉得怎么样？没事吧？”

他回头一看，说话的是段文。对方和自己一样，都刚从胶囊舱里走出来，但看上去很是正常，没有对现在的处境产生什么不一样的反应，仿佛他们本来就该在这个早已经完成的任务中。

季雨时白皙的脸庞在昏暗的光线中有着冰雕般的质感，头一次，他无法发出合适的声音。

周围的人变多了，因摸不清情况而低声讨论的汤其与汤乐，同样对每一次循环都毫无记忆的李纯，与段文一样记起了循环的周明轩，以及站在周明轩身旁与他一起打开机械库的高大身影。

宋晴岚身穿黑色作战服，勾勒出一双长腿，气势凌人。

只见他挑选好武器装备，利落地检查了神眠的情况，然后看了看手腕上的通信器，对大家说："现在是凌晨四点四十三分，我们抓紧时间直接出发，到了书店以后，再分头出发去金乌一号和金乌二号。"

周明轩问："宋队，我们都弄清楚了目前的情况，还去书店做什么？"

宋晴岚弯腰从机械库中挑选了什么东西，朝季雨时扔了过来。季雨时下意识接住那沉甸甸的东西，入手冰凉，他低头一看，是一把通体银白的手枪，他的钻石鸟。

似乎没注意到季雨时神游天外，宋晴岚对他抬了抬下巴，回答周明轩的问题："上回被幸存者打断，时间不够充裕，那本书季顾问还没看完。我们得再去看看那本书里面有没有其他线索，看看到了基地应该怎么做。不然的话，不管我们再来多少次，不管有多少个 A、B 队，都会死。"

A、B 队？季雨时陡然间更加恍惚了，他们是哪支队伍？

为什么他的记忆里没有这一幕？这到底是他的臆想还是现实？

所有人陆续分拣装备，然后往公园管理处迈进。

段文压着嗓子，一边走一边把目前的情况告诉没有循环记忆的几名队友。

季雨时跟在众人身后，耳旁忽然掠过刀刃破风之声，"嘭"的一声，树林外一个黑影重重地倒下了。

是那名流浪汉！

宋晴岚大步走过去，从流浪汉额头上拔出自己的军刀，随意地在尸体的衣服上擦了擦，然后重新将军刀插入小腿的束带里，走回来道："季顾问，你有点不在状态。"

季雨时脚步微微顿了一下，不知道该如何说起。

因为宋晴岚的表情是那么陌生，是他很久没见过的那种，带着刚相识的那种疏离感，那种让他感觉到被信任的眼神不见了。

"盛晗。"宋晴岚这样叫过他。

那是他第一次为这个重新被提起的名字感觉到战栗。

"季顾问？"

季雨时恍若初醒，眼前，宋晴岚微微挑眉看着他，用客气的语气问："是不是上一次的死亡太不美好了，你有点心理障碍？"

哪一次？季雨时无法回答这个问题，只好道："我没事。"

"那就好，有问题你可以随时叫我。"宋晴岚点点头，说，"队长的义务包括但不限于队员的心理咨询。"

见他说完就要继续前进，季雨时叫住了他："等一下。"

宋晴岚回头，调侃道："真需要心理咨询了？"

季雨时张了张嘴，问："你……有没有觉得哪里不对劲？"

宋晴岚不解："你指哪方面？"

那双深邃的黑眸里什么也没有，只有想赢、想破局的渴望，与记忆中那个在"衔尾蛇"任务里带领大家燃起斗志一次次往前冲的宋晴岚一模一样。

一个个画面在季雨时脑中闪回，仅仅一秒，那些画面高速纵横交错带来的痛楚就席卷了季雨时的大脑。

深灰色的天空逐渐变亮，李纯的抱怨与空气中传来的腥臭味都那么熟悉，就像他们经历过的那些循环一样。

记忆的超载让季雨时头疼欲裂，冷汗几乎打湿了背心，他若无其事地摇了摇头，道："没事了。"

分不清记忆与现实，分不清哪些事情是发生过的，哪些事情是没发生过的，季雨时已经很久没有体会过这样的痛苦了。

他如行尸走肉般跟着队友们拿到空间车钥匙，还冷静地击毙了几个丧尸。

从队友的视角看来，他或许和以往没有什么不同。

空间车在 PU-31 满目疮痍的城市中穿行。

一群群丧尸睁着惨白色的眼睛，挥舞着双手朝他们涌来，被空间车毫不留情地碾成了肉泥。

他们以史上最快的速度来到了书店，处理完书店的老年丧尸后，那本《金乌一号：繁衍不息》就被队友塞进了季雨时手里。

因为黑脸男的突然闯入，书的最后一小半内容季雨时之前没来得及看完。那部分恰巧是关于金乌基地运作的简单介绍——即使季雨时此时的记忆中早已有了答案，但他还是非常快速地看了。

他无法确定脑中的答案是否准确，也无法确定现在到底是什么情况，他真的很不在状态。

"3 号小队马上就要来了。"宋晴岚催促道，"我们不能现在与他们碰面，得想办法给他们留下更多线索，季顾问，你有没有新的发现？"

3 号小队从公园管理处出来就开着空间车到了这里，途中还碾死了刚刚出现在循环中的 1 号小队，从时间上说，和现在很接近。

季雨时问："有水吗？"

一旁的周明轩拧开瓶盖递过来一瓶水，道："给。"

季雨时一抬头，才发现队友们一边望风注意着丧尸，一边紧张地围着他。

当着众人的面，他摸出了口袋中的药盒，就着水一次性吞下了两片药，然后将药盒随手放在书架上。

宋晴岚对于他动不动就吃药的行为只皱了下眉，目光反而落在了药盒上，若有所思。

季雨时垂下睫毛，他的手有点发抖。

记忆中那个说要管着他用药，请他留下来正式成为七队一员的人……都是他的幻想？

“差不多了。”他混乱地说，“我们先走吧，我可以路上再看。”

一行人很快便重新出发，直奔金乌一号而去。

路上，季雨时确定了需要同时关闭金乌一号和二号的能量源，才能彻底摧毁这个不该存在的平行世界中的殖民地，这与他脑中已有的答案一模一样。

“我们人手不足，先分两路，尽可能地多了解信息留给人手最多的A、B队。”

金乌一号的安检室里，宋晴岚立在中央，目光扫了众人一圈，继续道：“上一次循环中我们在这里说了什么，可能有的人没有记忆，那么我再说一次。要破解这个局面，就要像我们在上一次循环中已经分析过的那样，选择圆环上最合适的一点进行无限延长与覆盖，那个点就是即将到来的A、B队！只有不断地赶在他们死亡之前让他们看见我们留下的痕迹，让他们避免死亡，才能真正破局。所以我们每一次重生在循环中的目的只有一个——替A、B队的‘我们’铺路！大家明白了？”

所有人齐声道：“明白！”

“很好。”宋晴岚匪气地一笑，点了点人头与装备，又说，“我、老段、李纯留在金乌一号，季顾问、汤其、汤乐、周明轩，你们四个人去金乌二号。”

所有人应声：“是！”

宋晴岚说完，拔出军刀在地面刻下了一行字：关闭两个基地的能量源。落款是5号小队。

季雨时霎时明白了——原来他们是第一个消失在循环中的5号小队！

难怪宋晴岚在书店会盯着那个药盒若有所思，这分明是因为他们已经分析过，那个药盒为什么能与3号小队的药盒同时存在。

他们这样做不过是无意间完成了这件事罢了，两者不分因果，也互为因果！

完成“衔尾蛇”任务后，A、B两队所有人的记忆都与另一个自己的记忆合二为一了，但那些因为悖论而消失的自己都经历过什么，他们都没有记忆。

季雨时头皮发麻，他没有想到竟然还有见证这一刻的时候，可是现在……他到底是因为什么才回到了这样的循环中？还是说，他本来就在循环中，从未出去过？

另一头，宋晴岚也回到了“衔尾蛇”任务中。

又一次看到跃迁提示，又一次来到噩梦般的PU-31，胶囊舱降落后宋晴岚要做的第一件事，便是打开舱门去找人。

“宋队！”

“纯儿是不是要吐了——”

“呕！”

队友们七嘴八舌调侃着告状，宋晴岚却只在路过李纯的胶囊舱时一脚把门踹了回去，道：“要吐就吐在自个儿家，叫你就知道偷懒，放假那么长时间就坐了两次大摆锤。”

然后，他大步迈向季雨时的胶囊舱。

舱门打开了，里面的人长着一张俊秀的面容，身材清瘦，就连从舱里跨出来的动作都很好看。

宋晴岚紧紧盯着季雨时的脸，活生生的人再次出现在他眼前，让他几乎有些无法控制自己。可是当对方抬起头看过来的一刹那，他的心腾地凉了。

那双漂亮的眼睛里装着客气、疏离的情绪，季雨时对他出现在自己胶囊舱门口的情况还有点意外，开口道："宋队。"

季雨时没有激动，没有别后的感慨，更找不到一丝一毫死而复生的震惊。

好像录像回放一样，宋晴岚甚至产生了一种非常不真实的感觉。他怀疑所谓的天穹母系统只是简单粗暴地让时光倒流了，根本没有设置属于他与季雨时的时间锚。

因为这一切都似曾相识，只是那无数次循环中的一次而已。

见他没动，季雨时又说了句："谢谢你把我从车里拉出来。"

季雨时说的是在书店外他们撞上了铁丝网后，宋晴岚将他从车里拉出来的事。

宋晴岚一口气上不来，这是他们的第几次循环？第三次还是第几次？他的记忆里怎么没有这样的对话？

天知道他现在根本不想管这个已经完成过的任务，不管眼前这个季雨时到底是哪一个，他只想就这样把对方带走，结束这一切。

可是宋晴岚知道自己不能这么做，就算眼前的细节、对话改变了，他也不能改变这"历史"的大致走向，他得让这个任务按照记忆中的走向发展。

注意到他骤然攥紧的手，季雨时问："怎么了？"

宋晴岚强压下心中的暴躁，道："没事。"

他转过身，勉强控制住自己不去破坏目前的情况，按照记忆中的节点给队友们安排任务。

他仅有的耐心只能支撑住自己去分析现状，天穹将这个时间锚命名为“超载”，是指它超出了原本的任务规划。在原本的循环里塞进两个人，有一种可能是他与季雨时没有在同一个循环中重生，他得观望情况。

那么长的时间都等过了，他还怕得不到答案？

季雨时上前一步，说：“直接去书店，我有个线索没来得及看完。”

宋晴岚同意了。

他们很快走出了树林，途中，和记忆中一样，季雨时给尚未搞清楚状况的队友们说了什么是时间锚，并初步分析了一下关于规则“死亡淘汰”的含义。

即便和后面的循环里最终分析的结果不一样，但季雨时现在已经很厉害了。

他们开了空间车，在路口遇到了一辆避开他们的小车。

宋晴岚终于弄清楚了一点，他们是4号小队，也就是说，他与身旁的季雨时是后面的循环中的B队。宋晴岚越想脸色越冷——搞半天，他还得在这次循环里走到最后一步，直到去了金乌二号才能开始下一次循环。

如记忆中那样，与队友在润金大厦走散以后，宋晴岚与季雨时在去书店的途中被丧尸围堵，被迫躲进了一个小亭子里。

狭小逼仄的亭子一片漆黑，季雨时踩到了宋晴岚的脚。

“季顾问。”宋晴岚原本偏着的头转了回头，他几乎是嗅着季雨时的头发道，“你踩到我了。”

察觉到季雨时身体一僵，在他要移开脚之前，宋晴岚说：“别。”

季雨时停住了动作。

“我趁现在让你踩一踩，你下次才能记住点好的，别老记仇。”

宋晴岚刚这么说完，脚背就隔着短靴传来一阵疼痛，季雨时没省劲地应了一声“哦”。

得，这还太早了。这家伙还在记上一次循环里，宋晴岚把他压在书架上让他手腕发青的事呢。

宋晴岚咬着牙道：“话是这么说，你踩得可真用力。”

季雨时这下移开了脚，真诚地敷衍他：“对不起，我不是有意的。”

宋晴岚道：“原谅你了。”

没过多久，他们就与3号小队的队友会合了。

然后，他们与3号小队的队友重新组成了B队，往金乌一号进发。

在他们不知道的地方，宋晴岚正在用望远镜观察A队的季雨时。对方出现在望远镜视野中的一瞬间，宋晴岚的心也跟着疼了一下。

身穿白色T恤、坐在阳台上的那个人刚刚受过伤，腹部被子弹打了一个洞，他与胸口中枪、被误杀的那个人慢慢重叠。

“怎么了？”有人开口。

“嗯？”宋晴岚放下望远镜回头。

身边的季雨时说：“宋队，你的脸色忽然有些不好看，是有什么情况吗？”

“没有。”宋晴岚笑了笑，看着对方白皙干净的脸说，“我是想说，我们都会活着回去的。”

后来，他们与A队的自己取得了联系。

队友们携手并进，在季雨时的分析计算下，宋晴岚配合他关闭了金乌一号的能量源。

对于宋队忽然无比配合季顾问，几乎是季顾问指哪儿他就打哪儿的这点改变，队友们表示很震惊，不明白他们之间发生了什么不为人知的事。

两队通话时，季雨时提醒宋晴岚："宋队，第四排左起第六个。"

宋晴岚下意识回答："好嘞，这就去。"

话一出口，他才记起来，当时A队的自己为什么会觉得这种相处模式违和。这时，听到他回答的季雨时都愣了一下，看了他一眼。

只不过，季雨时性格内敛，对于宋晴岚的转变什么都没有说，只是默默继续计算，说："第七排左起第二个。"

一切仿佛冥冥中自有注定，这到底是哪一个圆套哪一个圆？

宋晴岚没有再执着于这个问题。

完成金乌一号的任务后，宋晴岚带着小队去往金乌二号帮助A队。最后，他们回到了胶囊舱里，完成了全部的小循环。

在黑墙来临前，宋晴岚许了一个愿望，希望他能和季雨时重生在同一个大循环中。

然后，待宋晴岚出现在新的锚点，面对依然不记得他们发生过的一切的季雨时，只想辱骂天穹母系统一百万字。

一次，又一次，每一次循环中，他遇到的都不是他想要的那个季雨时，宋晴岚快要控制不住自己了。

41.

走廊里激烈的枪战、突然冲出来的巨型蜘蛛、临死前拖着伤残的身躯与队友们冲进了力所能及的金乌二号深处……一个个混乱晃动的画面不停地在季雨时脑海中闪回。

作为5号小队，他们用血肉之躯给B队劈开了一条路，留下了足够的信息，让B队免于在当前时刻死亡。

B队成功关闭气阀门的一刹那，悖论产生——本该死去的B队存活，5号小队的他们就消失了。

5号小队就像从来没出现过一样，尸体、血腥，所有痕迹都消失得干干净净，他们是不存在的一次循环。

甚至在“衔尾蛇”任务全部完成后，季雨时也没有关于5号小队的记忆。

而这一次，季雨时却把5号小队的经历巨细无遗、实实在在地体验了一遍。

而这一次，他的胶囊舱出现在一栋大厦的楼顶。

【1470.08.05 02：41：31】

他们比第一次到达PU-31的时间提前了三个小时。

黎明前夕，正是一天中最为黑暗的时候。

这栋楼共有一百二十二层，站在这么高的楼顶，风变得很大，人似乎稍不注意就会被刮下去。

地面没有车流，路灯也只亮了个七七八八，从这个高度几乎看不清地面游荡的丧尸。

但是，大家都知道，丧尸被光线所吸引，已经往高楼大厦间更为明亮的地方去了，直到太阳再次升起，它们才会涌出巢穴。

楼顶立着几个巨大的字——光源集团，队友们的胶囊舱都隐没在这几个大字的阴影中，他们都走出了胶囊舱，正在商议下一步怎么做。

看样子，这已经不是众人第一次来到大循环了。

没错，季雨时所处的，是“衔尾蛇”任务中的大循环。

他们需要制造早上五点半在公园管理处出现的第一堵黑墙，去让刚刚被劫持到这个任务中的他们看见那堵黑墙，并让黑墙驱逐着处于小循环里的他们前往金乌一号和金乌二号。

季雨时有些迷茫，从消失的 5 号小队再到这个大循环，他的出现好像是没有规律的。现在的他，就像是在玩不能控制的角色扮演游戏，被随机塞入了一段剧情中。好在他恰巧记得所有剧情，不至于抓瞎，或者被队友当成忽然失智的神经病。

“季顾问。”汤其走了过来，对他说，“这次我和汤乐先下到第一百一十六层的位置，看过情况后你们再下。”

这一幕也是曾经发生过的，他们在前几次的探寻中已经弄清楚了这栋属于光源集团的大厦正是金乌的集团公司，是它的存在促成了人造太阳的运行。

作为最初的研发地，大厦里还保留着一些初始能量源控制器。七队得像在金乌基地一样，关闭这里的能量源控制器，才能实现所有的循环闭合。

大厦共一百二十二层，电梯系统已经损坏，通往顶楼的那几层楼梯也被毁掉了。楼顶残留着直升机来过的痕迹，看样子是当时有人为了毫无顾虑地逃生而自断了后路。

因此，要去到下面的楼层，小队只能通过鹰爪钩，用滑索的方式去查看每一层楼。

大概是因为楼层足够高，还有接收到的人造太阳光线也足够多，这里的丧尸变异程度较之地面更为凶猛，速度、智力都有明显的提升。

所以七队众人来到这个大循环里，目前已经团灭过两次了。

总的来说，这个大循环相对之前的循环来说简单得多，却是一个没有退路的任务。

“有异议？”宋晴岚也走了过来，看了看季雨时，如同季雨时记忆中一样对他说，“季顾问，你现在需要休息，一会儿在能源控制器那里你还有很多事要做。这次换汤乐和汤其先下，不行我们后面的人再继续。”

所谓的“不行”就是死亡的意思，两人或一人为一组，上一组如果死亡，下一组就立即跟上。

宋晴岚讲得很快，听上去似乎有点无情，但是所有人都很清楚，他们的时间很紧。

距离第一堵黑墙的出现只有不到三个小时的时间了，而他们目前探寻了六层楼，都还未找到大厦的能源控制室在哪里。

可是季雨时知道，控制室就在第一百层，如果他们直接去一百层，或许就不用再继续赴死。

因为这些混乱的记忆，还有分不清现实与幻觉的状态，季雨时的神色越发不对劲，他只好摸出药盒，就这样嚼碎了药片吞下。

现在的情况让他不太想继续保留想法了，那些循环他也不想再去经历一次，他正犹豫要不要说出来，宋晴岚就已经被队友叫走了。

接下来的事情按部就班，汤乐与汤其直接顺着绳子从建筑内部的中庭往下滑，滑到一百一十六层的高度后，便像蜘蛛般吊在空中。

一番扫射后，丧尸尸块横飞，他们再借力荡到了走道上。

众人均站在一百二十二层往下看，个个神色紧张，屏气凝神。

枪声中，他们没有等到想要的讯号，宋晴岚一声令下，众人纷纷弹出鹰爪钩往下放。

有了上一次在金乌基地自己给自己铺路的经历，这一次更加没有人怕死，哪怕明知道前方是绝路，他们也毫不犹豫地往前冲。

建筑的楼梯被炸毁时，半边楼体都被豁出了大口子，内部的灯光也忽明忽暗。

夜风倒灌进来，吹得季雨时黑发拂动，他站在建筑边缘，表情沉静。

“我先还是你先？”

熟悉的嗓音传来，季雨时回头，见宋晴岚扛着神眠，已经做好了准备。蓝色能量弹闸闪着光，将他挺拔高大的身躯衬得犹如神祇。

季雨时按照记忆中的顺序道：“我先。”

宋晴岚推开舱门，大步走向楼顶中心。

漆黑的天空似乎就压在头顶，七个发着荧光的胶囊舱像是莲子。

走到一个胶囊舱前，宋晴岚顿住脚步。

刚出胶囊舱的众人都奇怪于他的反常，纷纷朝他看来：“宋队？”

舱门打开，季雨时走了出来，迎面和宋晴岚撞上。

宋晴岚紧紧地盯了他两三秒，却什么也没说，只径自转身对大家道：“这一次去一百一十九层，轮换前进，老周，你打头阵。”

周明轩应道：“是！”

队友们前赴后继，一个一个地开始新的探寻。

宋晴岚心情非常不好，大家都看出来了，也看出来他正努力压制着情绪，不让自己影响任务。

众人都以为是这坑爹的任务影响了宋晴岚的情绪，别说是队长，他们也处于一种不得不前进的愤怒中——关闭所有能量源后竟然还有更大的循环，他们似乎正在被耍着玩。

不一会儿，楼顶就只剩下了一半队友。

楼下枪声响起，宋晴岚听见季雨时问了他句什么。

“嗯？”他没听清。

只见季雨时表情一如既往地冷淡，又问了一次：“宋队，我是不是哪里做错了什么？”

宋晴岚微怔。

听到季雨时的问话，身后的李纯、段文也看了过来。

“来到这里以后，你的表现有点不一样。”季雨时道，“如果是我有哪里做得不对，你可以直接告诉我。”

站在季雨时的角度，在金乌二号关闭所有能量源控制器的时候两人曾有过简短的对话，宋晴岚安慰了季雨时，还表达了想让他留在七队的看法。而在这里两次循环下来，宋晴岚的情绪一次比一次低沉，让季雨时感觉自己被针对了。

季雨时看上去高冷出尘，仿佛什么都不在意，其实恰恰相反，他清冷的外表下有一颗非常敏感的心。

宋晴岚怎么会不知道，被这么一问，他喉头一哽，连呼吸都停滞了，犹豫着开口：“我——”

季雨时不在意答案，已经利落地往下一跃，顺着鹰爪钩滑走了。

“季顾问这是生气了？”段文惊道，“我还以为他不会说出来。”

“老大，记仇警告，小心季顾问‘咔嚓’——”李纯也说着风凉话，模仿了季雨时在金乌二号拧断丧尸脖子的一个动作，“啧，我都快看傻了，真的是帅气又暴力。”

宋晴岚沉着脸问：“我对他态度不好吗？”

李纯和段文像鸡啄米一样齐齐点头。

“很差。”

“和之前天壤之别。”

“都不像你了。”

连队友都看出来了，可见宋晴岚不自觉间表现出的态度真的不好。他咬咬牙，也顺着绳子滑下去了。

下方交战激烈，宋晴岚滑过一百二十一、一百二十层，看到了上一个循环里浴血奋战的队友。

这个大循环里所有的规则都和小循环里一样，时空重叠，多支小队同时存在，同一个时间段存在几支小队。

绳索滑动中，宋晴岚看到一百二十一层的李纯与周明轩被一群疯狂的丧尸啃咬，一百二十层的自己与汤其、汤乐在走廊上狂奔，另一侧还有段文与季雨时正在扫射的身影。如同所有的队友一样，宋晴岚对此视若无睹，顺利滑到一百一十九层，寻找季雨时的身影。

这里已经被先落地的队友们清扫过了，满地都是尸体、血污。

落地后，宋晴岚一个前滚翻缓冲后拔出军刀，眼也不眨地干掉了扑过来的丧尸。

身形清瘦的季雨时就在前方。

“季雨时——”宋晴岚话还没说完，就见季雨时忽然脸色一变，手持钻石鸟朝他开了一枪。

“砰”的一声，宋晴岚颊边一热，身后的一个丧尸被爆头，腥臭血液溅了他一脸。

就算还在生气，就算他们还不算朋友，季雨时也怕他会被咬死？

宋晴岚快被枪声震得失聪了，心中却发暖。

“不客气。”季雨时冷冷地说完，转身就走。

42.

顺着绳索，季雨时一路往下滑。

他知道汤其与汤乐现在去的一百一十六层没有收获，两人已经遭遇了丧尸围堵，而周明轩和段文下去后也自顾不暇，只勉强判断出控制室不在一百一十六层。

这时，下方的段文一个闪身悬挂在护栏上，非常大胆而准确地跳进了一百一十五层的走廊与正在扫射丧尸的李纯会合，他们已经开始探索下一层楼了。

一切都按照季雨时记忆中的顺序发展着，他甚至能清晰地记得队友们下一个要做的动作、下一句要说的话。来自各层楼、各个循环的密集枪声中，季雨时冷静地看着这一切，努力使自己不被记忆干扰，保持清醒。

从一百二十二层滑到一百一十九层附近时，“轰”的一声，传来了一声巨响，震得季雨时下意识停止了滑动。

“怎么回事？”悬在他上方一段距离的宋晴岚厉声发问。

季雨时回头看去，只见一百一十九层的栏杆被轰出了一个大窟窿，一群丧尸跟下饺子似的从窟窿处坠了下去。

尘土与硝烟霎时弥漫开来，栏杆后的情况在烟雾中看不真切。

季雨时冷不防吸入一口烟尘，止不住地咳嗽：“咳咳咳！”

这一幕在季雨时的记忆中是没有发生过的，如果真要拿“角色扮演”来形容他现在的处境的话，那么这段剧情完全超出了他的预料范围。

刚刚经历死亡且重生的宋晴岚也发现了这一点，显然这个发展也不在他的记忆中，所以他才有此一问。

季雨时呛得眼眶发红，泛起泪意。

他正要开口回答，却见眼前的烟尘都逐渐散去，显现出一个高大的身影。

那人宽肩窄腰，霸道地手持神眠，红色能量弹匣正在闪烁，赫然又是一个宋晴岚！

季雨时霎时明白了，这是上一个循环里的宋晴岚，他们在一百一十九层团灭后，才出现了自己现在所在的这个循环。

也就是说，他与上一个循环中的宋晴岚相遇了——这即将产生一个悖论，就是现在的自己与队友可能马上就要消失了！

那个宋晴岚也看见了他，那张冷若冰霜的面孔上，表情微微一变。

两个宋晴岚，一个悬挂在空中，一个站在栏杆缺口处，中间不过隔着两三米的距离。

新出现的宋晴岚明明与季雨时此时头顶上方的那个一模一样，但奇怪的是，那双黑眸像海一般深不见底，让季雨时产生了一种说不出来的感觉，心中似乎升起强烈的熟悉感。

头顶上方的宋晴岚还在说着什么，但季雨时听不见了。

这个瞬间，枪声、丧尸的嘶吼声，来自各个楼层、各个循环中的队友们的咒骂声都在远去。

怎么会这样？

为什么上一个循环中的宋晴岚的反应与他记忆中的不一样？

难道对方不是来自上一个循环？

可是对方为什么在一百一十九层？

这个宋晴岚身处险境，仅与季雨时对视了两三秒，身后就来了一批新的丧尸，他不得不分神开枪扫射。

这一切在季雨时眼中仿佛都变成了慢动作，他察觉自己正在消失，从脚开始，一路往上蔓延。

待宋晴岚稍微喘一口气回过头来时，见到眼前这一幕，他神情突变，下意识地喊出了什么。

而季雨时，已经随着这个循环中的所有队友一起，彻底消失在了空气里。

【1470.08.05 02：41：31】

季雨时睁开眼睛，透明面板上再次显示了乱码，而自己的通信器上出现了同样的时间坐标。

又来。

他麻木地接受了这个事实，只敷衍地喝了两口机械臂递来的营养液，感觉自己已经快对跃迁后遗症免疫了。

刚才那一幕出现在他脑海中，那超出剧情的发展到底是怎么回事？季雨时完全没有头绪。

手指不自觉地攥紧了营养液，他没允许自己继续想下去，很快就打开舱门走出了胶囊舱。

天空依旧非常黑暗，队友们纷纷从胶囊舱里走了出来。

季雨时下意识去看那个最高的人，对方的表现一切如常，与他刚才在一百一十九层看见的那个人完全不一样，并且根本没注意到他的打量。

简短地说了几句话后，宋晴岚对众人道：“这一次，我们去第一百一十六层。汤其汤乐先下，打头阵，其他人紧随你们后面，大家按顺序轮换着来。有没有意见？”

众人出声道：“没有！”

一百一十六层？季雨时愣住，他们刚才不是去过了吗？

宋晴岚无所察觉，朝他看了过来，说：“季顾问，你最后下。一来是因为你精神负担最大，需要休息，二来是找到控制室以后关闭能量源控制器的顺序计算只有你能做，所以每一次你都要尽量活下来。”

见季雨时反应有些异常，宋晴岚皱起眉头问：“怎么了？”

队友们都转过头来，关切地看着他们的季顾问。

季雨时被众人这么一看，只好道：“没事。”

除了他，大家都对上一次消失的循环没有印象，包括宋晴岚在内。

而且，仿佛从他见到另一个未按剧情发展的宋晴岚开始，就到处都有些不一样了。

到底是他的记忆出了问题，还是事情发生了变化？

季雨时不知道答案，原本想说出口的话经历一次被改变过的循环后，他也不能确定了。

汤其与汤乐弹射出鹰爪钩顺着绳索向下滑，队友们一个个地接了上去。

所有人都在不顾危险，用血肉之躯一次次地前进探路。

季雨时从药盒里倒出两片药，就这样眼也不眨地嚼碎了吞下去。

宋晴岚回头正好看见这一幕，开口问：“季顾问，你不觉得苦？”

季雨时面容沉静，回道：“还好。”

这样的行为多了，就不知道苦了。

话音一落，季雨时便将自己扣在绳索上，纵身一跃滑了下去。

经过第一百一十九层时，季雨时未再朝那里看一眼。不用看，他也知道那些楼层里正上演属于过去循环里的他们浴血奋战的场面。

小队分散去往不同楼层，到达一百一十四层，季雨时蜷缩起双腿，然后猛地一伸，借着力气与身体柔韧度，以一个看上去十分惊险却又显得游刃有余的姿势，勾住了一百一十六层的栏杆。

甫一落地，他就看见了前方的段文被丧尸追逐的身影。

季雨时飞快地拿出钻石鸟，丧尸一个个被他爆头。

他枪法极准，开枪时几乎不经思考，而这一次，他更是快得连段文都有点反应不过来。

丧尸倒了一地，浑身是血的段文道：“我去左边！”

分头行动是最快的方法，与段文一起下来的李纯多半已经没了，季雨时话不多说，只略一点头，便与段文同时转身往反方向走去。

光源集团这栋建筑是一个筒形，因此内部的中庭也呈圆形结构，非常不利于躲避及防守。高层的丧尸完全突变，能轻微分辨出人类的意图，总是从背后成群结队地冲来。

季雨时扔了几个能量炮，一点也没省着装备，钻石鸟被他拿在手中犹如和他的手长在了一起。他一路走一路扫射丧尸，溅射出血雾与脑浆，杀出一条血路，他仍觉未够。

血泥中躺着一把镭射枪，是属于周明轩的。

季雨时捡起了镭射枪，火力全开。不知道是不是药片起了作用，在这种状态下，他竟然有些兴奋，他以前从未有过这样的时刻。

“嘭”的一声，他身侧忽然落下一人。

有人从空中跳到了这一层，然后狠狠地推了季雨时一把，将他推到了墙上。

他抬头就看见了一双愤怒的眼睛，是宋晴岚。

他稍微清醒了一些，察觉自己呼吸急促，手也抖得厉害，那是长时间大强度承受开枪后坐力的结果，他失控了。

两人对视着，都没有说话。

季雨时以为宋晴岚阻止他以后会马上放开他，然后和他分头行动。然而，他仍被按在墙上动弹不得。

然后，他察觉到了异常。

眼前这双黑眸中有着与之前的宋晴岚截然不同的情绪，好像暗黑海水下埋藏着的火山种子，令他感觉到了其中的怒火。

这双眼睛，与他在一四三九年最后那一刻见到的眼睛重合了。

似乎确认了什么，下一秒，对方给了他一个拥抱。

季雨时蓦地瞪圆了眼睛，他正在消失。

在他们重逢后的两分钟内，悖论发生，他消失了。

宋晴岚虚握一把空气，牙关打战。

半天，他才骂出声，往墙上狠狠砸了一拳，神色重新变得冷冽，准备出去重新寻找季雨时的身影。

循环错开循环，他总会死，属于下一个循环的季雨时总会出现。

谁知，他刚一转身，就被一群狂涌而来的丧尸逼入了绝境。

43.

宋晴岚从一百一十六层的高度自由落体。

忽地，他整个人陡然被往上一提，有人于千钧一发之际死死地抓住了他的胳膊，让他整个身体都悬吊在了空中，只剩漆黑的神眠坠下了高空。

“上来！”头顶有人大喊，那是从齿缝里迸出的两个字。

宋晴岚抬头，只见抓住他的人赫然又是一个季雨时。

季雨时半边身体卡在栏杆上，因为人体下坠的速度与重量超出了极限，他正以一个非常不自然的姿势抓着宋晴岚，整张脸都涨得通红，咬牙道：“快……上！”

那只修长纤细的手，此刻手背都鼓起了青筋。

这个季雨时来自新的循环，正是刚才那个消失的季雨时！

显然，宋晴岚被丧尸追逐从高处坠落摔死之后，队友们也很快团灭了。

因此，新的循环出现，新的季雨时到达了一百一十五层，并截获了还没死亡的宋晴岚。

几分钟之内出现了两个季雨时，这种奇妙又荒谬的体验，恐怕只有他们这些穿越者才能体会到。

宋晴岚立即反手扣住季雨时的手腕，整个人尽可能地借着力气做引体向上。

栏杆残破，本就摇摇欲坠，两个人的重量使它发出了令人牙酸的“咯吱”声，仿佛下一秒就要断裂，将他们都推入深渊。

好在宋晴岚本就臂力惊人，他在季雨时的帮助下上升了一小段距离，迅速抓住了一根栏杆，然后手臂发力，在季雨时的拖动下成功爬了上去。

翻下栏杆，宋晴岚还没来得及站稳，季雨时就冲了过来。

两人跌跌撞撞后退几步，这一次换宋晴岚被摁到了墙上，季雨时力气不小，让宋晴岚撞墙撞得后背生疼。

坠楼时激发的肾上腺素还没平息，宋晴岚仍处于精神高度紧张状态，靠着墙大口喘气。

他没忍住短促地笑了两声，似乎是满意至极，开口道：“季顾问，我找到你了。”

对季雨时来说，他此时才能感觉到自己是真的活着。自从回到“衔尾蛇”任务里，他时刻有着一种自己快要疯掉的感觉。

遇到宋晴岚的一刹那，他知道了自己不是一个人，知道了自己并未幻觉缠身，才终于重新回到了名为理智的世界，这点比任何事情都让他激动。

季雨时心跳很快，撞击着耳膜，宋晴岚在耳旁说了句什么，他都没听清，只稍稍松了手，抬头问：“什么？”

他这双眼睛黑白分明，分析时眼神冷静而充满智慧。只有在面对宋晴岚时，他眼中的防备才会全然消失，只剩下信任与他自己都没察觉到的依赖。

时空变换，流年似水，过去的都过去了。

宋晴岚把刚才说过的话又说了一遍：“我说，我终于找到你了。”

季雨时的位置就在刚才一切发生时的正下方。

砰砰砰！

枪声骤然在他们四周响起，丧尸从两侧奔涌而来，队友们呈包围状冲了过来。

新循环里的宋晴岚手持神眠，隔着一个圆形中庭的距离，替他们扫射两侧奔涌的丧尸。

烟火四起，宋晴岚回头，与另一个自己隔空对视。

可能是因为在循环中不断看到另一个自己，他们都有了免疫力。除了另一个宋晴岚不太理解这个宋晴岚和季雨时现在在干什么之外，在这种情况下他们都算得上面色如常。

转瞬间，不断从周围房间里冲出来的丧尸越来越多了。

话不多说，宋晴岚当着另一个自己的面拉着季雨时道："先离开这里！"

他这一拉才发现不对，季雨时的右手软绵绵的，以奇怪的角度反折着。

宋晴岚脸色一变："你的手——"

宋晴岚好歹是个一米九出头、体重七十多公斤的成年男性，季雨时血肉之躯，将高空坠落的他拉住已经是极限了，手不骨折才是不寻常。

季雨时浑然不觉，换左手拿着钻石鸟，果断道："走！"

宋晴岚终于反应过来，斯文俊秀的季顾问，从来不是一个需要人保护的角色。

经历过那么多艰难的任务，宋晴岚与季雨时的默契已经不可同日而语，与循环中的另一个自己配合相比都要事半功倍。

所有人都看见他们仅凭一把钻石鸟、几颗能量炮，就找到了绝妙的方向突围。

"所以现在是什么情况？"季雨时一边开枪一边后退，抽空提问，"角色扮演还是任务回顾？我记得我已经死了。"

"死？"宋晴岚徒手扼断几个丧尸的脖子，回头时神色桀骜地道，"不过是一个更大的循环而已。"

他们退到一处转角，队友立即补上了一波扫射，烟尘与腐肉飞扬。

“一个新的时间锚，一个更大的循环。”宋晴岚简短而快速地道，“天穹出品，为我们两个人量身定制。”

聪明如季雨时，大脑高速运转间立刻明白了他说的是怎么回事——天穹为他们设置了新的时间锚，让他们从未来返回属于自己的当下，与“衔尾蛇”这个任务中遇到的情况没什么不同，甚至是干脆借用了这个最初的时间锚，将他们强行塞了进去。

那么，这个时间锚的触发条件肯定也是同样的设置。

他的确死了，可宋晴岚没有。

他看向宋晴岚，对方英气的眉骨、坚毅的侧脸，都在诉说着某个事实。

在他死后，宋晴岚追随他而来。关于猫，关于那些岁月里发生的一切，似乎早就在冥冥之中注定了。

季雨时有很多话想说，现在却不是一个好时机。

转角处的墙壁被扫射出无数枪眼，尘土扬了两人一头一脸。

宋晴岚“呸”地吐掉一口土，用拳钩砸碎了一个丧尸的脑袋，继续道：“它将这次循环命名为‘超载’。”

“超载？”季雨时先是不解，然后立马反应过来。

是了！他们不属于“衔尾蛇”任务中已存在的任何一个循环，在那些循环中他们都是唯一的。

每个循环从时间锚上说都是同时发生的，他们出现在错位的循环里本就是大概率事件，因为这种加入算得上是超载状态。

难怪，他们在每个循环中见到的对方都不保留上一次的记忆。

尽管这样，季雨时还是有些震惊。他为“所有时代意义上的天穹”感到震撼，甚至有些开始理解“让时间脱离线性发展，所有时代同时存在”的含义了。

例如回到一四五六年的天穹十二队，例如他们现在的处境……

如果没有自称母系统的“所有时代意义上的天穹”制衡，如果让这种可怕的可能无限扩大下去，这样的情况将会随处可见。

到那时，死亡与生存再无界限。

这种发展，全赖于——

“要感谢你那个舍己为人、为世界无私奉献的爸爸。”宋晴岚没什么感情地说，“他不算什么都没有为你做。”

季雨时怔了怔。事实上，从醒来发现自己回到了“衔尾蛇”任务的循环中起，他就没有再想过盛云了。

死过一次，回到过那一天，见证过一切以后，他好像就已经彻底把过去与现在分清楚了。即便重新回到了循环里，他也不再是那个背负着一切的季雨时。

宋晴岚探头观察远处的情况，见队友们都在朝他们这里靠近，又说：“现在的情况就是这样，我们最好能同时等到黑墙到来，这样才能一起回到胶囊舱。问题是，我们不在同一个循环里。”

“不难。”季雨时思索着说，“只要保证完成任务的时候我们的循环也产生重叠，在悖论发生的前一刻完成任务，我们就算一起回去了。”

宋晴岚也想到了，说：“的确不难。”

这几次循环中和季雨时的见面，让宋晴岚一直以来难以确定的问题也逐渐浮现出答案，但他喜欢听季雨时的分析。

“那你得每次都在我死去以前找到我。”宋晴岚道，“我这么显眼，应该很好找。”

他说到这里，身后突然没了动静。

宋晴岚回头一看，身后空荡荡的，季雨时又消失了，不远处那些准备靠近他们的队友也消失了，刚刚在扫射中死亡的丧尸都活了过来。

宋晴岚轻轻砸了墙壁一拳，坐在原地。三四个丧尸走过拐角朝他扑来，他没有想动弹的意思。

砰砰砰！

几声枪响后，眼球惨白的丧尸额头爆出血洞，一个接一个地倒在地上，来者枪法精准，弹无虚发。

腥臭的血液淌了一地，拐角处出现了一个身穿黑色作战服的清瘦高挑的身影。那人走向宋晴岚，右手持钻石鸟，左手伸在了半空中。

宋晴岚抬起手臂，握住了那只手，借力站了起来。

“这次这么快。”他说。

“嗯。”季雨时回答，“怕你等太久。”

硝烟弥漫中，他们是彼此的救赎。

第六篇　璀璨的时光

44.

【恭喜！您已完成分支任务“超载”，该任务评级为“无”，该任务积分为“无”，接下来系统将为您跳转至正常时间坐标，1456.06.25 15：30：00。】

【请稍等。】

【连接成功。】

跃迁出发一个小时后，天穹第三指挥中心，传送台上出现了两个银白色胶囊舱。指挥中心一直密切关注数据变化的人们迅速进入忙碌状态，以完善跃迁后的后续事项。

询检师们则迎了上去，准备替跃迁后的穿越者检查心理状态。

胶囊舱舱门打开，宋晴岚先一步走了出来，被工作人员围住后，他便将手中的营养液瓶递给了后勤。另一个胶囊舱舱门打开，季雨时也走了出来，同样被询检师与工作人员围住。

汪部长已经回到了指挥中心，与总指挥一起隔着玻璃窗朝他们看过来。

宋晴岚被询检师摁在台阶上坐着，一手的袖子被挽得高高的，正在测量血压。见汪部长看着他，他抬起另一只闲着的手对目瞪口呆的汪部长行了个礼，然后随意地扯了扯嘴角。

这意思是：没错，就是你们想的那样，我和那位我一开始看不上但实际上出类拔萃、闪闪发光的季顾问成了生死之交，真香！

这匪气的模样，像极了宋晴岚正式从学员训练营脱颖而出，成为第一位新晋队长，得到第一枚勋章的那天。

“季顾问——”有人在惊呼。

宋晴岚神色一变，立即挥开询检师的手，拨开人群大步朝季雨时走了过去。

只见季雨时坐在台阶上，背靠高台，双眼轻闭，手搁在自己的腿上，乌黑柔顺的头发搭在额上，整个人呈现出完全放松的状态。

询检师在检查他的脉搏，正要用手指去拨开他的眼皮。

“别动。”宋晴岚制止了。

众人不解。

宋晴岚蹲下身，静静地看了季雨时几秒，然后说：“别吵他。”

回到一四三九年，季雨时解开了心结，接受了难以接受的事实，死过了一次。然后，他再回到一四七〇年的“衔尾蛇”任务里，一次又一次在错位的循环里，用尽全力与宋晴岚相聚。

早已破解过的任务对他们来说轻而易举，他们轻车熟路地到达第一百层找到了控制室。

季雨时在宋晴岚数次注定走向死亡的时间线里重生，趁悖论尚未发生，抓住时间差与宋晴岚一起完成了任务。

季雨时真的累了，这种累不是心理上的，而是身体上的。

长达十几年的岁月里，他都没这样放肆地休息过，这次他居然刚刚走出胶囊舱就在众人眼皮底下堂而皇之地睡了过去。

人们再次散开，汪部长与总指挥走上了传送台。

汪部长紧张地问：“怎么了这是？”

宋晴岚回头笑了下，说：“睡着了。”

“那还是得先清醒清醒，稽查部那边等着你们做报告。”总指挥道，“小季情况特殊，你们这次又是破例，做完报告后想怎么休息都可以。”

道理宋晴岚都懂，作为一位队长，每次跃迁后至少推迟三个小时才能休息对他来说是家常便饭，他已经非常习惯了。

但是，他看了看季雨时，就那样站了起来，说：“您说得对，他的情况的确很特殊，经历过那么多，哪怕是铁人也该累了。报告我先去做，这边等他睡醒了以后，你们想怎么问都可以。”

宋晴岚身穿黑色作战服，季雨时也一样。

他们与出发前的穿着完全不同，汪部长本感觉到了一丝异样，但与宋晴岚对话后，那些异样就消失得无影无踪了，好像他们出发前本就是这副打扮。

在没有改变历史的情况下，这种时空上的变化完美地保留了每个人的记忆。除了经历过新的时间锚的那两个人，没人记得都有哪些不同。

总指挥皱起眉头，似乎对这个要求有些犹豫。

汪部长却已经做了决定：“可以。”

作为一位领导，也作为一位母亲，汪部长此时拿出了十二分的魄力。她拍板以后，旁人都不再反驳，明白事理的总指挥也是眉头一松，任宋晴岚当着众人的面将季雨时带去了七队训练场的休息室。

季雨时这一觉睡得不算太久，仅仅从下午睡到了晚上。

他醒来后就去做了报告，做报告时思路清晰，可是一回到宋晴岚的车上，他就继续睡了过去，沉入了黑甜的梦乡。

两人要回到一四三九年，上级部门本打算等他们实现这个愿望以后就立即指派任务，但是他们的报告显示当年盛云的“自杀”事件涉及的问题过于复杂，许多加密档案都需要再次研究。

初步探讨后，上级做了决定，让他们得到了额外的休息时间。

也就是说，直到这件事完全处理完，他们才会执行新的任务了。

这是一个漫长的过程，天穹七队将迎来真正的长假。

路上，宋晴岚接到了季旻越的电话：“季老师。”

“宋队？”季旻越一愣，问，“季雨时呢？”

宋晴岚仿佛对接季雨时的电话这件事理所当然，说：“他还在睡呢，我没有叫醒他。”

季旻越有点无奈，心想，他怎么总是忽略弟弟和宋队关系已经变好了的事实。

跑车顺着道路前进，深夜的江城依旧车水马龙。

夜风将热空气吹进车里，怕季雨时不舒服，宋晴岚将车窗留了一条缝隙，属于城市的嘈杂隐隐透进来。

季雨时在副驾驶座上，座位调得很低，霓虹灯照进车窗，斑斓又昏暗的灯光里，他的侧脸像是一幅画。

“情况怎么样？”季旻越似乎不知道要怎么问才好，怕真相太过超乎意料，更怕季雨时承受不了，“你们去那一年，都看到了什么？有没有抓到凶手？”

路口亮红灯了，宋晴岚道：“他没事。等他醒了，我让他给你回电话……他可能会回家一趟。”

季家在季雨时的生命里是非常重要的存在。季雨时醒来，多半第一件事就是要回季家，他有义务，也需要将一四三九年发生的事情、将困扰他十七年的一切都倾诉给家人。

宋晴岚这么说，季旻越便知道了事情没有想象中简单。即便他此时再想知道真相，听到季雨时没事，他便也稍稍放心下来，简单叮嘱两句便挂了电话。

“宋晴岚。”季雨时突然醒了，问，“是我哥？”

他睁开那双漂亮的眼睛，陷在黑色的座椅里，皮肤非常白皙，整个人懒洋洋的，不自觉地呈现出了慵懒姿态。

宋晴岚道：“是季老师，他想问问情况，听到你和我在一起就放心了。”

季雨时已经醒了，回去的路又还长，宋晴岚干脆十分客观地把盛云出现后的事情都说了一遍。

讲到“所有时代意义上的天穹”的雏形，再讲到盛云说季雨时的死亡不是最终的结局时，季雨时坐了起来。

他把座位调好，喝了点水让自己更加清醒，沉思片刻，问：“那一场时空劫持……会不会不是我们最初以为的那样？”

先是天穹七队被劫持，然后是为了改写季雨时的命运，他们再次回到最初被劫持的那一刻。这两件事到底哪个在先，哪个在后？

宋晴岚也深思过这个问题，季雨时的反应在他意料中，因此他道：“一个圆套另一个圆，完美的巧合。”

“不。”季雨时摇了摇头，“这不是巧合，也不是顺应事情发展而发生的。”

宋晴岚不解：“怎么讲？”

“我们以为在母系统的操作下，这一切都不分因果、没有先后，事件可以看成是在同一个时间发生的。”季雨时道，“事实上，你有没有想过，母系统其实是在操纵我们去完善这个因果？它需要一个起点，也需要一个闭环，否则它很难自洽。”

宋晴岚顺着他的思路想了想，轻轻地皱起了眉，道：“你是说，你在一四三九年的死亡，很可能也在原本的既定事件中？”

“是，因为我的死亡，才有了我父亲深入研发时间锚的动力。”季雨时说，“如果我没想错的话，或许这才是我们能在超S级任务中活下来的原因。没有时间锚，光凭我们几个人，根本不可能去执行‘衔尾蛇’这样的任务。”

“那么盛云早就知道……”宋晴岚眉头紧锁，语气陡然变冷了些，其中蕴含的愤怒十分明显。

季雨时抓住他的胳膊，缓缓道：“我能理解他为什么这么做。”

又是一个红灯，宋晴岚轻点刹车，按了自动驾驶，转过身痛心疾首地道：“他是你父亲！他作为一位父亲最基本的责任就是照顾你、保护你长大，而不是什么为了顾全大局，为了世界作出牺牲！你不是他的棋子！这不叫伟大，叫丧心病狂！”

季雨时说：“换成我，我可能也会这么做。”

宋晴岚眼中怒火更甚，咬着牙道：“我不会——”

“从人类触碰到时间的秘密开始，就已经深陷其中，身不由己了。”季雨时打断他的话，“从宏观意义上说，他也是一枚棋子，他的一切选择、一切做法都是冥冥中自有定数。”

搞科学的人都是疯子，试图掌控时间的人是疯子，试图去纠正这一切的人也是疯子。

季雨时永远是思路最清晰的那个，他说：“换个角度想，是他改写了这一切。”

所以盛云才会设置一个更大的时间锚，这是不幸中的万幸，是一位身不由己的父亲能为孩子做到的最大的努力。

宋晴岚失了言语。

季雨时说：“你再换个角度想想。”

宋晴岚冷哼一声。

季雨时告诉他：“你想，要不是因为这些事，我怎么会有猫？”

宋晴岚更无话可说了。

45.

两人打算去吃火锅。季雨时喜欢吃辣的，与他本人的冷清模样不同，他偏好重口。而宋晴岚则是什么都不挑，不仅喜欢吃，还喜欢做，两人在吃的方面意外地合拍。

到了一个路口，宋晴岚便调转方向盘，去了一家营业到深夜的火锅店，找了个安静的包间。

季雨时的胃口似乎从来没这么好过，他埋头苦吃，辣得双眼通红，鼻尖冒汗，还喝了一瓶冰啤酒。

中途有人来包间和宋晴岚打招呼，这家店的老板竟然又是宋晴岚的战友。

三人聊了几句，老板对季雨时的身份一点都不好奇，季雨时立刻想到了上次在跳伞俱乐部见过的薛昭。

老板走后，季雨时道："你的战友转行的不少。"

宋晴岚叫了瓶饮料，替季雨时拧开盖子递给他，让他消一消口中的辣味，说："转行的是少数，都是身体落下了旧伤不得不退役的，我和老周相对来说好一些。其实在他们看来，我们也算得上是转行，当守护者和在部队还是不一样的。"

季雨时嘴唇也辣得通红，眸子像被水洗过一样干净，突然问："如果不做守护者，你会做什么？"

宋晴岚想了想，道："应该没有那种可能。"

季雨时又问："为什么？"

宋晴岚回道："不做守护者的话，我怎么能再遇到你？"

这话说得有道理，如果宋晴岚真的没有成为一名守护者，季雨时对他来说就永远都只是印象中那个"晗晗"了。

季雨时喝了饮料，抬头时发现宋晴岚还看着他，便问："怎么？"

宋晴岚的眼神较之平常要深沉许多，经历过那一场分离，让他在思想上改变了许多。

对他来说，此时坐在这里，坐在接地气的火锅店里，看着活生生的季雨时吃饭就已经是一种奢侈了。

时间改变了这个世界，也馈赠了这个世界。

不管因果到底如何，不管一个圆怎么去衔接另一个圆，只要他们都平安无事就够了。

"我在想。"宋晴岚道，"如果我小时候留在宁城，和你上同一所小学、中学，会发生什么？”

季雨时从来没想过这个问题，他想象不到如果他从小到大身边一直有宋晴岚会怎么样。

他想了想，认真地说：“说不定在某个平行世界，你真的是留在宁城的。”

宇宙无限，世界万千。人们的不同选择，可能会产生无数个平行世界，每个世界的他们都有着不同的人生。

宋晴岚莞尔，道：“有机会的话，我想去那样的平行世界看看。”

季雨时回了宁城。

季旻越提前得知他回来，迫不及待地带上三只猫到车站接他，家中二黑和柯基的猫狗大战快把他逼疯了。

两人先回到季雨时家中，把猫放出来喂食补水，顺便给它加餐了几条小鱼干，然后再一同驱车回了季家。

这天对季家来说是很重要的一天。

自从季雨时正式成为季家的一员，属于一四三九年的阴影就一直笼罩在季家上方。这些年过去，这个阴影不仅让季雨时辗转难眠，也成了季家全家上下都难以逾越的一道心伤。

小小的季雨时在这个家被呵护着成长，大大的房子里到处都留下了他的足迹。对他来说，他回到一四三九年并没有所谓的寻根的意义，因为这里才是他真正的家。季家每个人都在等着他揭晓谜底，等着他把当年的一切娓娓道来。

季雨时回到季家时，苏阿姨说季教授正在会客。

平常家中很少有客人来，偶尔来的也是季教授的学生或者仅有的几位好友，如林部长等。季雨时便没有去打扰他们，先回了自己的房间一趟。

某宋姓队长对他小时候“弄错晗晗性别”一事耿耿于怀，表示要看看“晗晗”小时候的照片，以此核实小时候的乌龙不怪他。

“到家了吗？”宋晴岚打电话过来了，“找到照片没有？”

季雨时有点无语，道：“先把猫送回去了，现在刚到家。你那边什么声音？”

宋晴岚带着笑意说：“我在陪老段相亲。”

旁边有人扯着嗓子喊道：“季顾问，你管管！陪人相亲需要他这样的吗？我这样的就够了！”

那声音一听就是李纯。

被吼了一耳朵，季雨时又听见了其他人的声音，汤其汤乐的、周明轩的，还有段文的。这些人一聚到一起就闹哄哄的，这就是七队。

宋晴岚骂了句什么，把人赶走了，等他那头安静下来后，季雨时问：“老段真的需要相亲？”

“毕竟不是人人都像李纯那么渣。老段一个三十多岁的单身老男人，身边全是雄性生物，不出来相亲就只能打光棍了。”宋晴岚又说，“逗你的，人家女孩儿早走了，我们顺便吃个饭，等你回来了我们再聚一次。”

季雨时欣然应允。

“对了。”宋晴岚接着道，“一个好消息，一个坏消息，你要听哪个？”

“好的。”季雨时毫不犹豫。

宋晴岚笑了笑，说：“指挥中心收到了不明坐标的求救信号，大概率来自另外一个时空。我看了汪部长刚刚发来的信号内容，那鬼画符就算化成灰我也不会看错，确定是大胡子那个时空的。也就是说，他们的时空可能遇到了麻烦。”

季雨时不解：“所以？”

宋晴岚接着说：“好消息就是我队正在休假，这次上面派了九队接任务。”

季雨时在心里给林新阑点蜡，又问：“那坏的呢？”

宋晴岚说：“坏消息是，需要你抽时间给九队那群人准备一点文字上的参考资料。”

季雨时觉得这也不算什么坏消息，他花一点时间就能给他们整理出来。

宋晴岚又问了他的猫常吃的猫粮和零食，然后才叮嘱：“记得找照片。”

挂断电话，季雨时短暂地想了下要从哪个角度去写一个大胡子语言破解方案。然后，他找出在这个年代显得很有仪式感的相册，开始翻看小时候的照片。他一页一页地翻过去，翻过那些遥远却仍旧清晰的记忆，翻过那些旧时光。

季雨时小时候的照片很少，他出身单亲家庭，这些仅有的照片中便只有他一人，因为父亲是那个替他拍照的人。他来到季家后的照片，在相册中的年月也有一段时间的断层。

那段时间他病情有些严重，季家人为了照顾他分身乏术、心力交瘁，根本没有精力拍照。两三年后，他渐渐地好了起来，才有了许多全家在一起的时光记录。

翻到其中一张照片时，季雨时停留在了那一页。

照片上的小孩大约四五岁，皮肤白皙，眼睛黑而明亮，手中拿着一只小鸭子玩偶，正对着镜头绽放出灿烂的笑容。

那一年什么都还没发生，那是他最无忧无虑的时光。

这便是宋晴岚指定的照片了，季雨时不舍得把它从相册中拿走，便用手机拍了照发给宋晴岚看，用于完成任务。

做完这些，他随意把相册往后翻了翻，却猛地顿住——相册中的照片多出了一张。

一个戴眼镜的年轻男人，怀中抱着一个婴儿，身旁还站了一个肤白貌美的女人。两个人站得很近，手指上两枚婚戒闪闪发亮，他们面对着镜头，幸福地微笑着。

季雨时记得很清楚，相册里以前根本没有这张照片！

他的手微微发抖，即便他那时候年纪很小，他也记得这张照片在母亲因车祸去世后就被伤心欲绝的父亲不小心撕碎了。那些碎片早不见了踪影，怎么会穿越二十多年的时光来到这本相册里？

季雨时合上相册，飞快地走出房间往季教授的书房奔去。

他走得很快，脚在木地板上踏出急躁的响声，引起了楼下季旻越和苏阿姨的注意，但他无暇顾及。

季雨时长大后就再没有过这样莽撞的时候，可即便他第一时间跑到书房，推开门的瞬间却也只见到了季教授一人。

“怎么了，这是？”季教授站在窗前，正在用放大镜观察一块石头的花纹。

“我……”季雨时喘着气道，“客人呢？”

季教授说：“已经离开有一会儿了。”

书房里的木质风扇转得“吱呀”轻响，风拂过了书桌上的书页，这是夏日里非常平常的一天。

季雨时蓦地放松全身的神经，脸上急切的表情也转为茫然，可是当他不经意间看到桌上的杯子时，他陡然放大了瞳孔。

桌上有两个陶瓷杯。杯子里的茶叶是季教授喜欢的，清淡的茉莉飘雪。茶水只喝了一半，水还是热的，说明刚刚有客人来过。

但是，其中一个杯子的杯把与桌子的边缘呈竖直方向。

那一天，季雨时回到一四三九年，发现了从书房里溢出来的血。盛云去给他倒水，从厨房出来时看到这一幕，顺手把杯子放在了桌上，杯把与桌子的边缘呈竖直方向。

父亲一直不喜欢有把的杯子，觉得不够利落，所以他每次使用杯子都会把杯把朝向与桌子边缘竖直的方向。这个习惯父亲保持了很多年，在季雨时的记忆中不知道出现过多少次。

记忆中的大手无数次放下杯子，早餐时、午夜时、工作时……每一次都与眼前这个情景完美重叠。

季雨时嘴唇颤抖，难以置信却又笃定地问："他来过了，是吗？"

季教授放下放大镜，也看向了那个杯子，不由得放弃了隐瞒，说："是。"

孩子太聪明了到底算不算一件好事？

季雨时没有说话，仿佛在出神。

"团团。"季教授语重心长地说，"是时候放下了。"

季雨时觉得自己已经放下了，可是此时，他竟不知该如何回答。

这种事到底是第一次发生，还是已经发生过很多次了？

在他没注意到的时候，老师是不是已经见过父亲很多次了？

他上次请老师看在"魔方"中的另一个人的画像时，老师是不是没有说实话？

他一时间竟难以理清思路。

季教授突然问："你知不知道我为什么那么反对你进入天穹成为一名记录者？"

季雨时就那样怔在原地。

"其实就是因为，人类一旦有了回溯时光的能力，就会迷恋其中，再也分不清过去与现实，对错也不再有分明的界限。"季教授说，"因为放不下，越是试图去纠正错误，就越会深陷其中，不可自拔，从而成为时间的囚徒。”

“看到你放下，他才会真正地放下。”季教授顿了顿，又说，“这么多年了，他学会对你放手了。”

一幕幕记忆霎时回笼。

他儿时过马路，好心把他从车前抱开的陌生人。

回家路上，他被小石子绊倒磕破膝盖时，扶他起来还带他去擦红药水的陌生人。

青少年时期，他高考完走出考场时递给他一瓶冰镇矿泉水的陌生人。

…………

那些陌生的、完全没有记忆点的面孔，却有着同样的身形，在刹那间变化重合，变成了一个在他记忆深处的背影，属于父亲的背影。

原来他一直都是被爱着的。

季雨时的眼泪掉了出来。

手中的手机轻微地振动了一下，他下意识看了看，是宋晴岚的信息。

宋晴岚：“我们等你。”

窗外树木繁茂，阳光正好。

萦绕在眼前的薄雾，总有被灿烂烈日驱散的一天。

时间辗转，唯有爱恒久不灭。

他从未有哪一刻觉得自己这么幸福过，从一无所有到拥有一切。

他是季雨时，也是盛晗。

番外　时间样本

季雨时正式调入天穹江城分部后不久，天穹七队接到了第一个任务：为气泡世界的研究做数据采集。

这个任务看上去是个养老任务，因为系统截取了一段可供研究的时间样本，创造了一个平行时空上的气泡。该样本不会对现实生活造成任何意义上的影响，既不惊险，也没有要规避的天穹规则，理应被评为A级。

但是，这个任务只有七队能做，因为他们有过实战经验。时间样本是从他们的真实过去中提取的，他们要面临的考验很大，所以，这个任务经过上级部门讨论，最终被评为了S级。

七队出发时，总指挥拍了拍宋晴岚的肩膀，说："小宋啊，你想要主动执行S级任务的愿望终于实现了。"

宋晴岚笑道："谢谢总指挥，我们会圆满完成任务的。"

众人上了胶囊舱，去往星元一四三五年的宁城。

这一年，汪部长在宁城参加工作会议，盛云还是一个勤勤恳恳的研究员，天穹守护者计划尚在摇篮中。

这一年，盛云团队里一位姓邱的科学家莫名失踪。

经过对当年卷宗的梳理，天穹已经弄明白了邱教授失踪的原因——他采取了与盛云类似的手法，跃迁去了别的时空。

七队要做的，是在平行时空里阻止这件事的发生，让邱教授从别的时空回到他失踪的时间点，从而人工创造出一个可供研究的气泡，并记录该气泡产生后时空异变的详细数据。

这件事并不难，七队很快截获了邱教授，而后众人分头行动。

任务完成大部分以后，宋晴岚产生了一个想法，问季雨时："季顾问，想不想去老城区看看？”

宋晴岚说的是宁城的老城区，现在是二十年前，城市还没重新进行规划，悬浮列车的轨道还没经过老城区，那里依旧繁华热闹。

季雨时不解：“去做什么？”

为了符合当前时间线的设定，他们都穿着颇为复古的衣物。

季雨时的头发朝后梳起，露出了光洁的额头。他身穿高领T恤，外面套着一件棕色皮夹克，下半身则穿了九分裤，脚上一双小皮鞋，还搭配了一双波纹袜，看上去像某部旧电影里的优雅男主角。

两人在街道上一边聊天一边漫步，中途还各自买了蛋卷冰激凌。至于其他队友，大概是跟着李纯去跳迪斯科了，这任务做得像度假。

喧闹的街道上，宋晴岚凭借堪比衣架子的身材吸引着行人的眼球。这一次出来他们都没使用模拟面孔，但宋晴岚毫不在意别人的目光，只笑道：“这个时候我们应该都还没放学吧。”

季雨时愣了一秒，莞尔，问：“你是想去宁大附小幼儿园？”

这一年宋晴岚还没跟着父亲去江城，还在宁城和季雨时一起上幼儿园。此时是周二下午三点半，他们现在自然还在幼儿园上课。

宋晴岚眨了眨眼，说：“回答正确。”

季雨时无奈道：“去那里做什么？”

宋晴岚挑眉道：“我就是想去看看，到底是我眼神不好，还是你小时候本来就长得容易让人误解，这叫当面论证。”

从上次季雨时在家里找到的照片来看，小时候的季雨时并无任何性别模糊的迹象，宋晴岚对此大呼不解，誓不承认自己的理解有偏差，这件事随后作罢。谁料这一次出任务，竟然给了他当面论证的机会，他当然不会放过了。

季雨时将手中剩下的一点蛋卷扔进垃圾桶，他爱干净，手指触摸过的部分是不会吃的。

然后，他拍了拍手上的残渣，对宋晴岚道："去就去。"

季雨时答应得这么容易，宋晴岚大约已经猜到了是为什么。

拜超忆症所赐，季雨时肯定非常轻易地回忆起了小时候的这一天自己穿着什么样的衣服，做过什么样的事，所以他才不怕宋晴岚论证。但宋晴岚只是微微一笑，并没有点破。

他们乘坐一辆出租车，去了宁城老城区。

车子一路在城市里穿行，路过地标性建筑，经过林荫道。

老城区纳入城市建设规划后，逐家逐户搬迁，季雨时已经很久没有去过了，小时候的热闹繁华只存在于记忆里。

即便季雨时记得这城市过往的种种，记得每一辆行驶的车、每一个路过的人，记得每一次蝉鸣鸟叫，但本人再次身处其中的感觉和回忆里还是完全不一样的。

重新走上小时候走过的路，宋晴岚也被勾起了一些深藏在潜意识里的回忆。他对宁城老城区的印象停留在五岁之前，等绿地出现，红色建筑也映入眼帘，他手指不自觉地敲了敲扶手，说："到了。"

季雨时也看着窗外，"嗯"了一声。

宋晴岚又看到了什么，说："门口那家卖甜品的，我记得味道非常好，我后来好久没尝过那种独特的味道了。"

等下了车，季雨时才道："那家店一四三七年搬去市中心，一四三八年开了分店，一四四二年就成了连锁品牌。搬去市中心后，它改了名，叫'口记甜品'，你一定听说过。"

宋晴岚颇为意外，说："当然，口记是那么出名的甜品店。我只是没想到它竟然就是我们小时候光临过的这家店。"

幼儿园还没放学，两人进入甜品店，一人点了一份姜撞奶。

下午四点十五分，下课铃声响起，孩子们的欢笑声与喧哗声传了出来，幼儿园门口也停满了各式车辆，人满为患。

熙熙攘攘的人群中，一个又一个小朋友被家长接走。

甜品店门上悬挂的风铃不时传来清脆声响，是大人带着馋嘴的小孩来光顾了。

两人坐在落地窗前，季雨时一直看着幼儿园大门口方向，忽然说了句："出来了。"

宋晴岚随之看去。

幼儿园有一个等候区，家长还没来的小朋友都会在那里排队等待。从他们的角度看去，恰巧能透过铁栅栏大门看见排队的小孩。

其中一个小孩很惹眼，他皮肤很白，脸圆圆的，大眼睛又黑又清澈，远远看去好像一个洋娃娃，性别竟有些模糊。不过他身穿灰色针织毛衣与灯芯绒裤子，还穿了一双黑色帆布鞋，能百分之百确定他是一个小男生。他叫盛晗，今年还不到五岁。

季雨时隔着玻璃窗看着自己的幼年体，淡淡道："宋队，你觉得怎么样？"

宋晴岚哑然失笑："得，还真是我错了。"他语气一顿，更加轻松地说，"瞧，我也出来了。"

远处，老师维持着队伍秩序。小朋友们排得整整齐齐，盛晗被人撞得前进了一步，身后跑来一个圆乎乎的小胖子。这个小胖子长得很可爱，看起来也不过五岁。他比其他人都要胖，也比其他人都要高，满脸都是纯真与稚气，正对回头看他的盛晗说着什么。

隔得太远，两个小孩的谈话内容宋晴岚与季雨时当然无从得知，但小孩们看上去很愉快。小胖子脸上挂着灿烂的笑容，盛晗的表情则要淡定得多，他温和又有礼貌地对小胖子点了点头。

“我爸来晚了。”季雨时做起了解说，“迟到了二十分钟。”

“知道。”宋晴岚挑眉道，“我这不是在陪你吗？”

季雨时转过头来，有些意外：“你在陪我？”

在他的记忆中，这天应该是宋晴岚家的司机也来晚了。

宋晴岚示意他看向街道一侧，季雨时顿时面露了然。

街道一侧停了一辆黑色轿车，一位司机站在旁边，朝幼儿园的方向张望。他只是在等待，并没有要上前去的迹象。如果季雨时没记错的话，他是宋晴岚外公家的司机，日常负责接送小孩。

小胖子是后来加入等候区的，看样子是和司机打了招呼，然后调头跑回去陪他的好朋友。

“我想起来了。”宋晴岚说，“这天我好像是邀请你去玩来着，是不是？”

“对。”季雨时接着道，“你邀请我去你家，我没有答应。”

小胖子从兜里掏出一颗糖，递给了盛晗。

别的小朋友发现了这件事，三两个围成一团找他要，他谁都没给，唯一一颗糖只给了盛晗。

宋晴岚问：“你知不知道为什么？”

季雨时顺势问：“为什么？”

“这时候我已经知道我要走了。”宋晴岚陷入了回忆里，“大人打电话的时候我听到了内容，他们在争取我的抚养权，我爸拿到了。外公因为这件事特别生气，在电话里和我爸大吵了一架。”

季雨时不知道该说什么了。

宋晴岚接着说：“我本想趁这天告诉你，但你拒绝了我，我就没有说出口。”

“抱歉。”季雨时说。

“没关系。”宋晴岚说，“谁也不知道我后来会走得那么突然，我爸直接来幼儿园带走了我。你吓坏了吧？”

季雨时面露迷茫：“什么？”

宋晴岚眯了眯眼睛，恶劣地道：“所以你都哭了，扯着我的衣袖叫我别走。”

季雨时无语，他才不会承认他因为这个哭过，因为他压根没有，那情景不过是宋晴岚的脑补而已。

又过了十几分钟，一辆白色小车停在人流稀少的幼儿园门口。

宋晴岚注意到，身侧的季雨时微不可察地绷直了背，手指下意识捏紧了衣服上的拉链柄，视线紧紧地锁定了那辆白色小车。

驾驶座的车门打开，车里走出来一个三十多岁的年轻男人，长相清隽，戴着一副眼镜，浑身上下都带着知识分子的书卷气。

他锁了车，很讲规矩地走到另一头的斑马线旁，等待两辆缓速行驶的汽车过去，然后才在闪烁的黄灯下过了马路。

他走向幼儿园大门，笑着和老师问了好，然后挥了挥手。

这个男人是季雨时的亲生父亲——盛云，盛晗像小鸟归巢一样背着书包跑向了他。

季雨时眼眶发热变红，很快就蓄满了眼泪。

眼前这一幕对他来说意味着太多，来做这个任务前，他从未想过还能通过这种方式见到父亲。而此时他也明白了一件事——宋晴岚要他来这里，根本不是为了论证所谓的是否认错性别，而是为了给他一个再次见到活生生的父亲的机会。

这对季雨时来说意义非凡，此时的盛云还没死，盛晗也还没有患上超忆症。对他们来说，这是一个非常普通的下午。

他们将一起回家，做点简单的餐食，饭后盛晗会去楼下喂流浪猫，然后学着自己洗澡，在睡前听盛云讲一个故事。

那是季雨时生命里最单纯快乐的时光。

“谢谢。”季雨时轻声道，“谢谢你。”

虽然季雨时早已解开了心结，也已经放下了那些事，但此时仍然是属于他的时光。

宋晴岚低声讲了句“不客气”，语气随意，没有再出声打扰他。

那一头，盛云抱起了盛晗，听他用稚嫩的嗓音诉说自己在幼儿园都发生了什么事，耐心而温和。小胖子跟着他们走出了幼儿园大门，司机已经来到他身边，牵住了他的手。

两家人一前一后，确认安全后走过了斑马线。盛晗抱着父亲的脖子，对后面的小胖子说了再见，小胖子也对他挥了挥手。

季雨时看笑了，回头想和宋晴岚说话，却见身边没了人。

他再一看窗外，宋晴岚已经去了小胖子家的车旁边，不知道用了什么方法，正蹲下身和小胖子说话，司机站在一旁。

他们在说什么？季雨时大概猜到了。

不久前，他们曾经天马行空地讨论过一个话题——如果宋晴岚没有被他父亲从宁城接走，或者说他母亲没有输掉争夺抚养权的官司，宋晴岚留在了宁城的话，那么他与季雨时有没有可能上同一所小学、中学或者大学？

那将会是一个与现实完全不同的平行时空，或许他们能更早地成为朋友，彼此陪伴。

在这个不用负责任的时间样本里，一切都允许发生。

宋晴岚小声地对小时候的自己说：“悄悄告诉你，其实我是来自未来的你，我也叫宋晴岚。”

小胖子眼睛圆睁，惊讶极了：“你是骗我的吗？”

“嘘——别让别人听见了。”宋晴岚笑着说，“是真的。你看我长得多高，只有你才能长这么高。”

小胖子观察他挺拔的鼻梁与英俊的面容，再结合他看上去就硬邦邦的肌肉与卓越的身材，有点信了，问:“那你是做什么的啊？”宋晴岚说：“当兵的。”

小胖子“哇”了一声，高兴地说：“我喜欢当兵！”

宋晴岚刮了刮他的鼻子，告诉他：“我今天穿越时空来找你，是想让你答应我一件事。”

圆乎乎的小胖子声音还有点奶，问：“是什么？”

宋晴岚笑容收敛了几分，认真道：“你不要跟着爸爸回江城，他没什么时间照顾你，外公会对你很好很好。你要在宁城好好努力，要在一四三九年四月六日那天，陪着你最好的朋友盛晗，让他别那么早回家。”

“未来的自己”语气太认真，小胖子奇怪地问：“为什么？”

宋晴岚看着他说：“因为你要保护他啊，你能不能保护好自己的好朋友呢？”

小胖子使劲点了点头，还有些不服气：“当然没问题！”

宋晴岚站起来，准备走了。

“你再说一次时间。”小胖子抓住他的衣摆，因为他太高，自己要仰着头才能看见他的脸。

宋晴岚低下头，又说了一次：“一四三九年四月六日。”

他刚说完，皮下通信器里就响起了队友们的谈话声，大家正在计划去哪里吃饭。

宋晴岚朝甜品店看去，季雨时正站在门口，静静地看着他们。

他不再如初见时那般冷淡疏离，也不再孑然一身。

那是一切开始的一天，也是即将改变的一天。

（全文完）